FERRET GUIONIE 1985.

# LES
# USCOQUES

## LA PATRICIENNE DE VENISE

### ROMAN HISTORIQUE

### PAR T. T. JEZ

**TOME PREMIER**

## PARIS
### LIBRAIRIE G. FISCHBACHER
33, RUE DE SEINE, 33

1882

# LES USCOQUES

LA PATRICIENNE DE VENISE

# USCOQUES

## LA PATRICIENNE DE VENISE

### ROMAN HISTORIQUE

### PAR T. T. JEZ

**TOME PREMIER**

PARIS

LIBRAIRIE G. FISCHBACHER

33, RUE DE SEINE, 33

1882

# LES USCOQUES

## PROLOGUE

### I. — LE BAPTÊME.

Cent ans s'étaient écoulés depuis que la
Bosnie était devenue une province turque.
Les souvenirs de l'ancien temps, les anciennes gloires nationales s'étaient éclip-
sés, mais n'étaient pas tombés dans l'oubli ;
il en est ainsi partout, sans doute parce
que les hommes ne sont jamais satisfaits
du présent et considèrent comme meilleur le temps passé, quoique, à la vérité,
on ne consentirait pas toujours à changer ce qui est contre ce qui a été. Les
souvenirs d'enfance se rapportent au passé,
ils se rejoignent aux récits des vieillards
et la jeunesse leur donne un charme que
le présent le plus brillant ne saurait rem-
placer. Ainsi se forment les longs souvenirs
des peuples. Car en somme, aucun sou-

venir personnel ne va au delà de cent ans ; personne ne peut dire : « Je me rappelle, j'ai vu les choses d'il y a cent ans. »

Les souvenirs du « bon vieux temps » dont on gardait encore la mémoire en Bosnie, à l'époque où se place le récit que nous commençons, se rapportaient au règne de Twertko, et même plus loin encore, à celui du ban (1) Kuline. Or, le roi Twertko était mort en 1391, et le ban Kuline régnait en 1170. Le « bon vieux temps » était donc très vieux, très vieux, car l'histoire suivante se passait vers la fin du XVIᵉ siècle.

En 1463, la Bosnie était devenue, comme nous l'avons dit, une des provinces de l'empire Turc, un *eïalet* ; elle avait perdu les vestiges d'une existence indépendante en 1464, lors de l'invasion turque en Herzégo vine. Dès ce moment, elle fut un sujet de querelle, une pomme de discorde entre le royaume de Hongrie qui élevait sur elle des prétentions historiques, appuyées de diplômes, et l'empire Ottoman, qui l'occupait en vertu de la conquête. Mais la bataille de

(1) Ban, régent, lieutenant et parfois prince vassal.

Mohatch (1526) trancha définitivement la question en faveur des Ottomans. La domination turque pesa de tout son poids sur la Bosnie, ne laissant aux Bosniaques que ce qu'elle ne pouvait leur enlever : les souvenirs dorés par l'espérance.

Les souvenirs et l'espérance ! tels étaient les seuls biens de la nation foulée aux pieds. Nulle autre chose ne lui restait, et même ce qui lui restait était semblable à un radeau, dernier refuge de naufragés dont une tempête a brisé le vaisseau.

La Bosnie se trouvait dans un état affreux. Ce qui l'opprimait plus encore que la conquête turque, c'était l'apostasie des plus illustres de ses citoyens. Les coryphées de la nation, ceux sur lesquels étaient fixés les yeux de tous, étaient passés avec armes et bagages à l'ennemi. De tous les peuples qui habitent la presqu'île des Balkans, la Bosnie seule avait vu s'élever de son sein des familles illustres et ces familles avaient coiffé le turban. Pour conserver leurs prérogatives sociales, les Jablonovitch, les Chranitch, les Ostoïtch, les Radoslawlewitch, les Bielatz, les Kossatch, les Hreblia-

nowitch, les Kubretitch, les Brankowitcn,
et beaucoup d'autres avaient passé à l'Islamisme. Le nivellement social des Turcs leur
avait paru plus terrible que l'asservisse-
ment du pays! Ils endurèrent ce dernier,
ils n'eurent pas la force de supporter le
premier, et ils abjurèrent la foi de leurs
ancêtres, abandonnant le peuple à lui-
même. Ce fut un coup affreux; comme
si l'on eut enfoncé un poignard dans le
cœur d'un agonisant. La Bosnie, semblait-il,
ne s'en relèverait pas. L'espérance même
lui serait enlevée à tout jamais, et avec
l'espérance s'en iraient les souvenirs, dont
les familles illustres étaient les représentants. La Turquie pouvait à bon droit s'enor-
gueillir d'une victoire aussi complète remportée sur les infidèles, les giaours! Non
seulement ils s'étaient laissés subjuguer,
mais ils avaient encore ployé le genou devant elle, et renié la foi de leurs pères!

A quoi donc pouvait encore s'attacher
l'espérance des bosniaques?

L'invasion turque embrassait toute la
Bosnie, s'étendant jusqu'à la Save, l'Una,
et même à la Kupa. Mais sur le bord de ces

fleuves elle se heurtait à d'autres envahisse-
ments, différents par l'esprit, semblables par
leur objet : les Turcs fondaient l'empire
Ottoman; les Hongrois, les Allemands et les
Italiens fondaient des empires chrétiens.
C'est donc dans cette diversité-là que l'espérance enfonçait ses racines. C'était, pour
reprendre encore la comparaison des naufragés, une planche de salut, flottant non
loin des victimes de la tempête, qu'il
était difficile d'atteindre, mais non impossible. Un effort, un élan, et l'on pouvait en
approcher.

Cette planche de salut se présentait sous
trois formes différentes : le royaume de Hongrie, l'empire d'Allemagne et la république de Venise.

Cette triple forme, à la vérité, était un
des puissants motifs qui facilitaient aux
Turcs la conquête de la Bosnie. Chacune de
ces puissances était prête à la défendre ;
mais chacune voulait la soustraire aux
Turcs, et s'en emparer pour soi-même. Leur
antagonisme ne les laissait pas agir ensemble, et ne permettait à aucune d'elles d'agir
séparément. Il en advint donc au pauvre

peuple comme le rapporte la fable : « Et ce
fut au milieu de ses plus chers amis, que le
lièvre par les chiens fut saisi. »

Néanmoins, malgré la réalité la plus convaincante, la Bosnie espérait avec obstination.

Elle espérait quoi ? — le salut ; d'où ? de la
Hongrie, de l'Allemagne, de Venise, ou plutôt ni de Hongrie, ni d'Allemagne, ni de
Venise, mais du ciel ; ces puissances limi-
trophes n'étaient pour elle que les formes
palpables que revêtait son inextinguible
espérance.

— N'était cette espérance, — disait Milosch
aux voisins réunis chez lui, — je le tirerais
de son berceau, je le saisirais par ses petits
pieds, et je lui briserais la tête contre un
poteau...

Ces mots se rapportaient à un gros enfant nouveau-né que l'on venait de baptiser ;
qui criait à tue-tête, signe, disait-on, que
le baptême aurait des suites salutaires.

Les voisins branlaient la tête gravement
et tristement.

— C'est bien comme ça, Milosch Widulitch

— dit l'un d'eux — tu as raison, tu as bien raison...

Si ce n'était cette espérance dont tu parles, il ne nous resterait plus, à nous autres vieillards, qu'à chercher la consolation et le repos au fond du Werbas...L'espérance nous soutient; mais, avec ça, quels tours ne nous joue-t-elle pas ?... Toi, par exemple, tu remercies Dieu du fils qu'il t'a donné; tu t'en réjouis, et tu revêts ta joie d'espérance... Ne sais-tu donc pas que les Turcs ont déjà inscrit là-bas qu'il t'est né un fils ?

—Ils l'ont inscrit..—répéta Milosch comme un écho, lentement et d'une voix sombre, et il fixa sur le nouveau-né un regard sévère.

Toute l'assemblée fut attristée ; le vin cependant brillait dans les coupes, et sur des plats d'argile s'étalaient toutes sortes de mets et de friandises : du mouton rôti, du miel en rayons, du fromage, de la crême et des fruits.

— Pourquoi donc sommes-nous tristes ?... — s'écria l'hôte au bout d'un instant. Mangeons, buvons, et réjouissons-nous... Hé !... Vous m'avez baptisé un fils, voisins ; que Dieu vous en récompense !

— Jivio (*vive*) Georges Miloschewitch?...
— s'écria l'un des convives.

— Jivio !... — répétèrent les autres, élevant leurs coupes !

— Cela dépend pourtant un peu de moi
aussi, de donner mon fils aux Turcs, ou de
ne pas le leur donner... — reprit Milosch.

— Et qui voudrait le leur donner?... —
répliqua celui qui avait le premier attristé
l'assemblée ; — et cependant, les Turcs en
prennent tant et tant, qu'ils font de nos enfants autant de janissaires qu'il y a d'étoiles
au ciel...

— Louba!... — appela Milosch — viens
ici?

A ces mots, une femme apparut à la
porte ; elle fit quelques pas, et, les mains
entrelacées et les yeux baissés, elle s'arrêta
devant Milosch.

— Ecoute, Louba — dit ce dernier —
sais-tu que ce garçon, que Dieu nous a donné
pour consoler notre vieillesse, est convoité
par les Turcs?

— Mon Dieu !... — s'écria la femme avec
terreur.

— Sache donc que moi, en présence de

ces hôtes qui ont honoré ma maison, je promets et je jure, en mon nom et en ton nom, de ne pas le donner aux Turcs.

La femme leva la tête et promena son regard sur les assistants. Ce regard, humble, l'instant d'avant, avait subitement changé; il brillait d'une étrange lueur. Telle est la lueur dont s'allument les yeux de la lionne, lorsqu'elle aperçoit l'ennemi à l'entrée de la caverne où elle élève ses petits.

— Eh! nous ne le donnerons pas... — ajouta Milosch.

— Jivio, Milosch ! Jivio, son épouse !...— s'écrièrent les convives tout d'une voix en vidant leurs verres.

— A quoi servirait le Radowan et ses forêts épaisses?... — continuait l'hôte.— Si les cerfs et les biches peuvent se cacher à l'ombre des fourrées, pourquoi un homme ne le pourrait-il pas?

— Il le pourrait, n'étaient... les Spahis... — glissa celui qui avait provoqué la tristesse, ce pessimiste qui découvrait et montrait les côtés sombres.

— Les Spahis... — répétèrent quelques voix, — que Dieu les écrase !...

Et tous les regards se dirigèrent du même côté, sur le même point, vers une colline surmontée d'un bâtiment, autour duquel s'élevait une haute muraille.

Dans les regards des Bosniaques, fixés sur ce bâtiment, se peignait une expression impossible à décrire, où se mêlaient la colère, la haine et le mépris ; évidemment celui qui habitait ce bâtiment ne possédait pas l'amour de ceux qui s'étaient réunis chez Milosch.

— Que Dieu les écrase!... — répétait tantôt l'un, tantôt l'autre.

— Le Turc est un chasseur, les Saphis sont les chiens, et nous, la nation chrétiene nous sommes le gibier... — dit l'un. — N'étaient ces chiens, la chasse ne serait pas facile au chasseur.

La tristesse s'empara de nouveau de l'assemblée ; le silence s'y établit, interrompu seulement par les vagissements de l'enfant bercé par sa mère.

Ils n'épargnaient pas le vin ; mais le vin ne parvenait pas à les égayer. De temps à autre la gaîté apparaissait soudain, — mais pour un court instant ; — elle éclairait leurs

figures mâles et martiales, puis elle disparaissait. Ils essayaient de chanter ; les chan-
sons n'avaient pas de suite. Les couplets se
brisaient à de certains mots, qui s'arrêtaient
au gosier.

— Jadis, il n'en était pas ainsi !... — dit
le pessimiste.

— Il en sera autrement un jour !... — repartit Milosch.

Le pessimiste fit un geste d'incrédulité, et
répondit :

— Nous ne pouvons rien à nous seuls, et
personne n'embrassera notre cause...

— Et les monarques chrétiens ?... — fit
Milosch.

— Qui ne savent pas même apaiser leurs
propres querelles...

— Par ce qu'il n'y avait personne qui pût
les apaiser...

— Y a-t-il quelqu'un maintenant ?

— Le Saint-Père...

Le pessimiste branla la tête.

— Le Saint-Père a beaucoup de soucis, et
il n'y a près de lui personne pour lui rappeler la Bosnie.

— Justement, il y a quelqu'un... — fit

Milosch d'une voix assurée, et avec cet accent qui fait soupçonner un secret important, mais dont on retient le dernier
mot.

— Il y a... Oui, il y a quelqu'un... — répéta
l'hôte, comme ses convives tournaient de
son côté des regards interrogateurs.

— Ne savez-vous rien des... des Uscoques?...

Il prononça le dernier mot à demi-voix ;
quand il l'eut prononcé, ses hôtes jetèrent
des regards inquiets à la porte et aux fenêtres ; on entendit parmi eux comme une toux
voilée, et la chanson dont Louba endormait
son enfant résonna plus haut.

Il y eut ensuite un instant de silence.
Quelques-uns des convives sortirent devant
la maison, et rentrèrent au bout d'un instant
en disant qu'il n'y avait dans les environs
aucune oreille indiscrète. On se pressa autour de Milosch, et l'on se mit à causer des
Uscoques.

Je donne à dessein le nom de « causerie »
à la conversation qui avait commencé ; elle
ne s'apppuyait sur aucun fait certain ; elle
s'enroulait simplement autour de données

vagues, qui, passant d'une bouche à l'autre,
modifiaient non seulement les proportions
du sujet, mais en changeaient même le fond.
Chaque convive savait quelque chose des
Uscoques ; chacun, jusqu'au pessimiste lui-
même, en parlait avec un respect poussé
jusqu'à la vénération. Evidemment, dans le
champ de l'espérance qui brillait aux yeux
des Bosniaques, les Uscoques formaient un
point lumineux ; de ce point central s'échappaient des rayons au sein desquels, comme
au milieu des flammes d'un foyer, ils apercevaient dans le lointain le brillant fantôme
de leur avenir. La causerie continua longtemps, se déroulant comme une guirlande
tressée de fleurs toujours plus rares, toujours
plus belles. Les combinaisons devenaient de
plus en plus hardies et audacieuses ; les
coupes pleines d'un vin généreux, qu'on se
passait de mains en mains, y contribuaient
en partie. On arriva bientôt à compter les
Uscoques par centaines de mille, et les convives affirmaient avec certitude qu'ils avaient
conclu un traité d'alliance offensive et défensive avec les monarques chrétiens, que ce
traité amènerait sous peu une grande guerre

et que cette guerre repousserait les Turcs au delà des mers.

A ce point de la conversation, on eut cherché en vain dans les yeux des Bosniaques quelques traces de tristesse. Ils se réjouissaient sincèrement et bruyamment; ils ne regardaient plus avec crainte les fenêtres et les portes, et ils n'épargnaient pas les menaces et les railleries à un personnage qu'ils appelaient tantôt « Osman-bey », tantôt « Sokolitch », ou qu'ils intitulaient le « Wlastelin » ou le « Spahi ».

— Il aura ce qu'il mérite !... — s'écriaient-ils en levant la main du côté de la colline et en menaçant du doigt les murailles blanches.

Et ils s'étonnaient de ce que cet homme, qui pourtant était réputé savant, n'avait pas prévu qu'une fin prochaine menaçait la domination turque.

— Ah !... — expliquait l'un d'eux — les grands biens qu'il aurait perdus en gardant la foi de ses pères lui tenaient trop à cœur. Maintenant il en jouit; il est bey ; il a son *timare* (1) et il ne pense pas au lendemain ..

(1) Fief.

— Il n'y pense pas ?... — interrompit un autre. Oh! il pense au lendemain!...

— Qu'il y pense! Dieu l'écrasera... Il n'y aurait pas de justice divine, si des hommes comme lui échappaient à la punition...

— Il est bien maintenant dans son palais blanc, sur des coussins moëlleux, sur des divans turcs ; mais viennent... les Uscoques!...

— Jivio, les Uscoques !... — s'écria quelqu'un.

— Jivio !... — s'écrièrent tous les convives d'une voix tonnante, qui fit trembler la maison de Milosch.

Louba berçait son enfant et élevaitle son de son chant; elle l'élevait bien haut, pour dominer les exclamations des convives joyeux.


## II. — LE SPAHIA.

La localité où se place le commencement de ce récit est le village de Wichnitza, situé dans une contrée ravissante. Il se trouve non

loin de la route de Skopia à Yaïtza, cette
forteresse qui avait opposé aux Turcs une
résistance si longue et si vaillante. La route
séparait le village du Werbas, qui est encore
en cet endroit un torrent. Il est dominé en
arrière par la montagne de Radowan. Le
Werbas impétueux se brise aux blocs de rochers, et s'élançe, rapide, d'une cascade à
l'autre ; le Radowan majestueux s'élève
jusqu'au ciel, couvert de forêts touffues et
couronné d'un turban de nuages ; au sein de
ceux-ci, on aperçoit, çà et là, de blanches
crètes de rochers, et des gorges profondes,
semblables à un flanc déchiré dont on aper-
cevrait les côtes dénudées.

Le village est situé au fond d'un vallon
étroit formé par des collines escarpées. Les
chaumières, entourées de hautes clótures,
sont comme retirées au fond des vergers ;
on dirait qu'elles ont honte de rester en vue,
et qu'elles se sont cachées dans les plis du
terrain. Des sentiers serpentent sous les
haies dans différentes directions, et forment
un labyrinthe d'autant plus inextricable,
qu'à mi-chemin, entre la rivière et la montagne, un profond ravin déchire le col. Tout

au fond du ravin coule un ruisseau, affluent
du Werbas. Ce ruisseau divise Wichnitza en
deux moitiés presque égales. Des planches
jetées d'un bord à l'autre du ravin et sus-
pendues dans l'espace comme le fameux
« Pont du diable » dans les Alpes, servaient
à faciliter les communications entre les habitants du village. Les étrangers suivaient
plus bas la route qui descendait la pente
rapide du ravin et passait le ruisseau à gué.
Cette route était plus commode et plus sûre
pour les voyageurs à pied ou à cheval que
pour les lourds chariots. Mais en général les
véhicules étaient rarement employés à cette
époque et dans ces contrées. Lors de la fonte
des neiges, au printemps, le ravin débordait
de toutes parts, et l'on ne pouvait plus traverser le ruisseau ni à pied, ni à cheval, ni
en voiture.

Le ravin divisait donc, comme nous
l'avons dit, le village en deux parties : celle
du nord et celle du sud.

La partie septentrionale était plus étendue. Les paysans y avaient construit plus
de chaumières et y avaient planté de plus
grands vergers. Elle s'appuyait sur la mon-

tagne, au pied de laquelle les derniers arbres fruitiers se confondaient avec les premiers hêtres et les platanes dont les pentes du Radowan étaient couvertes.

La partie méridionale se faisait remarquer par le bâtiment dont nous avons parlé dans notre précédent chapitre. C'était une maison, un palais, bâti sur une des collines. Sa structure était un mélange des architectures italienne, gothique et mulsumane. Le toit plat, surmonté d'une terrasse, était de style italien; les fenêtres longues et étroites étaient gothiques; l'architecture musulmane était représentée par des perrons turcs, ornés de colonnettes sculptées et surmontés d'avant-toits arrondis. Un mur élevé entourait une vaste cour, et les nombreuses dépendances qui y étaient renfermées témoignaient de l'opulence du maître de céans : il y avait des écuries, où plusieurs chevaux étaient attachés aux râteliers; des granges pleines de provisions diverses ; sans parler des offices et des cuisines, des boulangeries, des étables et des basses-cours. Un vaste jardin, plein d'ombre et de fraîcheur, s'étendait derrière la maison. Le palais lui-même était

divisé en deux parties : l'une du côté de la
cour et l'autre du côté du jardin. La première était le *mussafirlyk*, celle du jardin le
*harem*. On trouvait le même mélange de
style dans la disposition intérieure et dans
l'ameublement que dans l'architecture extérieure. Toutefois les mœurs turques l'em-
portaient sur les autres, ce qui ressort déjà
clairement de la séparation complète du harem, l'appartement des femmes, et du mussafirlyk, la partie destinée à recevoir les
étrangers.

Quelques maisons d'apparence turque,
plus petites et plus pauvres, se serraient
contre le palais dont les murailles blanches
reluisaient au loin. Une palissade s'élevait
autour d'elles ; chacune était partagée en
deux et ornée d'un perron et d'un avant-toit.
— Un minaret s'élançait du milieu de ce
groupe , surmontant un *metchet* ( mosquée) modeste où les musulmans se réunissaient plusieurs fois par jour pour faire leurs
ablutions. Quand le soleil se levait et lorsqu'il
se couchait, quand il avait parcouru le quart
de sa route céleste et quand il lui en restait
encore un quart à parcourir, quand il se

trouvait au point central entre l'orient et le couchant, un muezzin apparaissait sur la galerie qui entourait la partie supérieure du minaret, pour rappeler aux fidèles que Dieu est un, que Mahomet est son prophète, et pour les convoquer à la prière.

Cet appel s'adressait au palais sur la colline et aux quelques maisons adossées à ses murailles.

Tous les jours, chaque fois que le chant monotone du muezzin avait retenti dans les airs et avait été renvoyé par les échos du Radowan un homme aux allures de grand seigneur sortait du palais. C'était un personnage d'une quarantaine d'années, d'une taille élevée, d'une belle figure, au regard orgueilleux. Il sortait, entouré d'une suite nombreuse; il descendait lentement le perron; il traversait gravement la cour; il se rendait au metchet, et là, pieds nus sur un riche tapis, il se tournait du côté du levant, joignait les mains et priait. Fier devant les hommes, il s'humiliait devant Allah. Aussi sa réputation s'étendait-elle au loin parmi les musulmans; il passait pour un homme pieux, qui se conformait avec soumission aux prescriptions du Koran.

Cet homme s'appelait Osman-bey. Les musulmans ne le connaissaient que sous cette dénomination-là. Les noms de famille n'intéressent guère les Turcs. Toutefois, se conformant aux habitudes locales, ils y ajoutaient encore le nom de Sokolitch.

Osman-bey était le propre neveu du fameux Mohamed-Sokolitch, grand vizir sous trois sultans : Soliman II, Sélim II et Amurat II.

Mohamed venait justement de s'élever à la plus haute dignité que puissent atteindre les sujets du padichah, quand un fils naquit chez Milosch Widulitch, raya des terres qui formaient le domaine féodal (*timare*) d'Osman-bey. Cet événement n'avait rien de commun avec l'élévation de Mohamed. Le padichah comptait un garçon de plus au nombre de ses sujets. Le père, plein de joie, avait invité ses voisins pour le baptême. On n'en savait rien à Stamboul; mais à Wichnitza, Osman-bey, à son retour du metchet, s'arrêta sur le perron, promena son regard sur la contrée, et le fixa sur la chaumière où se manifestait une animation insolite.

— Qu'est-ce que cela veut dire?... — dit-il au kiehaya, (1) debout à quelques pas dans une humble posture.

— Tu sais, effendim, ce que cela veut dire... — répondit celui-ci en s'inclinant et en portant la main à son front.

L'étiquette turque défend à un inférieur de supposer que son supérieur puisse ignorer quelque chose.

— Je veux savoir si tu le sais aussi... — dit Osman-bey après un moment de silence.

— Je crois qu'un enfant est né chez le raya et qu'il a fait venir un prêtre de son odieuse religion pour lui verser de l'eau sur la tête et pour le frotter d'huile; et il a invité d'autres rayas pour assister à cette cérémonie païenne. Voilà ce que je crois, effendim. Je ne le dis que pour obéir à tes ordres.

Osman-bey écouta silencieusement cette réponse; il poussa un léger soupir et interrogea de nouveau :

_____

(1) Intendant.

— Ne sais-tu pas qu'est-ce qui lui est né :
un fils ou une fille?

— *Sen bilirsen*,(1) effendim...— dit pour
la seconde fois le kiehaya, conformément à
l'étiquette turque. Puis il ajouta : — Un fils,
paraît-il...

Osman-bey fronça les sourcils, secoua la
tête et prononça à demi-voix quelques mots
incompréhensibles.

Il resta sur le perron quelques instants
encore, promenant ses regards sur la contrée.

Devant lui s'étendait un paysage merveilleux ; tous les éléments qui concourent à
former les plus beaux tableaux entraient
dans sa composition. On y voyait des nappes
d'eau étincelant au soleil sous le ravin escarpé, d'où s'échappait une cascade ; des
rochers couverts de mousse et parés de guirlandes de lierre et de lizeron ; il y avait des
montagnes neigeuses, des forêts pleines de
fraîcheur, des gorges sauvages et des prairies aux tapis de velours vert ; le bétail
paissait dans les prés, les chèvres se suspen-

(1) Tu sais.

daient au bord des précipices, un berger se
reposait à l'ombre des noyers, côte à côte
avec son chien, jouant sur sa cornemuse une
mélodie rêveuse, accompagnée par le murmure des cascades et le chant des oiseaux.

Les accents rêveurs de cette mélodie remplirent sans doute de tristesse l'âme du
Sokolitch. Son regard exprimait la mélancolie et ses lèvres murmuraient des paroles
que personne ne pouvait comprendre.

Sa suite, groupée sur le seuil, se tenait
derrière lui dans un silence plein de respect ;
elle était prête à ouvrir toutes grandes les
portes devant le bey.

Longtemps le bey ne bougea pas. De temps
à autre, d'un mouvement brusque, il remet-
tait en place le manteau d'hermine qui glissait de ses épaules. Il promenait son regard
sur la contrée, et l'arrêtait sur la chaumière
de Milosch.

La suite surprit la direction de son regard ;
elle jeta aussi les yeux sur la chaumière de
Milosch, et, tout en la regardant, elle s'efforçait de surprendre quelqu'une des paroles
qui sortaient des lèvres du maître. Et elle
entendit :

— Dieu donne des fils aux autres hommes !... et à moi ?...

Après ces mots, le bey se retourna ; les serviteurs poussèrent la porte et s'écartèrent des deux côtés, formant deux haies d'hommes aux têtes baissées et aux bras croisés sur la poitrine. En franchissant le seuil, Sokolitch jeta l'ordre suivant :

— Qu'on ait l'œil sur Milosch Widulitch, jusqu'à ce que son fils ait grandi.

Le kiehaya s'inclina profondément, et répondit :

— Il sera fait selon ton commandement, effendin. Un chien est né ; on le convertira à la vraie religion...

Le bey n'entendit probablement pas les derniers mots de son fidèle serviteur ; il était déjà dans l'intérieur de la maison, tandis que celui-ci était resté dehors. La porte se referma, et le silence se rétablit dans le mussafirlyk.

Il ne sera pas inutile de dire ici quelques mots de la position occupée par Osman-bey. Cela nous expliquera la raison de sa tristesse.

Les légendes populaires offrent plusieurs

versions sur l'origine de la race des Sokolitch, appelés dans l'histoire les Sokoli.
L'une de ces versions désigne comme fonda-
teur de cette race le berger Sinadin, du village de Sokola. Le sultan Selim, accompagné
de quatre derviches et revêtu lui-même de
leur costume, parcourait secrètement son
royaume. Il parvint ainsi dans les montagnes de Schar-planina. Quand les cinq pèlerins furent arrivés auprès des vallons où
les tchobans (1) paissaient leurs troupeaux,
les chiens se jetèrent sur eux comme des
lions, et ils allaient les mettre en pièces,
quand un des tchobans poussa un cri; aussitôt les chiens tombèrent à terre comme
morts. Les derviches en furent stupéfaits, et
le sultan, appelant le berger, lui demanda;

— Pourquoi tes chiens t'écoutent-ils si
bien, qu'au seul son de ta voix, ils tombent
comme morts sur le sol ?

— Ils m'écoutent mieux, derviche, que
les vizirs et les pachas n'écoutent le sultan,
car, malgré son ordre, ceux-ci ne parvien-
nent pas à pacifier l'empire.

(1) Bergers.

Quelque temps après, le pauvre berger fut amené à Stamboul sur l'ordre du sultan, et il y fut nommé pacha; il aida si bien son maître de ses conseils, que les vizirs et les pachas lui obéissaient comme les chiens. Enfin le berger devint lui-même grand-vizir sous le nom de Sinan-pacha. Il gouverna l'empire sous le règne de trois sultans : Soliman II, Selim II et Amurat II.

Cette légende est, sur quelques points en contradiction avec l'histoire. Le nom du grand-vizir était Mohamed-pacha, et non Sinan. Toutefois comme l'histoire ne raconte pas par quelles circonstances il parvint à cette haute position, nous devons ajouter foi à la tradition, tout en la modifiant sur un point : la légende nous indique comme lieu d'origine du vizir les environs de Prizren, dans la Haute-Serbie; l'histoire désigne les sources du Werbas, en Bosnie. Il faut en croire l'histoire.

Mohamed Sokolitch était devenu grand-vizir en 1564, deux ans avant la mort du plus grand des sultans turcs, Soliman II.

Osman-bey était son neveu.

La position élevée occupée par l'oncle

relevait considérablement la position du
neveu. La splendeur de la première rejail-
lissait sur la seconde et se manifestait maté-
riellement par les nombreux spahilicks
accordés par le padischah, et, moralement,
par le respect dont on entourait le bey. La
haute position de son oncle lui valut encore
une faveur plus grande que toutes les autres ;
il fut honoré de la main de Khurrema, fille
d'Ahmet-pacha, et dont la mère, Mirmah,
était fille de la fameuse Roxolane et du
sultan Soliman. Il devint ainsi l'époux d'une
petite-fille du sultan.

Cette circonstance augmentait encore sa
splendeur et l'entourait d'une plus haute
considération. Ses enfants porteraient le
titre de « *sultanzade* », c'est-à-dire : descendants du sultan.

Hélas ! Osman possédait tout ce qu'un
homme peut désirer pour son bonheur ; tout
lui souriait, tout lui réussissait ; la fortune
ne contrariait son favori que dans une seule
chose : il n'avait point d'enfants ! Voilà d'où
venait cette plainte :

— Dieu donne des fils aux autres hommes!... Et à moi?...

Depuis les cinq années que la belle Khurrema régnait dans le harem, on attendait en
vain un descendant.

Sans doute, il aurait pu suivre les coutumes musulmanes, et, changer de femme,
ou en prendre d'autres encore. Sa fortune
était suffisamment grande pour cela ; de
plus, le Koran lui accordait une permission
formelle. Mais à la mort de Soliman, son
fils, Selim II, était monté sur le trône — et
c'était le propre oncle de sa femme. Cette
circonstance le rivait à Khurrema pour la
vie, et annulait toutes les permissions du
Koran et toutes les habitudes turques. Ce
n'était pas tout, Osman-bey n'osait pas, ne
pouvait pas se rendre à Stamboul. S'il y
allait, il devrait se présenter au padischah
et à la sultane validé. L'un et l'autre lui de-
manderaient :

— Eh bien, notre Khurrema ?... l'as-tu
rendue heureuse ?...

Le padichah lui demanderait des nouvelles de ses petits-neveux, la sultane validé
de ses arrière-petits-enfants. Que leur ré-
pondrait-il ?

Il avait donc un ver qui le rongeait. Il

portait des chaînes qui le paralysaient.

Son ambition le consumait. Cinq années auparavant, des feux de joie brillaient sur les sommets des montagnes ; les échos du Radowan retentissaient de fanfares joyeuses et de salves d'artillerie ; un cortège somptueux entrait dans la cour du palais, amenant à l'époux sa jeune épouse voilée ; Osman-bey se voyait pacha dans un avenir peu éloigné, plus tard reis-effendim, ensuite kapudan-pacha, et peut-être enfin grand-vizir !

Il se berça de ces illusions pendant toute la première année de son mariage, pendant toute la seconde et pendant une partie de la troisième. Il était toujours sur le point de partir pour Constantinople, il était toujours forcé de remettre son départ. Pour tuer le temps, il s'exerçait au métier des armes, il gouvernait ses vastes spahilicks et il organisait dans ses domaines des saisies d'enfants chrétiens du sexe masculin. Il s'adonnait à cette dernière occupation, persuadé qu'en augmentant le nombre des adorateurs du Koran, il acquérait un double mérite : l'un aux yeux du padischah, l'autre aux yeux du Prophète. Aussi s'y livrait-il avec tout le zèle dont il était capable.

Au bout de trois années, son illusion commença à pâlir. Son cœur fut envahi par la tristesse.

Deux années s'écoulèrent encore. Osman-bey cessa ses préparatifs de départ, bien qu'il n'eût pas abandonné ses vues ambitieuses. Il les remit à la volonté du destin. Il se replia sur lui-même, devint farouche et silencieux ; — il attendait. Son seul espoir était que soit son oncle, ou un heureux concours de circonstances le sortît de la position difficile où l'avait mis son union avec une petite-fille du sultan.

C'est dans cette situation d'esprit et dans cette attente que nous le trouvons au commencement de notre récit. Il est comme un aigle enfermé dans une cage d'or. Il voudrait briser les barreaux, ouvrir les ailes, et s'envoler, il ne le peut. Il s'impatiente donc et s'irrite, se vengeant sur tout ce qu'il peut atteindre du bec ou des ongles.

L'ordre qu'il avait jeté à sa suite en franchissant le seuil du palais était un de ces coups de bec.

Cet ordre ne pouvait être accompli avant six années au moins. Il fallait ce temps-là pour que l'enfant pût se passer de la surveillance de sa mère. Toutefois ce délai n'offrait aux parents aucune chance favorable. L'ordre d'Osman-bey était l'ordre du destin : une fois prononcé, il devait être accompli, que ce fût dans six ans ou dans soixante années. Le Kiehaya et les Arnáutes qui l'avaient obtenu l'auraient transmis à leurs petits-fils, et ceux-ci auraient dû l'accomplir. Le moindre doute ne pouvait s'élever à ce sujet.

Le bey avait donné un ordre : — tout était fini de ce côté-là.

De leur côté Milosch et Louba ignoraient cet ordre, mais ils avaient bien résolu de ne pas donner leur enfant aux Turcs.

Une volonté inébranlable soutenait donc l'ordre du bey et la résolution des parents. Au bout de six années, un choc devait se produire entre ces deux volontés transformées en actes. Cet espace de temps était une sorte de trêve.

Osman-bey ou plutôt sa suite, attendait tranquillement. Les serviteurs avaient reçu l'ordre comme le puits reçoit une pierre qu'il doit recéler pendant un temps donné.

Les parents du petit Georges, eux aussi, attendaient tranquillement; ils savaient par de nombreux exemples que les Turcs n'enlèvent pas les tout jeunes enfants.

Aucun fait digne d'attention ne se produisit pendant ces années d'attente. Les journées, les mois, les années s'écoulaient; les saisons se succédaient; mais aucun changement ne se produisait dans les relations réciproques de la chaumière et du palais. Milosch payait au trésor son impôt et sa dîme; il payait au palais son tribut et faisait ses jours de corvée; à part cela, il était libre. Osman-bey attendait toujours les circonstances qui devaient le faire sortir de sa difficile position; il accomplissait régulièrement les prescriptions du Koran; de temps en temps, il organisait des chasses dans le montagne ou des joûtes dans la cour de son palais; ou bien encore il s'occupait à recevoir dignement les hôtes que le ciel lui envoyait. Du reste, il était triste, rêveur, silencieux, et même, semblait-il, de jour en jour plus triste, plus rêveur et plus silen-

cieux. L'étoile de son avenir brillait faiblement.

C'était tout le contraire dans la chaumière du pauvre raya. Une étoile y brillait
dans tout son éclat. Elle rayonnait sous
l'aspect d'un enfant aux cheveux blonds,
bien portant, vigoureux et espiègle ; il remplissait de fierté le cœur de son père, et d'un
bonheur inexprimable l'âme de sa mère.

La tristesse apparaissait pourtant quelquefois, comme un léger nuage à l'horizon
de cette famille heureuse ; mais elle s'éva-
nouissait bientôt. Elle se montrait lorsque
le voisin pessimiste, qui s'était fait prophète
de malheurs au jour du baptême, prononçait ces mots avec un demi-sourire :

— On fera de lui un fameux janissaire...

Ces mots pénétraient Louba d'une crainte
inexprimable, et causaient à Milosch une
stupéfaction momentanée. Mais la crainte
de Louba et la stupéfaction de Milosch ne
duraient jamais longtemps,

— Oh !.. nous ne le donnerons pas !...
était la réponse qui dissipait le nuage.

— Surveillez-le alors, comme les yeux de
votre tête...

Cette recommandation était superflue.
Louba veillait sur son enfant, comme une
poule veillerait sur son unique poussin. De
quelque côté qu'il se tournât, elle le suivait
du regard ; elle surveillait particulièrement
les personnes appartenant à la domesticité
du palais, et la portion musulmane des
habitants de Wichnitza. A chaque instant
du jour et de la nuit, elle savait ce que faisait son fils et où il se trouvait.

Sept années passèrent ainsi ; le moment
fatal, ignoré de Milosch et de Louba, approchait — quand un évènement inattendu le
renvoya à une époque indéterminée.

Soudainement la physionomie d'Osman-
bey se métamorphosa. Son expression devint radieuse. On y vit briller le même bonheur qui l'éclairait la nuit où Khurrema fit
son entrée au palais, à la lueur des flambeaux. Le maître devint joyeux ; les serviteurs furent saisis de terreur.

— D'où vient ce changement subit ?...

De tels changements peuvent être dangereux chez un homme dont la volonté n'est
soumise à aucun frein. L'envie ne lui vien-
drait-elle pas de faire connaissance avec la

couleur du sang de ses plus fidèles serviteurs ? Ne voudrait-il pas se réjouir la vue
par le spectacle d'un jet sanglant, sortant
du cou du kiehaya, des Arnautes ou du
boulouk-bachi ? Il a tout pouvoir sur la vie
de ses esclaves ; Allah lui-même ne lui en
demandera pas compte ! Ainsi pensaient
ses nombreux domestiques ; ils furent donc
terrifiés, tout en s'efforçant d'expliquer cette
joie soudaine qui rayonnait du front, des
yeux et des lèvres souriantes du bey.

— Qu'est-il arrivé ?... — se demandait-on
en tremblant.

Mais on se le demandait en vain, jusqu'à
ce qu'un jour enfin, le bey révéla lui-même
le mot de cette énigme menaçante.

— Je vais être père !... — dit-il d'une voix
haute et distincte.

— Dieu est grand !... — s'écrièrent en chœur
les kapu-kiehayas (1), les kiehayas (2), les
tchauchs (3), les boulouk-bachis (4) et tous
les esclaves inférieurs.

(1) Intendant en chef.
(2) Intendant.
(3) Sergents.
(4) Chefs de milice.

— Qu'on fasse les préparatifs nécessaires pour un long voyage!...

Tout le monde devina quel était le but de ce voyage. La frayeur se dissipa comme par enchantement. Le palais se remplit d'un mouvement et d'une animation insolites, qu'on n'y avait pas vus depuis dix longues années. Deux choses occupèrent tout le monde : la paternité d'Osman-bey et le voyage de Stamboul, à la recherche de l'étendard à queue de cheval, insigne de la dignité de pacha. On oublia tout le reste, et par conséquent aussi le fils de Milosch.

Les préparatifs du voyage durèrent plusieurs mois. Des selliers, des harnacheurs, des maréchaux-ferrants, des armuriers, des joailliers, des passementiers, des cordonniers, des tailleurs furent amenés de Skopia, de Yaïtza, de Sokola, de Sarayewo même ; du matin au soir ils polissaient, sciaient, forgeaient et cousaient pour le bey et pour sa suite. De leur côté, les serviteurs essayaient les objets terminés et surveillaient ceux qui étaient en train. Au milieu de ces occupations fiévreuses, une même question hantait tous les esprits :

T. I.                                           3

— Un fils ou une fille?...

— Une fille!... fut la nouvelle qui, un
matin, se répandit avec la rapidité de l'é-
clair.

Cette réponse ne fut pas du goût d'Osman-
bey. Il était désappointé, mais il fit bonne
mine. Le sort l'avait voulu, ainsi il n'y
avait rien à y faire. Il se mit en route pour
Stamboul , allant annoncer au padischah
qu'il était grand-père, et à la sultane validé,
qu'elle était arrière-grand'mère.

### III. — LES TENTATIVES.

Osman-bey partit pour Stamboul, et l'on
n'eut longtemps aucune nouvelle de lui. De
temps à autre, à la vérité, des courriers se
précipitaient dans le palais, apportant les
lettres du bey à sa femme ; mais le mystère
de ces lettres ne franchissait pas les portes
du harem, gardées par des eunuques et des
surveillants armés. Personne ne savait
quand le bey reviendrait ni ce qu'il rappor-
terait. Toutefois, s'il fallait en juger par les
sacs d'or et de présents qu'il avait emportés

et par la longueur du gouvernement de Mohamed-Sokolitch qui, contrairement aux coutumes établies, se maintenait depuis nombre d'années dans sa dignité de grand-vizir, Osman-bey devait revenir pour le moins premier gouverneur de la Bosnie. C'était une supposition que personne, cependant, ne se serait chargé de soutenir. Ce qui paraissait certain, c'est que Soko-litch obtiendrait quelque haute dignité.

Les rayas, qui le connaissaient de plus près, lui souhaitaient le plus grand succès, pourvu que la Bosnie ne fut pas le piédestal de sa grandeur. Ils craignaient plus que tout autre chose un gouverneur compatriote. Ils lui préféraient un Turc de race.

Osman-bey resta a Constantinople une année entière, et il en revint Osman-bey tout court; pourquoi?... il serait difficile de le dire. Son insuccès devait avoir un motif; mais lequel?.., l'histoire se tait, les chroniques ne donnent aucune indication. On ne peut admettre que son oncle eût été défavorable pour lui. Il faut donc supposer que l'influence de Mohamed-pacha avait été contrecarrée par d'autres influences plus puissantes, auxquelles le faible Selim II avait cédé. Ce qui sans doute y contribua en partie, ce fut la mort de la sultane-validé, qui avait terminé ses jours pendant le voyage d'Osman-bey de Wichnitza à Stamboul. Mais la circonstance la plus défavorable pour lui, ce fut qu'une italienne s'était emparée dans le harem de la position la plus influente, et que, par conséquent, elle distribuait les hautes charges à ses compatriotes. Le fait est que Osman-bey revint les mains vides; il n'avait pas même obtenu le gouvernement de la Bosnie, qui pourtant paraissait le plus facile à obtenir, et qui de plus lui revenait de droit. Il était en effet, musulman zélé, Bosniaque d'origine, et comme rénégat, il offrait au sultan une garantie certaine de fidélité.

Malgré tout cela, il revint comme il était parti. Les immenses dépenses qu'il avait faites ne lui avaient servi à rien et l'échec subi l'avait mis dans un état d'irritation qui se fit immédiatement sentir aux serviteurs, aux esclaves et aux rayas. Une demi-heure après son arrivée, un saïs (1) fut pendu à un arbre

(1) Palefrenier.

de la cour, parce que le bey avait aperçu
une tache sur le caparaçon de son cheval.

La mauvaise humeur du bey ne se dissipa que devant l'enfant que sa femme portait à sa rencontre dans la grande salle du
harem. Fatma tendit les bras à son père, et
Sokolitch sentit ses yeux se remplir de larmes. Il poussa un profond soupir et branla
la tête, comme s'il voulait en secouer toutes
les pensées amères, tous les regrets d'une
grandeur qu'il n'avait pu atteindre.

L'enfant devint pour lui un ange consola-
teur.

Dès ce moment, le caractère d'Osman-
bey présenta deux aspects distincts. Farouche, orgueilleux et féroce pour les hommes,
il devenait pour son enfant doux comme un
agneau, sensible et affectueux comme la
plus tendre des femmes. Il passait avec sa
fille, qui croissait comme une fleur, tous
les instants qui lui restaient après ses ablutions, ses exercices militaires et ses occupations administratives. Il caressait, berçait et
amusait cette petite fille de sultan.

Pour les hommes, dis-je, il était farouche,
orgueilleux et féroce. Il le prouva peu après

son retour de Stamboul. Un jour qu'il revenait à son palais, entouré comme d'ordinaire d'une suite nombreuse, il s'arrêta sur
le perron, promena son regard sur la contrée, et l'arrêtant sur la chaumière de Milosch, il dit d'un ton de demi-commande-
ment :

— Kiehaya!...

— Effendim... — répondit celui-ci, en
faisant quelques pas hors des rangs des serviteurs.

— Un fils est né chez Milosch...

Le Kiehaya pâlit comme un linge, trem-
bla comme une feuille et ne put répondre
tout de suite. Il se sentit coupable du crime
de n'avoir pas accompli un ordre reçu neuf
années auparavant. L'exemple du saïs, dont
le corps se balançait encore aux branches
de l'arbre, lui montrait clairement ce qui
l'attendait. Il aurait bien pu, pour se justifier, rappeler au bey le voyage de Constantinople, dans lequel il avait dû l'accompa-
gner, mais cette justification rejetait la faute
sur son maître. Il ne pouvait donc s'en servir. Il ne lui restait qu'à chercher son salut
dans l'humiliation et la prière :

— Aman?... Aman!... — s'écria-t-il d'une
voix suppliante, en tombant à genoux et en
joignant les mains. Aman, seigneur! ton
bras est puissant, et ta miséricorde est inépuisable comme la mer, qui baigne de ses
flots les murailles de Stamboul.

Ce nom de Stamboul était une allusion
au voyage, principal obstacle dans l'exécution du commandement.

— Aman, effendim!... la tête de ton esclave t'appartient... si tu la lui laisses, ce
qui serait une preuve de ton immense générosité, ta volonté sera accomplie avant demain matin.

Le bey ne répondit rien, comme s'il n'a-
vait pas entendu les paroles de l'esclave; il
ne le regarda même pas; cependant il ne
donna l'ordre ni de lui trancher la tête, ni
de le pendre immédiatement, preuve qu'il
avait agréé sa prière, qu'il lui laissait le
temps d'accomplir sa volonté.

Le Kiehaya ne manqua pas de profiter de
ce temps.

Dès que le bey fut entré dans l'intérieur
du palais, il choisit deux Arnautes armés

de yatagans et prit la direction de la chaumière de Milosch.

Milosch coupait du bois devant sa maison. En apercevant ses hôtes mal venus, il cessa son ouvrage et prit la posture convenable à un raya devant les officiers du gouvernement ou devant les envoyés du spahia. Les yeux baissés, il attendait humblement leur approche. Le Kiehaya et les Arnautes examinèrent attentivement les environs ; ils se séparèrent et firent le tour de la chaumière ; puis, s'étant rejoints, ils entrèrent à l'intérieur ; au bout d'un certain temps, ils en sortirent et jetèrent de tous côtés des regards investigateurs.

Pendant tout ce temps Milosch n'avait pas changé de posture. Pareil à la statue d'un esclave, il se tenait immobile ; on pouvait seulement apercevoir par instants sur ses lèvres un léger sourire, qui y glissait et disparaissait aussitôt.

Lorsqu'il eut fait le tour de toute la maison et qu'il en eut examiné tous les recoins, le Kiehaya s'approcha de lui :

— Où est ta femme ?

— Moi et ma femme nous devons travailler pour le pain que nous mangeons, grâce à la générosité du bey... que Dieu lui accorde une longue vie!... Elle est sans doute allée puiser de l'eau au ravin, ou étendre son linge dans le pré, ou bêcher le champ...

— Elle s'est cachée... — fit le kiehaya, fixant un regard scrutateur sur les yeux du raya.

Mais Milosch n'en fut pas ému.

— Elle n'a pas besoin de se cacher devant vous, seigneurs, car elle est vieille et laide...

— Elle a caché le garçon...

— Boga-mi (Dieu avec moi), répliqua Milosch feignant l'étonnement, — je n'en sais rien... J'ignore de quel garçon tu parles, Kiehaya?...

Le Kiehaya hocha la tête avec un sourire ironique et lui demanda :

— N'as-tu jamais vu, raya, un homme empalé?...

— J'en ai bien vu, kiehaya... — répondit Milosch tranquillement.

— Je reviendrai chez toi dans une heure...

A ces mots les Turcs s'éloignèrent lentement, tournant la tête dans toutes les directions et jetant les yeux du côté de la forêt.

Milosch reprit son ouvrage interrompu.
Il taillait le bois comme s'il ne s'était rien
passé; de temps en temps seulement il baissait la tête, comme pour marquer la mesure aux pensées qui passaient en bon ordre
par son cerveau.

Au bout d'une heure, le kiehaya revint
chez lui, tout seul cette fois. Il s'assit à terre
auprès de Milosch, croisa les jambes à la manière orientale, et garda longtemps le
silence, plongé dans une profonde rêverie.
Il se taisait et se balançait lentement sur ses
hanches, comme font les juifs lorsqu'ils
esquissent dans leur esprit le plan d'une
spéculation avantageuse. Enfin il rompit le
silence.

— Tu ne sais pas, Milosch — dit-il d'un
accent qu'il s'efforçait de rendre sincère —
que l'homme assis auprès de toi est ton ami.
Sais-tu pourquoi je suis venu chez toi il y a
une heure?..,

— Tu le sais, kiehaya... — répondit
Milosch — comment un pauvre raya comme
moi pourrait-il le savoir?

— Oui, pauvre raya!... — répéta le

kiehaya. Aussi ta pauvreté, que j'ai examinée
de près, m'a-t-elle rempli de pitié pour toi.
Tu es vieux et ta femme est vieille... et vous
n'avez qu'un enfant, un seul fils.

Il soupira.

— J'étais venu enlever ton fils pour le
livrer aux janissaires. Sais-tu ce que c'est,
les janissaires?

— Les *askerlar* (les soldats) de notre
padischah, que le Dieu tout-puissant daigne
nous conserver... répondit Milosch avec humilité.

— Ce sont des meutes de chiens que le
padischah tient enchaînés; lorsqu'il les dé-
chaîne, chacun d'eux est prêt à se jeter sur
son propre père, sur sa propre mère pour
les déchirer...

Milosch tressaillit légèrement.

— Je venais donc, continua le Turc, pour
mettre ton fils au nombre des janissaires,
mais je venais de manière à ce que tu puisses
m'apercevoir de loin pour avoir le temps de
cacher ton garçon. Tu l'as caché, et tu as
bien fait... J'en ai été content ; je ne pouvais cependant pas exprimer ma satisfaction
devant les Arnautes... Mais le bey s'acharne

sur toi. Il y a neuf ans il m'a donné l'ordre
d'enlever ton fils, aujourd'hui il me l'a
répété. Crois-tu pouvoir le dérober?

Milosch ne fit aucune réponse à cette
question.

— Crois-tu pouvoir le dérober?... — répéta le kiéhaya.

Pour la seconde fois, Milosch ne fit point
de réponse.

— Entends-tu ce que je te demande?

— Je l'entends, kiehaya...

— Pourquoi ne me réponds-tu pas?

— Parce que tu sais quelle serait ma réponse...

— Quelle serait-elle?... Je veux l'entendre
de ta bouche...

— La même que celle que tu ferais, si te
trouvant à ma place tu n'étais pas chrétien..
Que la destinée de mon fils s'accomplisse.
S'il doit devenir, comme tu le dis, un chien
qui se jettera sur son propre père et sur sa
propre mère, qu'il le devienne; s'il ne le
doit pas, qu'il ne le devienne pas... Cela se
trouve ainsi dans votre Koran... et nous
autres pauvres rayas, nous sommes maintenant sous le Koran.

Le Turc grinça des dents et fit passer entre ses lèvres lentement et à voix basse le mot :

— *Pezewenk!*... (chenapan).

Ensuite, élevant la voix, il répondit à Milosch avec bienveillance :

— Tu as raison, Widulitch... C'est donc la destinée qui m'envoie chez toi avec un aide et un bon conseil ; il ne faudrait pas que toi, le père, tu repousses l'un et l'autre... Me voici, moi, musulman fidèle ; eh bien, si mon fils était menacé comme le tien, et que quelqu'un vint m'offrir son aide et ses conseils, je serais un chien et non un père, si je repoussais la main qui voudrait sauver mon fils...

— Hem!... — fit Milosch en lui-même.

— Ton fils est menacé... Oui ou non ?...

— Oui!... — fit le père.

— Je viens chez toi avec un conseil et un aide... Oui ou non ?

— Je ne sais pas, car tu ne m'as encore rien dit...

— Je n'ai rien dit, parce que tu ne veux rien entendre. Mais écoute... Le Radowan est une haute montagne, couverte d'épaisses forêts ; mais tu n'y pourras cacher ton fils...

Tu es seul pour le cacher; ils sont cent, et plus encore, pour le trouver... Il faudrait donc que tu le caches dans un endroit où personne n'irait le chercher... Voilà mon conseil... est-il bon? oui ou non?...

— Boga-mi, il est bon... — répondit le Bosniaque en élevant les sourcils.

— Et maintenant écoute bien quel aide tu peux avoir en moi... J'ai un frère à Trawnick... Donne-moi ton garçon; je l'emmènerai à Trawnick, je le donnerai à mon frère, et personne, jusqu'au padischah lui-même, ne le découvrira sous un toit musulman...

— Hem... — fit Milosch en branlant la tête.

— Qu'en dis-tu?... — dit le Kiehaya d'un ton indifférent.

— Ce que j'en dis?... hem... Sous un toit musulman, une foi musulmane... Qu'est-ce que cela me fait que mon fils n'aille pas chez les Janissaires, puisque sous le toit de ton frère il oublierait la foi de ses ancêtres?...

— Il l'oublierait, ou il ne l'oublierait pas — repartit le Turc. — Personne ne le presserait... Il grandirait, tu pourrais le repren-

dre, et tu aurais en lui un soutien pour ta
vieillesse...

Milosch se taisait. Evidemment il soupçonnait une embûche, et il acceptait l'offre
du Turc dans le sens de : *Timeo Danaos et
dona ferentes*.. C'est pourquoi il ne répondait
pas tout de suite et faisait semblant de ne
pas comprendre. L'esclavage enseigne de ces
ruses-là. Le Kiehaya se vit obligé de lui
demander :

— Eh bien ?...

— Ah ! *bakaloum*... Je dois y réfléchir...

— Longtemps?.. — demanda le turc.

— Ha!... au moins... un mois...

Le Turc bouillonnait intérieurement, tout
en gardant à l'extérieur l'apparence du
sang-froid. Mais le mot « un mois » l'impa-
tienta. Il souffla bruyamment et grinça des
dents, ses sourcils se froncèrent et ses joues
tressaillirent. Il parvint cependant à se contenir.

— C'est que vois-tu, raya... tu te fais tort
à toi-même... Le bey est tenace : dans l'espace d'un mois, il découvrirait ton fils au
fond de la terre... Je te conseille en ami, en

frère, de ne pas réfléchir plus... d'une heure... tout au plus une heure...

— J'ai déjà réfléchi...—répliqua Milosch.

— Eh bien ?..

— J'aurais trop peu d'un mois pour me décider... Il me faudrait au moins... une année...

Le Kiehaya ne répondit plus rien. Il baissa tête et ferma les yeux, — puis, au bout d'un instant, il se leva et partit.

Milosch envoya derrière lui ces mots, qu'il ne put entendre :

— J'ai vu des hommes agonisant sur le pal ; mais j'aime mieux mourir empalé que de livrer mon propre fils aux Turcs... Quel père serait-ce, que celui qui ne saurait pas même mourir pour son fils ?.. Eh !..

Il fit le signe de la croix, cracha dans la paume de sa main, saisit la hache, et l'élevant au-dessus de sa tête, il se remit à fendre son bois.

Le soleil baissait à l'horizon. L'ombre descendait des montagnes et envahissait les vallées, s'avançant de plus en plus rapidement. Le bétail rentrait dans les étables, et

l'on voyait s'élever une fumée bleuâtre au-
dessus des chaumières.

Une légère fumée s'éleva bientôt aussi au-
dessus du toit de Milosch. Louba allumait le
feu, et tout en l'allumant, elle écoutait la relation que lui faisait son mari des deux visites du kiehaya. Ses mains tremblaient,
ses lèvres se serraient convulsivement ; elle
n'arrêta cependant pas son ouvrage, jusqu'au moment où son mari, parlant de l'a-
sile que le Turc lui avait offert, demanda :

— Qu'en penses-tu ?

La femme se releva, laissa tomber ses
mains, et répondit :

— Je ne l'ai pas mis au monde pour qu'il
aille chercher un refuge chez les Turcs...

— Mais il te sera difficile de cacher toute
seule ce garçon... — dit Milosch.

— Je ne suis pas seule... nous sommes
deux : toi et moi...

— Le kiehaya a parlé du pal... Si l'on
me met sur le pal, tu resteras toute seule...

— Oh ! mon Dieu !... — gémit la femme.
Oh ! mon Dieu !...

— Ils peuvent le faire...

— Mais pourquoi?.,. est-ce parce que tu

es père et que tu aimes ton fils?... et que tu
ne veux pas t'en séparer?... où est donc la
justice?...

— La force ne se soucie pas de la justice...
La force est à eux, le droit est à eux... Ils
peuvent m'empaler, et tu resteras seule avec
l'enfant...

La pauvre femme se sentit envahie par le
désespoir à la seule pensée de cet avenir,
que son mari lui présentait avec tant de sang-
froid. Ses yeux brillaient d'un étrange éclat,
ses lèvres tremblaient convulsivement. Elle
aurait volontiers pris la place de son mari,
mais elle savait que les Turcs ne l'écoute-
raient même pas. Elle ne trouva donc rien
à dire que ceci :

— Et toi, seigneur, tu peux en parler si
tranquillement?

— Et comment devrais-je en parler? Si je
voulais en parler autrement, il m'aurait fal-
lu devenir Mahométan. Puisque je ne l'ai
pas fait, il faut que je sois prêt à tout...

— N'y a-t-il donc aucun moyen de vous
sauver tous les deux?—... interrompit Louba.

— Il y en a un... Il y a même deux, trois
moyens. L'un d'eux serait de se rendre dans

les forêts, de traverser les montagnes et de descendre soit sur la côte allemande, soit sur la côte italienne ; un autre, de livrer l'enfant, et de finir soi-même ses jours paisiblement ; le troisième serait de passer à la religion turque. Quel moyen choisirais-tu ?

— Le premier... — répondit-elle sans hésiter.

Milosch leva la tête et sourit tristement.

— Ce moyen serait bon si j'avais une trentaine d'années de moins. Je pourrais être utile à quelque chose là-bas. Mais maintenant ?... je n'y serais bon à rien, et je volerais ici une tombe que je dois à notre patrie. Jeune, je me serais mis en route pour lui rapporter à mon retour une fortune augmentée, comme le marchand qui part, le gousset vide, et qui revient dans sa ville natale avec des trésors ; mais, vieux comme je suis, j'irais là-bas pour mourir non sur le pal, mais sur une couche que j'aurais mendiée. Non, Louba... je ne puis me servir de ce moyen. Que les Turcs m'empalent. Je souffrirai un peu, et je mourrai quelques années plus tôt.

— Tu dois être préparée aux pires événe-

ments, — ajouta-t-il, — et il faut décider
quelle conduite tu tiendras. Que feras-tu
toute seule?

— Ah!... je ne... sais pas... — sanglota la
femme.

— Cacheras-tu bien Djordji (Georges) devant les Turcs?

— Je le cacherai... oh! je le cacherai, mon
seigneur.

— Lui apprendras-tu à prier Dieu, comme
son père le priait, et à aimer la Bosnie,
comme son père l'aimait?

— Oh! je le lui apprendrai...

— Auras-tu le courage de lui enfoncer un
couteau dans le cœur, si les Turcs veulent
l'arracher de tes mains?

Sur une des parois de la chambre, au-
dessus de la couche de Widulitch, était suspendu un petit tableau noirci par le temps.
Il représentait le Christ sur la croix, et la
Mère de Dieu agenouillée à ses pieds, les
yeux levés au ciel et les mains jointes pour
la prière. A la dernière question de son
mari, Louba se tourna vers cette image;
elle tomba à genoux, leva les yeux et étendit
ses mains jointes. Elle voulait prier — elle

ne le put; — elle oublia les mots de la
prière, ou plutôt elle n'en savait aucune qui
pût lui donner une réponse à la terrible
question posée par son mari. Elle ne faisait
qu'appeler d'une voix entrecoupée de sanglots :

— Mon Dieu!... mon Dieu!... mon Dieu!...

Ces sanglots contenaient une prière que
Dieu comprit, un appel suprême de force et
de courage.

Milosch regardait avec respect sa femme
agenouillée; il avait les yeux pleins de larmes, contenues uniquement par sa puissante
volonté; il ne rompit le silence que lorsque
Louba se fût relevée avec un profond soupir.

— Si je savais que tu ne fusses pas
capable de jeter ton fils mort sous les pieds
des Turcs?...

— Sois tranquille, — interrompit Louba,
étendant les mains vers lui. Sois tranquille,
mon seigneur : les Turcs n'auront pas
Djordji. Je ne sais pas encore ce que je ferai, ni comment je le ferai, mais ils ne l'auront pas. Sois tranquille... Dieu aura peut-
être pitié de nous, et peut-être veillerons-
nous sur lui ensemble jusqu'à la fin.

— Dieu veuille nous l'accorder dans sa miséricorde!... — fit Milosch. Mais... il y a peu d'espoir... Je connais les Sokolitch... Leur propre trahison les ronge et les torture, et ils noient dans le sang la voix de leur conscience. Nous aurons une visite cette nuit encore ; et — demain?...

Il fit un geste de la main, secoua tristement la tête et interrompit la conversation.

Louba s'occupa des préparatifs du souper. Elle arrangeait tout au dedans et au dehors. Elle entrait et elle sortait, et rien ne laissait soupçonner qu'on s'attendit sous ce toit à un grand malheur.

Les prévisions de Milosch étaient cependant justes. Vers minuit environ, comme lui et sa femme étaient plongés dans le sommeil, des Arnaütes armés enveloppèrent la chaumière, et le boulouk-bachi apparut sur le seuil avec un flambeau. Il regarda de tour côtés et dit :

— Tu as assez dormi, Milosch Widulitch Lève-toi et mène-nous à l'endroit où ton fils est caché.

Milosch se leva, fit quelques pas et s'arrêta devant le boulouk-bachi.

— Va en avant.

— Où ?

— Où tu voudras, ou bien près de ton fils, ou bien en prison... C'est toi qui dois me conduire auprès de ton fils ; je te conduirai moi-même en prison. Tu vois... ton choix est libre... choisis....

— J'ai choisi, boulouk-bachi.

— Eh bien ?

— Conduis-moi.

— Prenez-le !... — s'écria le Turc.

Les Arnaütes s'élancèrent, saisirent Milosch, et bien qu'il n'opposât aucune résistance, ils le jetèrent sur le sol, le garottèrent et l'entraînèrent.

— Et toi, la vieille, pense à lui, car il périra comme un chien si tu ne remets ton fils au kiehaya avant le lever du soleil... — ajouta le boulouk-bachi, s'adressant à Louba ; celle-ci, muette de douleur, contemplait debout, du fond de la chaumière cette scène de violence nocturne.

Après ces mots, il s'éloigna avec le flambeau. La chaumière de Milosch se plongea dans les ténèbres ; on entendait seulement dans la nuit les sanglots étouffés d'une

femme, interrompus d'un moment à l'autre
par des soupirs et par les paroles :

— Mon Dieu !... mon Dieu !...

## IV. — DANS LE HAPIZ TURC.

On emmena Milosch en prison. Que dis-
je : on l'emmena? Sans avoir le moindre
égard à son manque absolu de résistance,
les Arnaütes l'avaient jeté à terre et l'avaient
entraîné. Il avait beau dire :

— Ne me tirez pas; j'irai seul...

Ils n'y prenaient pas garde. Au contraire.
Ils éprouvaient une espèce de satisfaction
sauvage à maltraiter un homme qui s'était
livré à eux.

Ils le traînèrent ainsi jusque dans la cour
du palais; arrivés là, ils s'arrêtèrent devant
une petite porte basse, percée dans un bâtiment isolé. Une clef fut introduite dans la
serrure, les gonds grincèrent et Milosch fut
poussé sur une pente rapide. Il tomba et
roula au fond avec un gémissement sourd.

Un sentiment d'humanité a fait que dans

les temps actuels on s'est occupé de l'état des prisons ; on a cherché à les améliorer au point de vue sanitaire, tout au moins. Mais même de notre temps on s'en soucie fort peu en Turquie. Aujourd'hui encore les prisons y sont des lieux de torture ; quel devait être leur état dans le courant du XVI<sup>e</sup> siècle? Non seulement on ne se souciait pas de les rendre habitables, mais on mettait au contraire tous ses efforts à ce qu'elles fussent le plus possible incommodes et malsaines. Et cela s'explique facilement : on considérait la justice comme une vengeance, et chaque accusé était condamné d'avance à sentir tout le poids de cette main vengeresse.

Milosch sentit ce poids tout de suite. Il roula au fond en gémissant. Une atmosphère froide, humide et infecte l'enveloppa. Des ténèbres absolues l'entouraient, de ces ténèbres noires et épaisses, telles qu'on ne les rencontre que dans les souterrains où ne pénètre jamais la moindre clarté. Il roula, gémit et demeura un instant immobile, ne sachant si le plus léger mouvement ne le ferait pas rouler plus bas encore. Au bout

d'un instant il étendit la main et se mit à
tâter le sol. C'était une terre molle, boueuse,
dégoûtante. Il se souleva et s'assit. Une espèce d'argile gluante, qui exhalait une
odeur de pourriture, s'était attachée à ses
vêtements.

On connaissait ce cachot dans le village;
Widulitch en avait souvent entendu parler.
C'était la terreur des rayas, et le bey n'y
avait recours que dans des cas fort rares. Il
avait une autre prison pour les simples cou-
pables, pour les pêcheurs ordinaires. Il ne
jetait dans celle-ci que les malheureux dont
il voulait obtenir quelque chose de très pénible, ou ceux qu'il n'avait pas l'intention
de relâcher vivants. Notre prisonnier pouvait donc se figurer aisément le sort qui
l'attendait.

Mais Widulitch était prêt à tout.

Il s'agenouilla, joignit les mains et se mit
à prier.

Dans sa prière, il ne demandait pas à
Dieu de le faire sortir de cette caverne, de
le délivrer comme il avait autrefois délivré
Daniel du milieu des lions affamés. Vis-à-
vis de Dieu, il se tenait pour un être misé-

rable et indigne d'un miracle ; mais vis-à-
vis des hommes, il s'estimait comme l'égal
de ceux qui l'avaient précipité dans un cachot infect. Il demandait donc à Dieu de
persévérer jusqu'au bout ; il lui demandait
la force et le courage ; il le suppliait, en un
mot, de le soutenir dans sa résolution de ne
point livrer son fils aux Turcs.

Il est vrai cependant que de temps à
autre, l'espérance lui apparaissait comme
une faible lueur dans cette nuit souterraine.
Mais cet espoir était très faible et très in-
certain ; il dépendait uniquement de la fantaisie d'Osman-bey, qui pouvait donner
tout-à-coup l'ordre de mettre le prisonnier
en liberté. Des fantaisies de ce genre viennent quelquefois à l'esprit de seigneurs tels
que le bey. Mais cet espoir ressemblait à ces
éclairs rapides qui apparaissent sur le fond
sombre du ciel, et après le passage desquels les ténèbres sont plus épaisses encore.
Telle était l'impression que ces lueurs d'espérance produisaient sur l'âme de Milosch.
La réalité présentait les alternatives suivantes ; ou bien de pourrir en prison, ou
bien d'en sortir pour aller à la mort. Entre

deux, il ne voyait rien parce que d'une
part, il sentait en lui une volonté invincible,
et qu'il savait, d'autre part, à qui il avait
à faire.

Deux volontés étaient entrées en lutte :
celle du père et celle du seigneur. Il s'agissait de voir laquelle des deux briserait sa
rivale.

Naturellement le cachot à perpétuité ou la
mort la plus douloureuse se présentait à
Milosch comme le triomphe de sa volonté sur
celle du bey.

Comme il était préparé au pire destin, il
sentait dans son âme la paix de la résigna-
tion chrétienne. Il ne s'inquiétait que du
temps.

— Pourvu que cela ne dure pas trop
longtemps... — se disait-il en soi-même.

Il se leva, étendit les mains et, avançant
lentement, il essaya de prendre connaissance de l'endroit où il se trouvait; il se dirigeait de manière à ne pas s'éloigner de
l'entrée. Ses mains rencontrèrent d'un côté
une muraille couverte de moisissure, et de
l'autre une colonne de pierre. Et lorsqu'il
soupira et qu'il toussa, sa voix retentit sour-

dement comme un écho prolongé, et elle
éveilla différents murmures qui l'étonnèrent
et l'épouvantèrent. Il n'osait pas bouger.

— O mon Dieu !... pensa-t-il. Peut-être
me faudra-t-il rester ici des mois et des années entières !... Peut-être me posera-t-il la
condition suivante : je ne te relâcherai pas
jusqu'à ce que tu me livres ton fils. Ah ! que
la volonté de Dieu soit faite...

Milosch était résigné à tout, même à
rester dans cette caverne, seul, pendant des
années. Sa solitude ne dura cependant pas
longtemps. Au bout d'une heure à peu près,
il entendit en haut le grincement des gonds
et il aperçut à l'entrée une faible lumière
qui; à mesure qu'elle descendait, lui permettait de se reconnaître dans le lieu où il
se trouvait.

La prison avait l'aspect d'une longue
voûte souterraine, formée d'arcades et de
niches de la grandeur d'une vaste salle. Les
arceaux reposaient sur des pilastres bas et
massifs. Une chaîne pendait à chaque pi-
lastre, et chacun d'eux présentait du haut en
bas des crochets, des anneaux et des cercle
de fer disposés de façon à enfermer le cou, les

bras et les jambes des prisonniers. Ce qui
en témoignait, c'était un squelette debout,
tête baissée, sous une des colonnes. A cette
vue, un frisson parcourut les membres de
Milosch. Il recula brusquement et fit le signe
de la croix.

L'entrée du cachot avait la forme d'une
entrée de cave, étroite et rapide, mais dé-
pourvue d'escaliers. La montée et la des-
cente auraient été impossibles sur cette
pente trop raide, sans une rampe fixée le
long de la paroi. Deux portes lourdes et
solides fermaient le cachot, l'une tout en
haut et l'autre en bas de la pente. Cette
dernière était restée ouverte.

Un homme descendait lentement, se tenant
à la rampe ; il avait à la main une petite
lanterne qui, répandant une clarté de plus
en plus vive, permettait à Milosch de reconnaître les objets. Il avait d'abord été frappé
par ce squelette dont le crâne était penché
sur un cercle de fer. Ensuite il laissa errer ses
yeux le long des arcades, et son regard
plongea dans les ténèbres, comme dans un
abîme. Il lui sembla que les arcades se succédaient sans fin l'une à l'autre, jusqu'au

fond de la montagne... peut-être même tout
au travers de la montagne. Ce bruit-là circu-
lait dans le peuple; on parlait aussi de trésors
enchantés et de revenants. Le prisonnier
fixa ses yeux tout grands ouverts, où se peignaient la curiosité et la terreur, dans ces
ténèbres profondes gardées par un squelette.

La lumière approchait; des pas humains
retentissaient de plus en plus distinctement,
et enfin la lanterne brilla de tout son éclat
aux yeux de Milosch. Il en fut ébloui et
porta la main à ses paupières; quand il l'eut
ôtée, il aperçut devant soi le kiehaya.

—Eh bien !... —fit ce dernier. Tu vois !...
T'y voilà !... Sais-tu où tu te trouves ?...

N'obtenant point de réponse, il ajouta :

— Viens. Je vais te montrer quelque chose
de curieux.

Il se dirigea vers le fond, sous les arcades;
à tout moment il s'arrêtait pour éclairer successivement toutes les parties du cachot.
C'était partout la même chose; des murailles
couvertes de moisissure, d'épaisses colonnes,
des crochets et des anneaux fixés aux murs
et aux colonnes; çà et là des squelettes en-
tiers, suspendus aux parois ou étendus sur

le sol, ou bien encore des ossements et des crânes détachés.

Le kiehaya éclairait tout cela en silenee, et, avançant à pas lents, il conduisait Milosch au fond du cachot.

A la dernière arcade, il s'arrêta devant la muraille dans laquelle il y avait une niche plate, en forme de cheminée. C'était en effet une cheminée. Un tas de cendres et une ouverture pour laisser sortir la fumée le prouvaient. Tout à côté on voyait un banc de bois, pareil à un établi de menuisier, muni à l'une des extrémités d'une manivelle et d'un cercle de fer. La paroi était toute garnie d'instruments, tels que pinces, tenailles, marteaux, tringles de fer, etc. Entre le banc et le mur il y avait par terre un chaudron de cuivre et quelques ustensiles plus petits ; des paquets de cordes et une chaîne rouillée étaient jetés sous le banc.

— Eh bien !... tu vois ?... — répéta le kiehaya. — Tu sais déjà sans doute où tu es, mais tu ignores peut-être qu'on n'en sort pas pour vivre... Celui qui y est entré y reste pour toujours, ou, s'il en sort, c'est parce que le bey aime quelquefois voir mourir un homme en plein air.

Il élevait sa lanterne et éclairait la muraille de manière à ce que Milosch pût examiner à son aise les objets qui y étaient suspendus.

— Tout cela, ce sont des inventions de giaours... Ici, — dit-il en montrant le banc, — on couche un homme, on lui attache les pieds et les mains, et on tourne la manivelle ; les pinces lui brisent les jointures des membres, les marteaux écrasent les genoux et les coudes ; on lui bat le ventre avec ces tringles et on l'arrose d'eau bouillante. Le bey aime à voir cela de temps en temps. Il l'a appris chez les giaours de Mlet (1) et dans le pays des Madgiars (2).

Il continua après un silence :

— Qui est entré ici n'en sort pas pour vivre. Toi, le premier, tu peux en sortir, et vivre, et être libre tout de suite ; dis-moi seulement où tu as caché ton garçon. Quand je suis allé chez toi dans la journée, je t'ai dit : Donne-le-moi, je le cacherai. Je te dis

(1) Venise.
(2) Hongrois.

maintenant : donne-moi l'enfant, et je te
conduirai tout de suite hors du hapiz, je te
mettrai en liberté, et pas un cheveu ne tom-
bera de ta tête.

Ce n'est pas que la liberté offerte en place
de la torture, ou d'une agonie pire encore,
dans un souterrain rempli de squelettes, ne
fût pour Milosch une puissante tentation. Il
y résista cependant et garda le silence. Le
kiehaya continua :

—Tu fais une grande bêtise, Widulitch. Il te
semble que toi, le père, tu donnes ta vie pour
ton fils. Il n'en est pas ainsi. Comment ! toi,
un homme, tu donnes ta vie pour un enfant,
dont on ne sait pas ce qu'il deviendra ?... Peut-
être mourra-t-il dans une heure, et peut-être
fera-t-il un homme qui couvrira de honte tes
cheveux blancs ! Tu n'en sais rien !...
Tu donnes ta tête pour ce que tu ne sais
pas ! Une femme seulement peut se conduire ainsi, mais non certes un homme. Tu
devrais avoir honte de tes cheveux blancs...

Milosch ne disait rien.

—Eh bien !... Voyons... Dis-moi où est
ton fils, ou plutôt, viens, je te conduirai hors
d'ici, et tu me le diras en plein air.

Le premier mouvement de Miłosch fut
d'aller, non pas pour satisfaire le désir
du kiehaya, mais pour sortir de la prison
et, seul en plein air avec le Turc, pour
tâcher de recouvrer sa liberté. Il avait fait
quelques pas vers l'entrée, quand le souvenir
des Arnaütes lui revint tout-à-coup à l'esprit,
il s'arrêta aussitôt et dit, en réponse à sa
propre pensée :

— C'est inutile.

— Viens... — disait le kiehaya d'une voix
tentante, en éclairant les ossements éparpil-
lés sur le sol, et en poussant du pied un
crâne dont s'échappa une souris.

Milosch, à cette vue, recula épouvanté. Il
lui sembla que le crâne lui ricanait quelque
raillerie.

— Viens... — répéta le kiehaya. — Tu seras
mieux, libre avec ta femme, qu'ici avec les
squelettes et les rats. Toi, tu seras mieux,
et ton fils n'aura point de mal non plus.
Qui sait quel avenir lui est destiné si le padichah jette les yeux sur lui ! Il est arrivé
plus d'une fois qu'un misérable raya est
devenu grand-vizir.

— S'il devient jamais grand-vizir, — in-

terrompit Milosch, — cela n'arrivera pas par
ma volonté. Cela ne me tentera pas, kiehaya ; ni cela, ni rien autre. Je resterai
fidèle à mon Dieu et à ma patrie. Va-t'en
tout seul ; je resterai ici... ici, dans ce tombeau. Pour moi-même, je suis déjà un
mort...

Il prononça ces mots avec tant de force
que le kiehaya comprit que la persuasion
n'aurait aucun succès. Il fit quelques pas
avec colère, le regarda dans les yeux et
cracha par terre. Ses dents serrées laissaient
passer des paroles de malédiction. Tout à
coup il changea de ton et dit d'une voix
suppliante :

— Ecoute-moi, Milosch Widulitch ! Votre
foi vous commande de regarder chaque
homme comme votre prochain, et de ne
rien lui faire que vous ne vouliez qu'on vous
fît à vous-même. J'ai une femme et de petits
enfants. Voudrais-tu que ma femme et mes
enfants devinssent orphelins?

— Boga-mi... (Mon Dieu), — répondit Milosch, — je ne le voudrais pas.

— Eh bien, vois-tu... si tu ne me remets
pas ton fils, tu mourras, et je mourrai, et

nos femmes et nos enfants deviendront orphelins.

Je ne sais pas ce que le bey fera de toi,
mais il ne te lâchera pas vivant; quant à
moi, il me fera trancher la tête pour n'a-
voir pas exécuté son ordre. Ainsi, si tu ne te
soucies pas de toi-même, prends pitié du
sort de mes enfants! Aie pitié de moi, aie
pitié de toi-même! Tu es chrétien : obéis à
ta religion.

La voix du Turc était humble, suppliante.
Il insistait, parce qu'il n'avait plus beaucoup de temps. Le bey se levait tôt; il faisait
ses premières ablutions au lever du soleil,
et immédiatement après il fallait lui rendre
compte de l'exécution de ses ordres.

Il sembla au kiehaya que Milosch s'était
laissé toucher par cet appel à sa religion,
qu'il avait été ébranlé dans sa résolution.
Aussi continua-t-il dans le même sens :

— Je ne puis détourner le destin, dit-il,
cela est écrit dans nos livres. Mais peut-être
est-il écrit que toi, un chrétien, tu dois me
sauver la vie, à moi qui suis musulman !...

— Je comprends... — interrompit Milosch.

— Tu as voulu m'enlever mon fils d'abord par

force, ensuite par ruse; maintenant tu t'a-
baisses à la prière, et tu en appelles à ma
religion, et tu veux que je te sauve, moi, un
misérable raya. Oh! kiehaya, tu es mal
tombé! Boga-mi, tu es mal tombé! Je pourrais avoir pitié de toi s'il s'agissait d'un dé-
mêlé entre un chrétien et un musulman.
Notre foi ne nous dit pas que notre prochain
doive absolument être chrétien... Un musulman, un juif, un païen même, chacun d'eux
est notre prochain et chacun a droit à notre
amour chrétien. Mais l'amour du prochain
n'a rien à faire ici.

Le kiehaya était à bout d'arguments. Il
eut recours au moyen qu'on emploie pour
terminer une discussion; il dit:

— Réfléchis-y bien, Widulitch.

Milosch répliqua sur-le-champ:

— Je n'ai plus besoin d'y réfléchir. J'y ai
pensé pendant neuf années.

— C'est donc ton dernier mot?

— Le dernier.

Le Turc se mit lentement en marche, s'arrêtant à chaque pas et se retournant, comme
s'il espérait encore que Milosch rétracterait
ses paroles, comme s'il ne voulait pas, en

s'éloignant rapidement, lui ôter la possibilité
de se rétracter. Il arriva à la porte et s'arrêta un peu plus longtemps; il mit la main à
la rampe et s'arrêta encore; puis il se mit à
monter avec lenteur, comme s'il lui était
pénible de quitter ce souterrain plein de
boue, d'humidité, de rats et de squelettes.
Aussi ne fût-ce qu'au bout d'un long instant
que la porte d'en haut grinça sur ses gonds
et que la lumière disparut.

Pour la seconde fois, Milosch resta seul
dans les ténèbres. Le seul changement qui
se fût produit dans sa situation était qu'il
connaissait déjà le sort qui l'attendait. Ce
qu'il avait dit au kiehaya, qu'il se tenait
pour mort, il l'avait dit sérieusement, en
toute connaissance de cause. Il se tenait pour
mort; il se considérait comme un squelette,
recouvert encore de chair et possédant encore le mouvement. Cela lui inspira du courage, ou plutôt le rendit indifférent pour le
lieu dans lequel il se trouvait.

— Ah! il faut mourir une fois, se dit-il.
Et mourir de cette manière-ci, ou de celle-
là... peu importe, pourvu qu'on ait une
conscience pure!

Il se calma et tourna toutes ses pensées vers Dieu. Il priait ; et, grâce à sa prière, les ténèbres se changeaient peu à peu en clartés. Le sentiment de son sacrifice lui donnait pour ainsi dire une vision des choses à venir, et cela le rendait presque heureux.

Son seul souci était pour Louba et pour Djordji ; mais sa confiance dans le secours divin calmait cette inquiétude.

— Dieu ne les abandonnera pas, parce que je ne l'ai pas renié.

Il attendait donc avec une tranquillité absolue le sort qui lui était réservé.

## V. — AVANT LA MORT.

Osman-bey revenait de la mosquée après avoir fait son premier namaz, entouré, comme d'ordinaire, d'une suite nombreuse. Il s'arrêta sur le perron et promena ses regards sur la contrée.

C'était une superbe matinée. Il semblait que la nature souriait au soleil doré, qui s'était majestueusement élevé au-dessus des

montagnes et montait de plus en plus haut
dans la voûte céleste. Les brumes de l'aurore n'avaient pas encore disparu. Elles en-
veloppaient comme d'une gaze transparente
les sommets des arbres verts. La nature entière respirait le calme ; elle était pénétrée
de senteurs balsamiques ; elle retentissait du
chant des oiseaux, qui saluaient cette belle
journée.

Le bey demeura un instant silencieux ; on
aurait pu croire qu'il jouissait de cette matinée, qu'il en ressentait dans son âme le
calme et la beauté. Cette supposition aurait
été une erreur. Le bey repaissait ses yeux
de beauté et ses oreilles d'harmonie ; mais
cette beauté et cette harmonie ne pénétraient pas jusqu'à son âme.

Tout à coup il fit :

— Eh bien ?

Son geste et l'intonation de sa voix expli-
quèrent le sens de cette question.

Le kiehaya tomba à genoux devant le bey,
inclinant la tête jusqu'à terre, étendit les
mains et se prosterna à ses pieds.

Le bey jeta sur lui un regard oblique.

—Le giaour a caché son garçon...—s'écria

le kiehaya d'une voix imprégnée de larmes.
Il attend tes ordres dans le hapiz souterrain,
ô bey puissant et juste...

— Qu'on lui tranche la tête et qu'on em-
pale le giaour... — dit le bey d'un ton sec et
bref, en désignant des yeux le kiehaya.

Il avait prononcé ces mots d'une voix par-
faitement calme, comme s'il ne s'agissait
pas de deux vies humaines, mais bien de
quelque bagatelle insignifiante.

—*Ewala effendim*...—fit le kiehaya en se
relevant et en s'inclinant profondément, la
main sur son cœur. — Tu es juste...

Les traits du malheureux condamné
étaient pâles. L'angoisse de la mort se peignait dans ses yeux. Mais il ne demandait
pas qu'on lui accordât la vie ; il n'avait pas
recours à la miséricorde du bey. Il savait
que ç'aurait été en vain. Le musulman accepte son sort comme un arrêt du destin, et
il l'accepte avec humilité. Allah l'avait voulu. Il rentra donc dans les rangs des serviteurs et se mit à murmurer à voix basse des
versets du Coran.

Le bey fit un signe.

Les serviteurs s'élancèrent aussitôt et ap-

portèrent sous la véranda un divan recouvert d'un riche tapis de Perse et entouré de
coussins magnifiques. Un chapelet aux
grains d'ambre reposait sur un des coussins,

Le bey s'assit, croisa les jambes et, prenant en main le chapelet, il se mit à l'égrener machinalement.

Il fit un nouveau signe.

Les serviteurs s'élancèrent. Les boulouk-
bachis, les tchaüchs et les simples Arnaütes
se dispersèrent dans toutes les directions.

Une petite place ronde, traversée par la
route, s'étendait devant le grand portail qui
s'ouvrait sur la cour. C'est sur cette place,
à gauche de la route, que quelques hommes apparurent bientôt, apportant des pio-
ches, des pelles et un pieu bien arrondi terminé en pointe à une extrémité. Ce fut pour
eux l'affaire d'un instant de creuser une
fosse, d'y planter le pieu la pointe en haut
et de tasser la terre tout autour. Tandis
qu'ils terminaient ce travail, de grands cris
et des appels prolongés retentissaient dans
le village. Les serviteurs du bey convo-
quaient les rayas pour le spectacle du supplice. Les Bosniaques sortaient des chau-

mières et, se réunissant en petits groupes, ils se dirigeaient lentement et tristement vers la place.

Le bey regardait tout cela avec indifférence, en égrenant tranquillement son chapelet.

Quand on eut fini de planter le pieu et que les paysans se furent réunis en grand nombre sur la place, il fit un nouveau signe.

Cette fois le boulouk-bachi des Arnaütes se présenta devant lui; c'était un homme robuste, solidement bâti, dont la figure brunie par le soleil était ornée d'une paire d'énormes moustaches. Il s'arrêta devant le bey et dit d'un ton interrogateur :

— Effendim ?...

Le bey répondit en montrant du doigt la cour du palais.

— D'abord Mehmet, ici; après cela, qu'on amène le giaour et qu'on me le montre.

Mehmet était le nom du malheureux kiehaya.

Il s'avança entre deux Arnaütes jusqu'au milieu de la cour; la main appuyée sur son cœur, il salua le bey, puis il s'agenouilla.

Le boulouk-bachi, qui l'attendait déjà, tira de son fourreau une épée recourbée, tranchante comme un rasoir ; il retroussa jusqu'au coude la manche de son bras droit, cracha dans ses mains, éleva le glaive en l'air, prit son élan... la tête tomba en avant, et un jet de sang jaillit du cou de la victime.

Le boulouk-bachi et les Arnaütes reculèrent.

Le corps roula, inondant la terre de sang et agitant les membres ; le visage se crispait en grimaces convulsives ; la bouche s'ouvrait et se refermait, comme pour parler ou pour bâiller. Peu à peu le corps se raidit, la figure blanchit et se refroidit.

Aussitôt le boulouk-bachi s'approcha du perron ; le bey lui jeta une bourse pleine d'argent. C'était sa récompense pour l'habileté dont il avait fait preuve et qui est hautement estimée dans tout l'Orient. Quelques grands hommes, voire même des sultans, ont cherché à s'y distinguer.

Le boulouk-bachi s'inclina et partit, et peu après les Arnaütes amenèrent Milosch.

Le prisonnier avait les mains liées derrière le dos ; ses vêtements étaient ouverts

sur la poitrine ; il s'avançait d'un pas ferme
et la tête levée ; son allure ne laissait deviner en rien un condamné marchant à la
mort.

Il s'arrêta devant le bey.

Ces deux hommes se mesurèrent des yeux.
Une lutte d'un instant s'engagea entre leurs
regards.

Milosch rappelait par sa physionomie ces
héros slaves du sud, que les rhapsodes na-
tionaux se plaisent à célébrer dans leurs
chants. Il était de haute taille, au visage
allongé, au front élevé ; ses traits étaient
réguliers et empreints d'une fierté martiale, alliée à une franchise qu'il poussait jusqu'à la bonhomie. Ses yeux étaient
surmontés de sourcils blancs et épais ; un
regard austère s'échappait de dessous.
Des moustaches blanches, s'abaissant aux
coins de la bouche, ombrageaient ses lèvres.
Osman-bey ne ressemblait pas à Milosch,
et cependant sa physionomie extérieure
s'accordait avec celle du raya ; la seule différence était que ce dernier avait douze ou
quinze années de plus et qu'il portait les
marques du travail et de la pauvreté,

tandis que le premier se distinguait par les caractères que l'opulence et le pouvoir impriment sur toute figure humaine. Toutefois il était facile de reconnaître à première vue qu'ils étaient fils d'une même race, mais que l'un était né dans la richesse et l'autre dans la pauvreté.

Le pauvre s'arrêta devant le riche, et ils se mesurèrent du regard. Ils ne se disaient rien. Pendant un instant les rayons de leurs yeux se croisèrent comme les épées de deux adversaires qui cherchent l'un et l'autre à se frapper au cœur. C'était une lutte; c'était un duel. Osman-bey fut enfin vaincu. Ses yeux se voilèrent, comme éblouis par un éclat insoutenable; il cligna plusieurs fois les paupières et baissa les yeux.

Il dut avoir honte de lui-même à ce moment, car il les releva immédiatement; mais leur expression avait changé. Le bey abandonna la lutte et regarda son adversaire avec cette expression d'audace cynique avec laquelle un brigand de grand chemin regarde la proie tombée en son pouvoir. Au même moment, les yeux de Milosch changèrent aussi d'expression. Sou

regard rayonna d'un calme et d'une lim-
pidité étrange, qui frappèrent le bey comme
un choc électrique.

La lutte était terminée. Elle avait été silencieuse et avait duré tout au plus une
minute.

Le silence fut rompu par Milosch.

— Je te salue, arrière-petit-fils de mon
aïeul. Tu as peut-être oublié que la mère de
ton père était la propre sœur de ma mère ;
c'est sans doute pour rendre hommage aux
cendres de nos ancêtres que tu m'as fait
jeter dans un cachot souterrain et que tu me
fais venir, enchaîné, devant toi. Je te salue,
Sokolitch, honneur à toi !

Ces paroles étaient empreintes de tant de
mépris que le bey en fut stupéfait ; pour
toute réponse, il étendit le bras, et, montrant
tour à tour le cadavre du kiehaya et le pal
sur la place, il dit, en appuyant sur les
mots :

— Regarde ici... et là...

Milosch se retourna ; il jeta d'abord les
yeux sur le corps sans tête, et sur la tête
séparée du corps, baignés l'un et l'autre
dans une mare de sang ; il arrêta ensuite

son regard sur le pieu dont la pointe s'élevait au-delà du portail et sur la foule serrée des paysans; et il hocha la tête.

Profitant du moment où Milosch avait détourné son regard qui pesait à Sokolitch comme un remords de conscience, celui-ci retrouva sa grave indifférence et prononça les paroles suivantes :

— J'ai ordonné qu'on te prenne ton fils, pour te faire l'honneur de donner un défenseur au padischah. J'ai voulu fournir aux Widulitch la possibilité d'atteindre au rang où se sont élevés les Sokolitch. Tu as rejeté mon bienfait; ne t'en prends qu'à toi-même. Je ne veux pas qu'on dise qu'un Sokolitch protège un Widulitch; livre ton fils, et je te ferai mettre en liberté à l'instant même.

On peut se rendre compte des motifs psychologiques qui avaient poussé le bey à modifier sa manière d'être et à s'abaisser jusqu'à une explication vis-à-vis d'un homme destiné à lui fournir le spectacle du pal. Une sorte de raison d'Etat était apparue dans Sokolitch. Il avait reconnu en Milosch une de ces âmes fortement trempées qui imposent à la foule. Il avait reconnu que briser une telle âme pourrait lui donner plus de gloire que de faire mourir un tel homme.

Les instincts personnels cédèrent aux intérêts d'Etat. Cela prouve que le sang de Mohamed-pacha coulait dans les veines d'Osman-bey. Il avait flairé dans ce spectacle une comédie de pardon et de générosité, une comédie dans laquelle Widulitch pouvait jouer involontairement un rôle de compère ; aussi s'empressa-t-il de lui offrir la vie en face de ce musulman décapité et devant ce pal.

— Livre ton fils et je te ferai mettre en liberté sur-le-champ.

Il prononça ces paroles en appuyant sur chaque syllabe.

A ces mots Milosch se retourna brusquement et, mesurant le bey d'un regard plein de fierté et de mépris, il répliqua :

— Ah ! si en échange de mon fils tu m'offrais, Sokolitch, non pas la vie, mais le trône du sultan, je refuserais ce trône !

Le bey sourit avec dédain et méchanceté ; il hochait la tête, fronçait les sourcils, et regardait furtivement le Bosniaque, s'efforçant de donner à ses regards une expression de pitié.

Il voulait, paraît-il, se maintenir dans son rôle jusqu'au dernier moment. Il eût volontiers fait grâce à Widulitch, justement parce que celui-ci ne craignait pas la mort et qu'il dédaignait la vie... n'était l'orgueil qui ne lui permettait pas de céder, n'était la crainte qu'on ne l'accusât de faiblesse. C'est pour cela qu'il limitait sa générosité.

— Je t'ai laissé le choix libre. Tu l'as repoussé toi-même. Ta désobéissance et ta témérité doivent être sévèrement châtiées. Je te permets cependant de me demander, avant de mourir, une faveur pour les tiens. Je te permets aussi de me demander quelque chose pour toi-même.

Milosch sourit à ces mots; il voulut répondre immédiatement, mais il se contint. Il baissa la tête comme pour réfléchir, et, la relevant bientôt, il répondit :

— Je te remercie, ô seigneur magnanime, et je te prierai de m'accorder trois choses.

Il s'arrêta pour voir l'impression que sa

réponse ferait sur le bey. Sokolitch répliqua :

— Parle.

— En premier lieu, laisse ma femme en repos.

Le bey fit un signe d'assentiment.

— Ensuite, permets-moi de m'agenouiller devant un prêtre de ma religion et de me préparer à la mort.

Le bey fit un second signe.

— Enfin fais-moi empaler le visage tourné du côté de ma chaumière.

A cette dernière demande, le bey leva la tête et plongea un long regard dans les yeux de Milosch ; soudain, il baissa les yeux et pencha la tête sur sa poitrine, comme si un lourd fardeau l'avait inclinée.

Et en effet, c'était le fardeau de sa conscience qui l'avait accablé. La prière de Widulitch cachait un sens profond sous sa naïveté apparente ; c'était un reproche jeté à la face de Sokolitch. Il avait espéré qu'il forcerait Milosch à lui demander un changement d'exécution, une mort plus légère, qu'il le forcerait ainsi à s'humilier et à montrer quelque faiblesse. Mais il avait beau le ten-

ter, le Bosniaque restait inébranlable. Chargé
de chaînes, il tenait la tête haute et regardait tranquillement le bey ; celui-ci ne savait
plus quelle conduite tenir. Il l'aurait volontiers fait mettre en liberté, ne fût-ce que
par esprit de contradiction. Mais il était re-
tenu par son orgueil et par l'idée qu'il se
faisait de la dignité du pouvoir.

Si Milosch ne s'était pas posé avec tant
d'audace, on l'aurait déjà assis sur le pal ;
mais puisqu'il avait montré de l'audace, la
dignité du pouvoir ne permettait pas de
ne pas l'empaler.

C'est la solution de ce dilemme qui embarrassait le bey et qui le plongea dans une
profonde rêverie.

Il n'eut cependant pas le temps de résoudre ce problème ; un incident inattendu
vint absorber toute son attention.

Deux cavaliers étaient apparus sur la
route qui conduisait au palais. Ils accou-
raient sur des chevaux couverts d'écume et
ils ne s'arrêtèrent qu'à l'entrée de la cour.
Arrivés là, ils échangèrent quelques mots
avec la sentinelle qui se dirigea rapidement

vers le perron pour annoncer au bey l'approche d'un hôte de haut rang :

— Hassan-pacha, récemment nommé gouverneur suprême de la Bosnie, retour de Stamboul, où il vient de recevoir les insignes de sa dignité.

A cette nouvelle, Osman-bey fronça les sourcils. C'était, en effet, son rival, un rénégat italien qui avait obtenu par la faveur de sa compatriote ce que lui, Osman-bey, n'avait pu obtenir malgré la protection du grand-vizir. Mais par cela même il fallait le recevoir d'autant plus dignement. Il commanda aussitôt à ses serviteurs les dispositions nécessaires, et il allait faire remettre l'exécution à un autre moment, quand le cortège du pacha apparut derrière la colline.

C'était un nombreux cortège, comptant plus de mille hommes et mille cinq cents chevaux, mulets et chameaux. En tête s'avançait un bataillon de cavalerie légère, suivi de cavalerie cuirassée ; venait ensuite de l'infanterie armée de hallebardes et de courtes épées ; puis deux canons, et derrière les canons une longue file de chevaux

de réserve, de mulets et de chameaux chargés de bagages. Une arrière-garde composée
de cavalerie fermait le cortège.

Au milieu de cette procession, entre les
deux corps d'infanterie, s'avançait un cheval couvert d'un caparaçon richement brodé
d'or, et monté par un homme jeune encore,
d'un embonpoint déjà respectable, au visage
délicat, éclairé par deux grands yeux noirs
et orné d'une barbe noire soigneusement
entretenue. Il était protégé du soleil par
un grand baldaquin que portaient quatre
nègres, n'ayant pour tout vêtement qu'une
chemise blanche ouverte sur la poitrine et
de larges pantalons blancs attachés au-dessus des genoux. De chaque côté marchait
une file de soldats, et en arrière avançaient
des domestiques chargés d'ustensiles en or
et en argent, de linge, de vêtements et de
riches tapis. A côté du cheval du pacha, la
main appuyée sur la croupe, marchait un
saïs avec une couverture légèrement jetée
sur l'épaule.

Le personnage qui arrivait ainsi, entouré
d'une suite si brillante, était donc Hassan-
pacha, vizir de la Bosnie.

A mesure que la cavalerie et l'infanterie débouchaient sur la place, elles quittaient la route et se rangeaient non loin du pal, en face du groupe des paysans. Bientôt le pacha apparut derrière elles. Il regarda le pal, et sourit. Il franchit le portail, vit le cadavre au milieu de la cour, sourit, et fit un détour pour ne pas le toucher. Il arriva au pied du perron, aperçut Milosch parmi les Arnaütes et il sourit encore. Dans ces sourires, où la ruse italienne s'alliait à la férocité musulmane, il y avait quelque chose de vraiment satanique.

Le bey reçut le vizir au pied du perron. Tandis que ses serviteurs l'aidaient à descendre de cheval, il l'accueillit par un profond salut, en échangeant les mots consacrés par l'étiquette turque : *salam-alelkiem* et *alelkiem salam ;* puis il le félicita de son heureuse arrivée et il lui remit sa maison et tout ce qu'elle contenait.

— *Hosh guieldy.....*

— *Safal guieldy* (1).

Et il l'invita au salamlik (salon turc).

(1) Soyez le bienvenu.

Mais le pacha, apercevant sous la véranda un divan commode, prit place dessus et invita le bey à s'asseoir à ses côtés.

Nous devons ici expliquer à ceux qui ne connaissent pas l'étiquette orientale, que, lorsqu'un fonctionnaire supérieur par rang hiérarchique rend visite à son inférieur, la politesse exige que ce dernier regarde son hôte comme le maître de la maison, et se considère lui-même comme un étranger. Le maître honoraire doit montrer la plus grande bienveillance au maître véritable, et cela fait compensation.

Le pacha invita donc le bey à s'asseoir auprès de lui, ce que celui-ci fit en saluant et en remerciant.

— Nous sommes bien ici. Nous pouvons rester en plein air, d'autant plus que, à ce que je vois, bey, tu étais en train de jouir d'un spectacle interrompu par mon arrivée... — dit le pacha, en désignant Milosch.

Osman-bey s'inclina et répondit :

— Je voulais châtier un giaour désobéissant.

— Qu'a-t-il donc fait ?

— Il a caché son fils que j'avais l'inten-

tion d'envoyer au padischah pour ses janissaires.

En prononçant le mot « padischah », il
s'inclina profondément.

Le pacha grommela quelques injures à
l'adresse des giaours en général, et il ajouta:

— Punis-le, dans ce cas.

— C'est toi, pacha, qui es le maître ici... —
répliqua le bey. Ordonne... Moi et tous mes
domestiques, nous sommes à ton service.

— Eh... qu'on le mette sur le pal, là-bas...
— fit le pacha d'un ton léger.

Puis il se mit à raconter comment il avait
pris congé du grand-vizir et quelles recom-
mandations il en avait reçues pour son neveu.

Pendant ce temps, le bey fit un signe aux
Arnaütes.

Ceux-ci conduisirent Milosch sur la place.

Le drame se divisa en ce moment en
deux scènes, jouées simultanément : ici,
c'était la réception d'un hôte distingué ; là,
c'étaient les préparatifs d'un des supplices
les plus terribles que la cruauté humaine
ait inventés.

Le pacha, se laissant laver les pieds, conformément à l'hospitalité orientale, et absor-

bant des sorbets rafraîchissants, vantait
Stamboul, la vie de la capitale, ses succès
et sa propre personne. Il prouvait par là
qu'il venait d'Italie. Les Italiens ont dans
leur nature de parler beaucoup et de se
vanter toujours.

Milosch traversa la cour d'un pas ferme et
tranquille. Il s'arrêta sur la place et se
tourna vers la foule des Bosniaques, du milieu desquels sortit un moine. Quand le
moine se fut approché, Milosch s'agenouilla.
Le prêtre se pencha sur lui, fit le signe de
la croix et le confessa rapidement; puis il
tira de dessous ses vêtements un petit calice
d'étain, et, le tenant de manière à ce qu'il
n'offusquât pas les yeux des musulmans, il
disait à demi-voix :

— Voici l'Agneau de Dieu, qui efface les
péchés du monde... Seigneur, je ne suis pas
digne...

Les paysans répétaient à genoux les paroles du prêtre en se frappant la poitrine.

Milosch, ne pouvant se frapper la poitrine, avait incliné son front jusqu'à terre,
et murmurait d'une voix empreinte d'humilité :

— C'est ma faute!... c'est ma faute!...
c'est ma très grande faute!...

Et comme son front était incliné jusqu'à
terre, quelques larmes parurent dans ses
yeux, brillèrent sur le bord de ses cils, et
tombèrent sur le sol.

C'était un spectacle si plein de solennité et
en même temps si touchant, que les Musulmans eux-mêmes le considéraient avec émotion et respect.

Milosch reçut le corps et le sang du Seigneur, ainsi que la dernière bénédiction du
prêtre. Il se releva, regarda le ciel, et se
montra de nouveau calme et fier comme
avant sa confession. Après avoir fait aux
siens un léger signe d'adieu, il dit aux Arnaütes :

— Mais vous savez?... le visage du côté
de ma chaumière...

Un instant après, il était assis sur le pal.

La foule des paysans fit entendre un long
gémissement, sourd et profond. Mais Milosch
ne poussa ni un soupir, ni un gémissement.
Une horrible souffrance lui fit serrer les
dents et froncer les sourcils, mais ses yeux
conservèrent leur calme et leur fierté. Il

tenait sur le pal la tête haute, et il ressemblait à un chef qui contemplerait ses troupes rangées en bataille. Il regardait sa chaumière visible au loin, et ses montagnes majestueuses, et le ciel bleu, et le Werbas argenté; il regarda tout cela, et il agonisa dans des souffrances terribles, pendant toute cette journée, et pendant toute la nuit, et toute la matinée du jour suivant. Les paysans s'en allèrent; la sentinelle seule demeura près de lui. De temps à autre, quelques curieux du palais ou du cortège du pacha approchaient du pal et injuriaient le giaour. Il poussa le dernier soupir le lendemain vers midi; sa tête retomba sur sa poitrine et ses yeux vitreux se fixèrent sur le sol.

Quand on planta Milosch sur le pal, le pacha loquace interrompit sa conversation et tourna les yeux de son côté. Osman-bey l'imita. Le pacha, se caressant la barbe, le considéra en silence pendant quelques minutes; puis il dit, en appuyant sur les mots :

— Il est dur, ce giaour,

Le bey pâlit et répondit de la même manière :

— Un Bosniaque...

— Je me charge de les rendre plus doux...
— répliqua le pacha avec un sourire plein de
fatuité, portant à ses lèvres un sorbet dans
une coupe de cristal.

Le bey ne répondit rien, mais il écouta
dans un silence farouche le récit, un instant
interrompu, des plaisirs et des fêtes de la capitale.


## VI. — LES CHEVEUX BLANCS DU PÈRE


On ne pourrait ni décrire ni raconter la
tristesse qui s'était emparée des habitants de
Wichnitza pendant le supplice de Milosch.
Les hommes avaient été chassés de leurs de-
meures, afin d'assister au spectacle du supplice. Les femmes et les enfants étaient
restés dans le village.

Des pleurs et des sanglots étouffés, entre-
mêlés d'appels à Dieu, s'échappaient de
chaque chaumière. Ces pleurs et ces appels témoignaient qu'un sacrifice douloureux se consommait — un sacrifice qui n'é-

tait pas le premier, et qui ne devait pas être le dernier. Les prières pour les agonisants durèrent jusqu'à l'instant où Milosch poussa le dernier soupir. On avait allumé deux cierges dans la chambre, qui servait d'église aux chrétiens, et on avait étendu au milieu du plancher un morceau de drap noir représentant le catafalque. Pendant deux jours et une nuit on voyait continuellement autour de ce catafalque plusieurs personnes agenouillées ou étendues en croix.

Pendant deux jours et une nuit les habitants de Wichnitza prièrent pour le mourant; ils priaient le Tout-Puissant d'accorder une mort rapide et légère au martyr cloué sur le pal.

Pendant deux jours et une nuit on n'entendait parmi les habitants de Wichnitza que cette seule question :

— Est-ce fini?

Et cette réponse :

— Pas encore.

Quand Milosch fut mort, un seul mot parcourut tout le village, passant de bouche en bouche :

— C'est fini...

Chose étrange! Ce mot remplit de joie
les cœurs des Bosniaques. Chacun d'eux
respira du fond de sa poitrine, comme si un
fardeau en était tombé. Ils se réunirent
dans la chapelle autour du catafalque, et
des prières d'actions de grâces montèrent
au trône du Tout-Puissant, et le catafalque
prit l'apparence d'un char de triomphe sur
lequel l'âme de Milosch fit une entrée triom-
phale dans le lieu de félicité éternelle, au
milieu des chœurs des séraphins et des ché-
rubins.

— C'est fini... — murmurait-on en pleu-
rant d'émotion.

Et l'on rendait grâces à Dieu pour ce miracle.

Un miracle?

Oui, un miracle. Les habitants de Wichnitza
étaient persuadés que le Créateur avait prêté
l'oreille à leurs prières. Ils avaient demandé
pour Milosch une mort légère, et ils croyaient
qu'elle avait été légère. Le martyr n'avait
pas poussé un seul cri, ni proféré une seule
plainte, tandis que d'ordinaire ceux qui
mouraient sur le pal remplissaient l'air de
gémissements affreux. Son agonie n'avait

duré que deux jours et une nuit, tandis
que les autres voyaient plusieurs fois le
lever et le coucher du soleil.

A cette époque les hommes se connaissaient en tortures. La mort sur le pal, sur
la roue, sur le bûcher, étaient des événements ordinaires ; c'était un spectacle *gra-
tis*, que ne donnaient pas les Turcs seulement. On savait donc combien de temps
doit durer l'agonie, et l'on prit pour un
miracle la mort de Milosch, dont l'âme silencieuse s'envola plus tôt qu'on ne pouvait
s'y attendre vers un monde meilleur.

Les habitants de Wichnitza rendaient
grâces à Dieu pour avoir exaucé leurs prières, et ils se réunirent tous dans l'église, où
le prêtre célébra l'office divin pour l'âme
du défunt.

Ils se réunirent tous, à l'exception d'une
femme et d'un enfant.

Le lecteur devinera sans doute quelle
était cette femme et quel était cet enfant.

Wichnitza est entourée par un amphi-
théâtre de montagnes, qui appuient leurs
cimes dentelées sur des masses rocheuses.
Ces rochers blanchâtres apparaissent comme

des corniches parées de guirlandes de lierre
et de vigne sauvage. On aperçoit çà et là de
larges fissures ; çà et là ces fissures prennent
l'apparence de niches ou d'embrasures, ou
bien elles se transforment en cavernes creusées dans le flanc de la montagne.

L'une des cavernes était visible du perron
du palais. On aurait dit que là nature avait
consulté l'homme pour la construire. Deux
grandes pierres plates formaient les parois
et une troisième posée horizontalement tenait lieu de plafond. Ces trois pierres
avaient l'apparence d'une ouverture assez
semblable à l'entrée d'une mine. S'il fallait
en croire la tradition, des aventuriers vénitiens avaient autrefois extrait de l'or en
cet endroit. Il y avait même une légende
attachée à ces lieux, portant que des trésors y étaient enfouis et que des puissances
surnaturelles en défendaient l'accès. Des
plantes sauvages laissaient flotter leurs légers festons par-dessus le bord de la pierre
horizontale, et un hêtre, qui croissait à l'entrée de la grotte, la cachait en partie par
son large tronc et par ses branches étendues.

C'est sous ce hêtre qu'une femme et un enfant se tinrent immobiles dès le matin du jour où l'on supplicia Milosch, et pendant toute la nuit et toute la journée suivante. La distance était grande depuis ce point jusqu'au lieu du supplice, surtout pour être parcourue à pied. Il fallait descendre dans une vallée profonde, puis grimper le long d'une pente escarpée et contourner des précipices. La distance à vol d'oiseau était néanmoins assez courte pour qu'une vue ordinaire pût aisément distinguer la place et reconnaître ce qui s'y passait. Les objets il est vrai apparaissaient en petit, mais assez distinctement, surtout si l'observateur assis sous le hêtre connaissait d'avance leur signification...

La femme était accroupie sur elle-même. Elle avait appuyé les coudes sur ses genoux et la tête dans ses mains, et elle regardait fixement un seul point. Le blanc de ses yeux s'était complètement recouvert d'un réseau de petites veines rouges; ses paupières étaient enflées, la peau des orbites était enflammée. On reconnaissait à première vue que cette femme avait pleuré toutes les larmes de ses yeux, et qu'il ne lui restait que du sang derrière les paupières.

Aussi ne pleurait-elle plus ; son regard fiévreux était fixé sur le lieu du supplice, et elle restait immobile comme une pierre. La seule chose qui prouvât qu'elle n'était pas une statue, c'était le tremblement convul-sif de ses joues ; c'étaient, de temps à autre, des tressaillements nerveux du corps entier, témoignant que la douleur siégeait dans sa poitrine et qu'elle agissait comme la vapeur comprimée dans une chaudière ; c'étaient des soupirs qui s'échappaient de temps à autre de sa bouche, commençant par un « ho ! » prolongé, et s'exhalant en un gé-missement sourd et plaintif ; c'étaient enfin des questions que cette femme adressait à l'enfant après de longs intervalles de si-lence.

— Vois-tu, mon fils, vois-tu?

— Je vois, ma mère, une foule de gens.

— Et dans cette foule?

— Je ne vois rien dans cette foule ; je ne vois que des hommes armés, des *askirlar*, et des nôtres... Au-dessus de la foule... — commença le garçon lentement.

— Que vois-tu au-dessus de la foule?...
— interpella la femme.

— Je vois un homme, une espèce de géant.

— Regarde-le bien, mon fils; regarde et souviens-toi : ce géant, c'est ton père.

— Mon père?... — s'écria l'enfant d'un accent étonné. — Nous l'avons laissé à la maison.

— C'est ton père... — dit la femme d'un ton bref.

Et un sanglot nerveux s'échappa de sa poitrine, et ses membres tressaillirent d'un tremblement convulsif.

Le petit garçon jeta ses mains autour de son cou; il se pressa contre elle et s'écria d'une voix pleine de crainte et de larmes :
— Mère !

La femme se calma subitement. Après un long silence, elle demanda de nouveau :
— Vois-tu, mon fils?

— Je vois, ma mère.

— Une grande foule?

— Une grande foule.

— Et au-dessus de la foule?

— Je vois mon père, mais si grand!

— Oh ! si grand...

Et de nouveau un sanglot convulsif s'é-
chappa de sa poitrine, et de nouveau ses
membres tressaillirent, et l'enfant se pressa
contre elle, en s'écriant d'une voix empreinte
de frayeur et de larmes :

— Mère !

Un gémissement douloureux sortit des
lèvres de sa mère et se brisa aux échos de
la montagne.

— Vois-tu, mon fils ?... — interrogea-t-elle
de nouveau.

— Oui, ma mère, oui, je vois... —répondit
le petit garçon.

— Que vois-tu ?

— Mon père.

— Le vois-tu bien ?

— Oh ! oui, je vois sa tête et ses cheveux
blancs.

—Ses cheveux blancs...—répéta la femme
comme un écho. — Souviens-toi bien, mon
fils, de ces cheveux blancs. Qu'ils soient
toujours présents à ta mémoire, à chaque
minute de ton existence. Souviens-toi ! souviens-toi de ce que tu vois en ce moment...

Elle sanglota de nouveau, puis elle se
calma et échangea de nouveau quelques

mots avec son fils ; — de ces mots qui se
gravaient comme au ciseau dans le cerveau
du petit garçon, qui se marquaient comme
au fer rouge dans son cœur enfantin. La
femme répétait continuellement :

— Souviens-toi bien... Regarde et souviens-toi !

L'enfant regardait attentivement, et ce
qui le frappait le plus à cette distance, c'é-
taient les chevenx blancs du vieillard élevé
au-dessus de la foule. De toutes les couleurs,
le blanc est celle qu'on voit à la plus grande
distance. Ces cheveux blancs devinrent le
point central et lumineux des souvenirs du
petit garçon ; tous ses autres souvenirs devaient graviter autour de celui-là, comme
ressort d'un point fixe, et il allait devenir le
point principal de son être et de sa vie.

Louba demeura à l'entrée de la grotte
pendant toute la seconde et toute la troisième journée, aussi longtemps que le cadavre de son mari resta sur le pal. Quand
on l'eut ôté, la veuve apparut dans la chaumière solitaire. Elle n'y fut pas plus tôt entrée que les Arnaütes se jetèrent sur elle.

— Où est ton garçon ?

Louba eut l'air de ne pas comprendre. Elle répondit par un regard terrifié.

Un des Arnaütes lui saisit le bras et la secoua rudement.

— Où est ton garçon ?

La femme se tordit sur elle-même et se jeta à terre en gémissant.

Le boulouk-bachi cracha avec colère et fit un geste de mépris. Les Arnaütes partirent, la laissant étendue par terre.

Le rang inférieur que le Koran a assigné à la femme la protège en Turquie contre les persécutions. Créature privée d'âme, elle n'a de prix que tant qu'elle est jeune, mais comme tout objet d'utilité domestique; lorsqu'elle devient vieille, elle est en butte au mépris de ceux qui se sentent doués d'une âme immortelle et appelés à partager le paradis avec le Prophète. Il y avait donc dans le geste du boulouk-bachi un accent qui pourrait se traduire par ces mots :

— Ce n'est pas la peine d'entrer en pourparlers avec un être si vil.

Cet être si vil possédait pourtant un secret dont la découverte était très importante pour les serviteurs du bey. Il semblerait donc que le moyen le plus facile de découvrir ce secret, c'était de l'arracher à Louba. Mais l'orgueil musulman leur interdisait d'employer ce moyen, cet orgueil qui relègue la femme au niveau du premier animal venu. Qui est-ce qui irait s'abaisser jusqu'à interroger un chien ou un chat ? Et s'il s'abaissait même à ce point, quel profit pourrait-il en retirer?

Ainsi le mépris protégeait Louba comme un bouclier, mais il ne couvrait pas son enfant. On la laissa en repos, mais en revanche on organisa dans les forêts et dans les montagnes des battues générales, dans le but de se saisir de l'enfant.

Nous devons ajouter que ces recherches n'avaient pas été ordonnées par le bey. Le supplice de Milosch avait produit sur lui une forte impression, une impression difficile à expliquer. Ce n'était ni de la tristesse, ni de la joie, ni une satisfaction de vengeance, mais plutôt une humiliation intérieure, ayant pour cause la force morale qu'avait déployée Milosch; et cette force morale forçait Osman-bey à respecter ce que Milosch laissait après soi. L'orgueil lui

défendait cependant de manifester ce respect à l'extérieur. Il n'osait pas retirer
l'ordre que le kiehaya avait payé de sa tête.
Il n'osait pas dire à sa suite :

— Laissez l'enfant tranquille.

Il s'enferma dans un silence farouche, et
ce silence aiguillonnait le zèle des tchaüchs,
des boulouk-bachis et de tous les Arnaütes,
qui s'efforçaient de mériter la faveur du
maître.

Les forêts et les montagnes des environs
de Wichnitza devinrent donc le but des excursions, collectives ou solitaires, des Musulmans qui habitaient soit au palais soit dans
le village. Ils les parcouraient de long en
large, ils examinaient dans tous leurs recoins
les gorges et les cavernes, ils épiaient chaque mouvement de la mère, et, malgré tous
ces efforts, ils ne parvenaient pas à découvrir le fugitif, qui ne pouvait cependant être
caché nulle autre part que dans les bois ou
les montagnes des alentours de Wichnitza.

Le moyen le plus pratique paraissait être
d'observer les gestes de la mère. Celui qui
veut découvrir le gîte des lionceaux observe
les allées et venues de la lionne. On surveil-

laït donc nuit et jour la veuve de Milosch.
Pendant la journée, deux Arnaütes, se relevant à chaque écoulement du sable de la
clepsydre, ne la quittaient pas des yeux.
Chaque fois qu'elle sortait, ils la suivaient
de loin, prenant garde qu'elle ne les aper-
çût pas. Pendant la nuit sa chaumière était
enveloppée de sentinelles rapprochées l'une
de l'autre, et qui observaient sans être vues
chaque personne qui entrait ou sortait. Une
souris n'aurait pu se glisser inaperçue, à plus
forte raison un garçon de neuf ans. Mais
toute cette surveillance, toutes ces recherches, ces excursions et ces embuscades ne
servirent à rien. Elles durèrent une première semaine ; la seconde semaine, elles
redoublèrent ; la troisième, elles furent né-
gligées ; la quatrième, elles furent reprises
avec un redoublement d'ardeur, puis on les
abandonna pour un temps plus long. Enfin,
après un intervalle de six mois environ, les
boulouk-bachis et les Tchaüchs mirent soudain tous les ressorts en jeu ; ils parcouru-
rent les forêts, fouillèrent les montagnes,
renversèrent sens dessus dessous le village
entier, et arrivèrent enfin à la conviction

que l'enfant avait dû être renvoyé dans
quelque contrée éloignée.

Ce résultat mit fin aux recherches. Les
serviteurs compromis et découragés se tinrent pour battus. Les Arnaütes se conso-
laient en prodiguant généreusement les injures au Bosniaque défunt et au malheureux
orphelin, qui errait quelque part, solitaire,
par le monde. Ils juraient, attendant avec
terreur la question du bey :

— Où est le garçon?

Mais les semaines, les mois et les années
s'écoulaient ; le bey gardait le silence,
choyant et caressant sa fille qui grandissait
comme une fleur dans un jardin soigneusement entretenu.

## VII. — MYSTÈRE ET SUPPOSITIONS.

Les années s'écoulaient.

Après une intervalle de je ne sais combien
d'années, un nouvel habitant, jeune et beau
vint s'établir dans la chaumière de Milosch.
Et ce n'étaient pas seulement la jeunesse et

la beauté qui le faisaient remarquer. Il avait encore en lui quelque chose de plus, ce quelque chose qui attire les cœurs des hommes. Sa physionomie faisait souvenir des héros chantés par les rhapsodes ; sa figure promettait la sagesse et le courage. On disait en le regardant :

— Kralewitch Marko (1) devait lui ressembler.

Et l'on ajoutait avec un accent expressif :

— Qu'il atteigne seulement à l'âge d'homme.

Car ce nouvel habitant était encore très jeune. A peine était-il sorti de l'âge de l'enfance ; à peine entrait-il dans celui de la jeunesse.

Il était apparu soudainement dans le village, et, malgré cela, son apparition n'avait étonné personne. Il prenait tout simplement possession de son patrimoine.

C'était, en effet, Djordji, le fils du défunt Milosch.

Louba était rayonnante de bonheur. Les

---

(1) Kralewitch Marko, le prince Marko, héros populaire des légendes slaves.

autres femmes lui enviaient, non seulement
d'être la mère d'un tel fils, mais d'avoir pu
le conserver et l'élever dans des conditions
si pénibles. Et elles le lui disaient; mais
Louba répondait :

— C'est Dieu seul qui me l'a conservé.

Les femmes cependant n'étaient pas satis-
faites de cette réponse, et, tout en admettant
que le secours de Dieu avait le plus contri-
bué à sauver Djordji des rangs des janissaires, elles parlaient en secret d'une certaine nourrice bosniaque qui avait élévé
Fatma. Cette nourrice, parente éloignée des
Widulitch, aurait été en grande faveur auprès de l'*hanem*, femme du bey, et aurait eu
une grande influence dans le harem. C'était
donc elle que les femmes de Wichnitza
soupçonnaient d'avoir servi d'intermédiaire
entre le secours de Dieu et l'enfant des Widulitch. On racontait même, mais sous le
sceau du plus grand secret, que Djordji,
vêtu en jeune fille, avait été élevé dans le
harem d'Osman-bey, et qu'il s'y était longtemps caché, si longtemps qu'il avait même
failli trahir son secret. Il avait alors quitté
le harem, mais sans cesser d'y chercher

asile. Comme il connaissait tous les passages secrets et tous les mystères de ce gynécée, il venait s'y réfugier chaque fois qu'il en avait besoin. De cette manière, la seconde moitié de son enfance s'était écoulée en partie dans les forêts, en partie sous le toit d'Osman-bey. Lorsqu'il fut entré dans l'adolescence, il put enfin se montrer publiquement, certain qu'on ne l'enrôlerait plus dans les janissaires. On enlevait les enfants, mais non les jeunes gens doués déjà de toute leur connaissance.

Ces bruits-là circulaient parmi les femmes de Wichnitza, et chaque fois qu'ils frappaient les oreilles de leurs maris, ceux-ci ne manquaient pas de réduire leurs épouses au silence.

— Car, — disaient-ils, — Dieu sait si cela est vrai ou non. Et dans tous les cas, si ce bavardage arrivait aux oreilles du bey, Djordji pourrait subir, à l'entrée de la vie, le sort qui frappa son père dans sa vieillesse.

Le seul résultat de cet avertissement fut que les bavardages continuèrent leur train, mais sous le voile du plus profond mystère; la curiosité féminine ayant été vivement

excitée, elle se changea en un désir ardent
de connaître la vérité. Quel était le but de
ce désir ? Il n'y en avait aucun, et par cela
même les paysannes de Wichnitza se con-
sumaient de curiosité, avec d'autant plus
d'ardeur qu'il était pour ainsi dire impossible de la satisfaire. En effet, on ne pouvait
rien apprendre de Louba, pour laquelle le
secret de son fils était plus cher que le sien
propre ; ni de Djordji, qui s'était accoutumé
dès son enfance à ne pas être prodigue en
paroles. Il ne restait qu'à chercher quelque lumière dans les relations qui existaient
forcément entre les femmes du village et
celles du harem, et de cette source provenaient des récits étranges, sur lesquels on
pouvait édifier des suppositions incroyables.

Voici sur quels faits se basaient ces suppositions.

Une jeune fille d'origine inconnue avait
fait une apparition dans le harem. Elle avait
été recueillie par l'*hanem* (1) elle-même, qui
l'avait rencontrée par hasard, dans une

(1) La dame qui tient le premier rang dans un harem
turc, épouse ou mère, quelquefois la sœur ou la
tante du maître.

de ses excursions aux environs de Wichnitza. L'épouse du bey était sortie toute seule avec la nourrice et l'enfant, et c'est pour cela sans doute qu'elle avait confié la petite fille aux soins de la nourrice ; celle-ci remplissait avec tant de zèle les ordres de sa maîtresse qu'elle ne perdait pas un seul instant de vue la jeune étrangère. Cela dura quelques années. La petite fille grandissait sous l'œil de la nourrice ; elle servit bientôt à la jeune Fatma de compagne dans ses jeux elle grandissait, elle embellissait, et un jour elle attira sur elle l'attention du bey. Il lui jeta son mouchoir. Mais, au lieu de s'habiller, de se parer et de se parfumer, comme tout autre l'aurait fait à sa place, la jeune fille s'enfuit du harem.

Cette fuite avait fait époque dans la vie du harem, une époque très importante pour les servantes du bey.

— Quel jour affreux!...quel jour affreux!... —répétaient-elles en racontant cet événement aux femmes du village et en branlant la tête.

En effet, ce fut un jour affreux. Osman-bey devint furieux. Toutes les femmes furent saisies de terreur, se préparant à mourir dans

des sacs aufond du Werbas. L'épouse du bey
elle-même, respectée en raison de sa parenté
avec le sultan, tremblait. Tout le monde tremblait. Les eunuques noirs sentirent leurs lèvres
blanchir. Personne ne ferma l'œil pendant
toute la nuit, et le lever du soleil éclaira le cadavre du kislar-aga jeté en proie aux vautours.

Oh! le souvenir de cette nuit terrible resta
gravé pour toujours dans la mémoire des
odalisques du bey.

La jeune fille s'enfuit sans laisser aucune
trace.

Les femmes du village s'étonnaient qu'une
jeune fille eût pu s'enfuir du harem sans
attirer l'attention des eunuques. Elles ajoutaient :

— Qui sait! peut-être n'était-ce pas une
jeune fille!

Les femmes du harem ne comprenaient
pas le sens de ces paroles. Elles se rappe-
laient cependant que la fugitive avait un air
étrange pour une jeune fille. Elles disaient
que la petite Fatma s'était vivement attachée à elle, et qu'après sa fuite elle avait
longtemps été inconsolable ; soudain elle
était devenue très gaie ; elle devint ensuite

rêveuse, ce qui paraissait très étrange dans une si jeune enfant ; et ensuite...

— Eh bien, quoi, ensuite?... — demandaient les femmes du village.

— Rien... — répondaient les femmes du harem.

Et elles se mettaient à parler de Fatma, de sa beauté, qu'elles comparaient à une aurore de printemps ; de sa voix, qu'elles trouvaient très ressemblante à la voix du rossignol ; de sa bonté, qu'elles trouvaient incomparable, et de sa rêverie continuelle, qui aurait pu faire supposer qu'elle portait un secret dans son cœur.

— Mais elle est encore si jeune !... — objectaient les femmes du village.

— Très jeune ; elle vient de commencer sa quinzième année...—répliquaient les femmes du harem.

Elles s'étonnaient les unes et les autres, et ces dernières continuaient à raconter des choses qui paraissaient encore plus étranges. Fatma montrait une répugnance marquée pour son entourage et elle recherchait une société différente. Elle s'entourait de fleurs et d'oiseaux, parmi lesquels elle avait une quantité d'amis. Pour que personne ne pût la déranger, elle se levait quand toute la maison était encore endormie, et elle se rendait au jardin avant le lever du soleil. Cette conduite était en opposition avec les règles du harem, qui exigeaient que les noirs ne quittassent pas un seul instant l'arrière-petite-fille du padischah. Mais le bey l'aimait tant qu'il n'avait rien à lui refuser. Ses eunuques avaient reçu l'ordre de ne pas la déranger dans ses promenades matinales. D'ailleurs il n'y avait pas l'ombre d'un danger quelconque. Le jardin, ainsi que tous les bâtiments, était entouré d'une haute muraille; une sentinelle armée veillait devant le konak; les clefs de toutes les portes et des passages secrets, qui abondent d'ordinaire dans les habitations turques, étaient entre les mains du kislar-aga. La fille de Sokolitch pouvait donc satisfaire ses goûts singuliers en toute sécurité, d'autant plus que, de temps à autre, l'œil de son père veillait sur elle comme l'œil de la Providence.

Sur le toit même du palais s'élevait un tcherdak, une sorte de pavillon vitré, en-

guirlandé de verdure et meublé à l'intérieur
de divans confortables. Osman-bey aimait à
y passer ses matinées, laissant errer ses
regards sur les paysages splendides que la
nature avait déroulés à ses yeux. Il aimait à
s'enivrer des senteurs embaumées, à écouter
le gazouillement des oiseaux qui saluaient
le lever du soleil, et à promener ses regards
sur ces tableaux admirables, parmi lesquels
se faisait remarquer son propre jardin, plein
d'allées ombreuses, de kiosques, de pavillons, avec un vaste gazon et un jet d'eau au
milieu, avec un ravin profond et des bouquets de peupliers. Il aimait à se rassasier
de tout cela, surtout depuis que ce tableau
était animé par la gracieuse apparition de
sa fille unique, qu'il entrevoyait entre les
arbres, glissant comme un léger papillon
parmi les massifs odorants ou baignant ses
pieds nus dans la rosée matinale.

Les femmes du village apprenaient tous
ces détails de la bouche des femmes du
harem, et elles brodaient sur ce thème toute
sorte de suppositions variées. Elles ne
savaient toutefois rien de positif, et c'est
sans doute pour cela que leurs suppositions

devenaient de plus en plus audacieuses, arrivant à des conclusions auxquelles on ne pouvait penser sans trembler. Il existait par bonheur à Wichnitza une défiance si prononcée entre le monde bosniaque et le monde musulman, que la curiosité féminine elle-même ne pouvait parvenir à la surmonter. Les femmes bosniaques bavardaient, ayant Djordji devant les yeux, et ce bavardage restait entre elles. Je l'ai rapporté uniquement parce qu'au fond des commérages féminins, aussi bien qu'au fond des fables, on découvre quelquefois la vérité.

Y avait-il dans ces commérages quelque fond de vérité? Je n'en sais rien et je n'ose rien affirmer. Peut-être étaient-ils vrais sous quelques rapports. Cela même est assez probable — on pourrait le conclure du fait suivant, qui eut lieu peu de temps après l'apparition de Djordji à Wichnitza.

Osman-bey jouissait une fois d'une admirable matinée de mai. Le Muezzin n'avait pas encore annoncé le jour, le soleil ne s'était pas encore levé, les brouillards voilaient encore à demi les montagnes, l'air était pénétré de parfums, et le rossignol fati-

gué faisait entendre ses dernières notes. Le
bey n'avait pas l'habitude de se lever si tôt ;
cette fois cependant la fatalité — ce fondement de la foi musulmane, — l'avait con-
traint à quitter le lit et à se rendre au tcherdak. Il y était allé encore en bâillant et, s'y
étant établi commodément, il se mit à égrener
lentement son chapelet et à contempler
la nature par les fenêtres à moitié recou-
vertes de rideaux de lierre. Il regarda d'un
côté, puis d'un autre, baissa les mains et se
mit à rêver. Un sentiment de satisfaction se
peignait sur ses traits, cette satisfaction essentiellement musulmane qui touche à l'admiration et qui n'exprime que la satiété.
Les musulmans prennent plaisir à contempler une belle nature, mais ils ne vont pas
au delà. Le plaisir qu'ils éprouvent n'atteint
jamais les limites de l'enthousiasme ; c'est
la raison pour laquelle il n'y a point d'artistes parmi eux. Ils aiment la nature pour
l'usage qu'ils en font, comme ils aiment un
duvet moelleux, une essence parfumée, un
narcotique quelconque. Ils aiment à bercer
leur âme sur des horizons peints et ornés
par la main d'Allah.

Osman-bey jouissait de cette belle matinée. Enfoncé dans la plume de coussins précieux et glissant entre ses doigts les grains d'ambre de son chapelet, il sentait naître en lui une légère émotion qui ébranlait comme un faible courant électrique tout son système nerveux, et qui pénétrait son organisation physique d'un sentiment de bien-être inconnu aux habitants de régions plus froides. De temps à autre il soulevait les paupières et laissait errer ses yeux sur le paysage qui s'esquissait faiblement dans les brumes de l'aurore.

Tout à coup il fixa les yeux sur un point, comme s'il avait aperçu quelque spectacle inaccoutumé. Il se leva brusquement, laissa tomber son chapelet et s'agenouilla sur un des divans. Il saisit des deux mains les cadres de la fenêtre, les secoua avec violence et les fit sauter hors de l'embrasure ; — les vitres se brisèrent en morceaux sur le parquet. Ses sourcils étaient froncés et son front était creusé en plis profonds ; la fureur éclatait dans ses yeux. Pendant quelques secondes il regarda fixement un seul point, au fond du jardin. Tout à coup sa figure

s'éclaira d'un sourire satanique ; il se laissa
glisser de tout son poids sur les coussins du
divan ; il fit un léger signe de tête, comme
un juge qui a pris une décision dans quelque
affaire embrouillée, et il frappa dans ses
mains.

A ce bruit, une trappe s'ouvrit immédiatement dans le plancher et la tête noire d'un
esclave s'y montra.

Osman-bey jeta un ordre qui sortit de ses
lèvres avec un son métallique :

— Mon fusil, la poudre, les balles et la
mèche !

La tête disparut, un bruit rapide se fit
entendre sur les escaliers, et en moins de
temps qu'il n'en faudrait pour réciter de
mémoire un verset du Koran, l'esclave présenta à Osman-bey les objets demandés.

Sokolitch se leva, prit le fusil et l'examina.
C'était une arme magnifique, d'un travail
minutieux, avec un affût court et creux,
avec le canon et la crosse richement ciselés
d'or et ornés de pierres précieuses. Il l'examina, le posa crosse à terre, souffla dedans la
poussière, le chargea lui-même, l'appuya lui-
même sur le rebord de la fenêtre arrachée ;

il mit un genou en terre, il visa — visa longtemps — et dit à demi-voix :

— *A tesh* !

L'esclave approcha la mèche allumée. Le
coup partit.

Osman-bey respira du fond de sa poitrine;
il se leva et se redressa de toute sa hauteur,
tournant la tête dans la direction où il avait
envoyé la balle.

Une fumée blanchâtre couvrit la fenêtre
pendant un instant. Bientôt cette fumée se
dissipa et le fond du jardin se découvrit à la
vue. Et ce devait être un spectacle horrible,
car Osman-bey pâlit comme un linge et
chancela tellement qu'il dut s'appuyer contre la muraille pour ne pas tomber. Il se
redressa tout à coup, étendit la main dans
la direction du coup de fusil, et se mit à
jeter les ordres suivants en criant à haute
voix.

— Là-bas !... là-bas !... courez !... hâtez-
vous !... tous mes esclaves! tous mes skipe-
tars! mes tchaüchs! mes boulouk-bachis!
tous, tant que vous êtes ! hâtez-vous !... courez !... Une bourse d'or à celui qui l'at-
trappe !... Une bourse ! deux bourses ! trois

bourses! la moitié de mon spahilick, pour
celui qui me le ramène vivant!... Vivant!...
pour que je puisse l'écorcher vif! pour que
je puisse lui briser les os! pour que je puisse
jouir de ses tortures!... Hâtez-vous! oh!
hâtez-vous! par Allah!

Il remplit de ses cris le konak entier,
courant à travers les escaliers et à travers
toutes les chambres qu'il ouvrait violemment les unes après les autres. Il traversa
ainsi le harem et se précipita dans le jardin.
Les serviteurs, éveillés en sursaut par le
coup de fusil qui avait retenti sur le toit
comme un coup de tonnerre, se levaient en
toute hâte, en entendant ces cris de détresse,
sans savoir ce qui était arrivé. Il se fit dans
le palais un tumulte inexprimable. Les
femmes du harem s'élançaient dans leur
toilette de nuit, en poussant des cris per-
çants. Les hommes saisissaient leurs armes
et se précipitaient dans la cour. Le corps de
garde, qui veillait à l'entrée, se rangea et
attendit les ordres. Chacun interrogeait;
personne ne savait répondre, jusqu'à ce
qu'enfin quelqu'un eût deviné que le bey
seul pouvait donner quelque explication.

— Où est le bey?... — s'écria-t-on de tous côtés.

Et pendant quelque temps cette question retentit, répétée par cent bouches et renvoyée par les échos :

— Où est le bey?

Un silence énigmatique avait succédé au coup de fusil qui avait fait trembler le konak et aux cris terribles poussés par le bey. Il avait tout éveillé et terrifié, et lui-même avait disparu. Cela paraissait étrange et inexplicable, en flagrante contradiction avec la calme gravité qui ne l'abandonnait jamais. Aussi ces questions effrayèrent-elles ceux qui les prononçaient et furent suivies par le silence de l'attente, qui se transforma en un silence plein de terreur, lorsqu'au bout d'une heure environ on aperçut le bey revenant du jardin et portant dans ses bras..... le cadavre de Fatma.

Les membres de la jeune fille pendaient inertes et ses longues tresses retombaient jusqu'à terre. Ses yeux étaient entr'ouverts, son visage avait la blancheur de la craie. Ses lèvres, pourpres avant un instant, avaient

blêmi. Une traînée rouge marquait les traces de sang sur sa robe.

Le bey ne disait rien et ne regardait personne. Il allait, et il s'arrêta lorsque la mère
de la morte accourut à sa rencontre et se
jeta sur le cadavre de sa fille, en s'écriant ·

— Tu l'as tuée !

Le bey lui jeta un regard empreint d'une
telle souffrance qu'elle n'osa plus répéter
ses paroles. Elle se tordit les bras et éclata
en pleurs. Le bey reprit sa marche ; sa
femme le suivit ; ils entrèrent dans le konak,
lui, elle et le cadavre, et personne n'osa y
entrer après eux.

Au moment où l'épouse du bey, le bey et
le cadavre disparaissaient à l'intérieur du
konak, deux personnes, une vieille femme
et un jeune homme, sortaient de Wichnitza.
Ils ne suivirent pas la route qui longeait le
Werbas. Ils prirent le sentier conduisant dans
la montagne. Le jeune homme faisait résistance, il s'arrêtait à tout instant, il se retournait à chaque détour du sentier pour
jeter un coup d'œil au konak. La tristesse se
peignait sur ses traits. La femme avait dans

son visage une expression sévère, inspirée
en quelque sorte par une pensée plus haute.

Le jeune homme disait :

— Je n'ai pas la force d'aller plus loin.
Mère, laisse-moi revenir.

La femme insistait :

— Viens.

Et elle hâtait le pas.

Ils arrivèrent au hêtre qui croissait à l'entrée de la grotte. C'était un point d'où l'on
voyait distinctement le village et le palais.

— Mère, je n'irai pas plus loin.

La femme ne répondit rien, mais on pouvait lire la réponse dans ses traits qui se
couvrirent d'une majesté et d'une gravité
étranges.

— Pourquoi donc ai-je fui comme un misérable poltron?... Pourquoi ne suis-je pas
resté là-bas?... — s'écriait le jeune homme.

— Cela a été si inattendu! j'en ai été si
troublé!... Ce coup! ce cri! cette apparition
soudaine du bey!... C'est toi qui es coupable,
ma mère, toi, qui m'as appris à fuir et à me
cacher!... Si ce n'était toi, je serais resté là-
bas, et j'aurais reçu la balle qui m'était destinée... Mère, je veux revenir.

— Pourquoi faire?... demanda la femme.

— Pour creuser une fosse à côté de la sienne, et pour me coucher dans ce tombeau.

— Et te rappelles-tu, mon fils, ce que tu as vu là-bas il y a quinze années?... — demanda-t-elle, en étendant la main vers la place, devant la porte de la cour

— Là-bas?... — fit le jeune homme à moitié effaré.

— Te rappelles-tu cet homme élevé au-dessus de la foule, et sa tête couverte de cheveux blancs?

— De cheveux blancs?... — répéta le jeune homme en regardant le palais. — Et elle?

— Elle?... Par elle, Dieu vous a punis, le bey et toi ; le bey pour sa trahison, toi pour ton oubli... Oh ! et moi aussi je me suis oubliée... J'étais si heureuse, quand tu es entré dans ton patrimoine, à la pensée de fermer paisiblement les yeux auprès de toi, que je me suis oubliée... Mais Dieu a envoyé un coup de tonnerre qui nous a tous réveillés, lui, — et elle désigna le palais, — moi et toi... Et je me suis rappelé les cheveux blancs... T'en souviens-tu ?

Le jeune homme écoutait les paroles de la femme et fixait les yeux sur les murailles blanches. Et il se taisait. Il se tut long-temps. Une lutte intérieure, qui agitait son âme, se reflétait sur ses traits. Il regardait et ne disait rien.

La femme aussi gardait le silence.

Une heure environ s'écoula ainsi. Une foule compacte, attirée sans doute par la nouvelle de l'accident, s'était rassemblée devant le konak.

La femme prononça lentement et à demi-voix, comme si elle se parlait à elle-même, les paroles suivantes :

— Il y a quinze ans, un homme s'élevait au-dessus de la foule.

— Je m'en souviens... — interrompit le jeune homme.

Il soupira, se redressa, et promena un regard sévère sur la contrée.

— Mère, conduis-moi, car ma vue est troublée.

Un instant après, il n'y avait plus per-sonne sous le hêtre.

FIN DU PROLOGUE.

# PREMIÈRE PARTIE.

## I. — LES RIVAGES DE L'ADRIATIQUE.

La rive occidentale de la mer Adriatique est habitée par des Italiens, la rive orientale par des Slaves. Le point où ces deux nationalités se touchent est le point même où l'Adriatique s'avance le plus vers le nord. C'est à l'embouchure de l'Isonzo. Ce petit fleuve prend naissance au pied du Terglau (Triglave), le sommet le plus élevé des Alpes Juliennes, et elle forme la ligne de démarcation entre les deux nationalités qui possèdent en commun l'Adriatique, que les Slaves appellent la mer Bleue.

Les deux rives de cette mer diffèrent donc en premier lieu par la diversité des populations qui les habitent. Ici, ce sont les descendants des Latins, autrefois maîtres du monde; là, c'est une nation qui ne peut se glorifier d'ancêtres aussi illustres.

Mais ces deux rives, baignées par les

mêmes eaux, ne diffèrent pas seulement par leurs habitants. La nature les a encore diversifiées au point de vue topographique, et l'on peut s'en convaincre très aisément quand on navigue le long des côtes.

Dans la nombreuse variété des embarcations maritimes qui sillonnent la mer Adriatique, il y a une espèce de barque, une sorte de grande coquille munie d'un pont et d'un seul mât, et qui, sans s'éloigner du rivage, fait pour son propre compte un commerce d'échange d'un port à l'autre. Ces barques partent de Messine, par exemple, avec un chargement de fruits et de coraux, qu'elles échangent à Otrante contre des olives. Elles poursuivent leur route à Brindisi, à Ancône, à Venise, prenant ici des matières brutes, là des produits de l'industrie humaine, qu'elles transportent d'un endroit à l'autre, et dont elles se défont soit en les vendant, soit en les échangeant, ou bien qu'elles gardent pour les vendre plus tard. Ces embarcations passent de Venise à Trieste, et en quittant ce port elles disent adieu au monde italien.

Rovigno (Rowne), Fiume (Riecka), Zara

(Zadar), Spalatro (Splet), Raguse (Dubro-
wnik), Cattaro (Kotor), et d'autres villes les
reçoivent tour à tour dans leurs ports, et
leur donnent en échange des produits italiens, les produits de la nature slave ou les
fruits du travail slave.

Si l'on monte l'une de ces barques en
qualité de touriste, c'est-à-dire si l'on n'est
distrait par aucun achat ni par aucune
vente, et que l'on conserve ainsi toute son
indépendance d'esprit, on peut aisément
comparer les deux rives opposées.

La mer Adriatique ne présente pas un
seul point, dans toute sa longueur, d'où
l'on puisse apercevoir les deux rives à la
fois. Même dans l'étroit passage d'Otrante,
à l'endroit où, sur le rivage d'Albanie, la
montagne Czika pousse dans la mer le cap
Glossa, en face de l'extrémité orientale de
la péninsule de Calabre, il faut le secours
d'une longue-vue pour s'assurer que les
formes indistinctes qui apparaissent à droite
et à gauche à l'horizon ne sont point des
amoncellements de nuages, mais bien les
rives de la Calabre et de l'Albanie. Une fois
u'on a traversé le détroit, la longue-vue

elle-même n'est plus d'aucun secours. La
terre disparaît au regard ; il ne reste plus
que l'eau et le ciel. Pour voir le continent,
il faut approcher de l'une des deux rives.
Voici de quelle manière elles se présentent
alors et sous quel aspect elles se gravent
dans la mémoire.

Le rivage italien, accidenté au sud, perd
peu à peu ce caractère à mesure que l'on
avance vers le nord. On sent pour ainsi dire
que c'est la base d'une chaîne de montagnes dont les dernières aspérités viennent
s'enfoncer dans la mer. Mais plus on monte,
plus ces collines reculent dans l'intérieur
des terres, faisant place à des plaines qui se
changent, au nord de Rimini, en marécages
immenses, appelés lagunes dans la contrée.
Le tracé du rivage présente une ligne continue, qui forme des courbes légères, mais
qui, en perspective, a l'apparence d'une ligne droite. En un mot, ce rivage manque
de caractère, il manque de ces contours, de
ces parties saillantes et de ces enfoncements
qui forment les abris naturels. Aussi y trou-
vons-nous peu de ports, et ceux qui s'y ren-
contrent, Brindisi, Ancône, Pesaro et Venise

même, la reine des mers, doivent leur existence à l'industrie humaine, à l'art, plutôt qu'à la nature.

Quel aspect différent présente le rivage slave! Dès l'embouchure de l'Isonzo, il offre une diversité tranchante avec la côte italienne. On se sent jeté dans un autre milieu. Les plaines humides finissent tout à coup, et l'on passe, sans aucune transition, à une côte escarpée, brisée, découpée, tantôt s'avançant en caps, tantôt se retirant en golfes, tantôt boisée, tantôt rocheuse, ici repoussant l'œil par une grise stérilité, là-bas souriant au soleil par une verdure abondante et par de vives couleurs.

Tel est, du nord au sud, le rivage oriental de l'Adriatique ; il continue de même plus loin, sur la mer Ionienne et sur les eaux grecques, jusqu'à l'extrémité méridionale du continent européen, — jusqu'au cap Matapan.

Il serait en quelque sorte impossible de trouver un seul pied de terrain sur lequel le rivage présentât une ligne droite. Il semble brisé, courbé et comme arraché, et il offre un nombre infini de golfes, de baies et d'abris plus ou moins grands, plus ou moins profonds, plus ou moins ouverts ou dissimulés.

Dès l'embouchure de l'Isonzo, le rivage est déchiré par le golfe de Montefalcone, qui forme une partie du golfe de Trieste ; ce golfe se compose encore de quelques baies plus petites. Toute la côte occidentale de la presqu'île d'Istrie est dentelée par de petits caps ou de petites baies. La pointe méridionale de cette péninsule est découpée de manière à figurer les doigts de la main ; l'un de ces doigts se recourbe vers le nord pour former le port Pola, abrité au nord par la petite île de Brioni et par un autre cap qui s'avance vers le sud. Les Italiens appellent *Promontore* la pointe la plus méridionale. Après l'avoir tournée, on entre dans un enfoncement profond appelé golfe de Kierneron (Quarnero ou Quarnerolo, *Sinus Flanaticus* des anciens), rempli d'îles plus ou moins petites et qui se distinguent par ce qu'elles sont toutes de forme allongée et toutes situées dans la même direction. A les voir sur la carte, on dirait qu'elles ont toutes été enfilées en deux rangées parallèles à

elles-mêmes et à la côte comme deux rangées de perles longues. Ces deux rangées
s'inclinent à droite vers le nord-ouest, à
gauche vers le sud-est. Dans la première
rangée ce sont : Cres (en italien Cherso), les
deux Lissa, Premuda, Skarda, Melada et
Dluga (Lunga); dans la seconde : Krk (Veglia), Rab (Arba) et Bag (Paga). Devant elles
et entre elles, la mer est parsemée d'une
quantité innombrable de petites îles, semblables sur la carte à des nuées de mouche-
rons. Ce sont des pierres plus ou moins
grandes qui apparaissent au-dessus de l'eau
et qui offrent aux navigateurs une foule de
passages périlleux. Scylla et Charybde bar-
rent le chemin presque à chaque pas, et
plus d'une fois ce sont des rochers cachés
sous la surface des eaux.

Il faut connaître à fond les secrets de ce
labyrinthe maritime pour pouvoir guider un
navire à travers ces périls sans cesse renais-
sants. Aussi n'y a-t-il que ceux qui connaissent à fond le golfe de Kierneron qui peuvent s'y risquer sans danger — ceux qui le
connaissent à fond et qui sont, en même
temps, extraordinairement habiles; car il ne

suffit pas de connaître ces passages, il faut encore savoir résister aux courants et aux coups de vent. Les premiers agissent d'une manière constante; ils serpentent en replis capricieux dans les profondeurs de la mer et forment çà et là des rapides et des tourbillons. Les autres s'élèvent d'une manière subite et inattendue, occasionnés par ces changements soudains de température qui ont souvent lieu dans les contrées montagneuses situées au bord de la mer, changements qui ne sont soumis à aucune règle et qui ne se laissent pas prévoir. Sans aucune cause apparente, le vent s'élève tout à coup sur tel ou tel point de l'horizon, et ce vent, s'engouffrant dans les passages des montagnes, souffle en un instant avec toute la violence d'une tempête. Et comme les passages entre les îles, les îlots et les rochers du golfe de Kierneron ne sont autre chose que des passages de montagnes, on se représentera facilement avec quels dangers les marins doivent lutter sur ces eaux, quelle habileté et quelle expérience ils doivent déployer pour diriger la voile et le gouvernail, pour franchir un détroit dans lequel un cou-

rant tire le vaisseau par en bas et des vents
contraires l'assaillent par en haut, et pour
jeter l'ancre enfin dans un des abris que la
nature y a prodigués.

Les deux rangées d'îles parallèles au rivage donnent à l'archipel du golfe de Kierneron la même apparence que si deux
chaînes de montagnes avaient existé autrefois là où ces îles existent, qu'elle se fussent
enfoncées dans la mer et que leurs sommets
seuls fussent restés visibles sur la surface de
l'eau. Cette image n'exprime nullement une
simple figure de rhétorique. La configura-
tion du golfe, de même que la disposition de
l'archipel, font supposer qu'à l'époque de la
formation définitive de la surface du globe
terrestre, une de ces révolutions physiques
dont les géologues trouvent encore des traces dans différents endroits, a dû avoir lieu
dans ces parages. La terre ferme devait
s'étendre primitivement jusqu'à la pointe
méridionale de la presqu'île d'Istrie, et elle
devait porter les contreforts des Alpes Juliennes et des Alpes de la Corniole, qui couraient le long des côtes de l'Illyrie, et de la
Dalmatie, parallèlement aux Alpes Dina-

riques. Mais un violent tremblement de terre
se produisit. Les bases des montagnes s'ef-
fondrèrent ; une partie des côtes, arrachée à
la terre ferme, glissa au-dessous de la surface de la mer, et le tout fut envahi par les
eaux. Les anciennes vallées formèrent le
fond de la mer, les sommets devinrent des
îles, des ilots et des récifs. Le golfe de Kierneron n'apparaît donc pas comme les golfes
ordinaires, créés le jour où, après la séparation de la lumière et des ténèbres, « les
eaux furent rassemblées en un lieu, et la
terre parut ». Il se présente plutôt comme
une gigantesque morsure de la mer.

Les côtes de Dalmatie et d'Albanie, ainsi
que les îles situées auprès de ces côtes, présentent des caractères analogues sur toute
leur longueur. Ces côtes portent les traces
du bouleversement auquel elles furent
soumises, et qui, modifiant leur forme première, les a hérissées de rocs escarpés et
les a découpées en une infinité de baies et
de promontoires, différents par la forme et
par la grandeur. Ainsi au grand golfe de
Kierneron, largement ouvert, succède le
golfe de Sebenico, étroit et profondément

enfoncé dans les terres ; puis vient le golfe
de Splet, étroit à l'entrée et s'élargissant
au fond ; puis celui de Naren, de Kotor, de
Drin, et plus loin, en Albanie déjà, le golfe
d'Avlone, celui d'Artay ; plus loin encore,
celui de Patras, continué par le golfe de
Lépante, et qui dessine la rive septentrionale de l'Hellade. Je ne mentionne ces
derniers golfes qu'en passant, uniquement
pour indiquer d'une manière plus accentuée
le caractère du rivage de cette mer, dont la
partie septentrionale doit former le théâtre
sur lequel se dérouleront les scènes princi-
pales de notre récit.

Aussi avons-nous besoin d'avoir une connaissance exacte de ce théâtre.

Une île, appelée Kerk par les Slaves et
Veglia par les Italiens, est située au fond du
golfe de Kierneron. C'est la plus grande des
îles de l'archipel. Elle est séparée du rivage
par le canal de Morlaquie, étroit au nord,
et qui va en s'élargissant vers le sud ; de
l'autre côté du canal, des montagnes de
plus en plus hautes s'étagent sur le continent. En regardant de l'île, on dirait que ces
montagnes forment un escalier conduisant

vers le ciel, mais un escalier composé de
marches très irrégulières. L'une d'elles est
plus petite, l'autre plus grande, celle-ci est
plate, celle-là est dressée en pointes, une
autre est tordue et brisée. Cette diversité de
formes est unie à une diversité de couleurs,
changeantes et nuancées à l'infini, comme
dans la mosaïque que forme le peintre sur sa
palette. Des rochers nus et grisâtres, des
ravins noirs et profonds, de vertes forêts,
des prairies émaillées de fleurs, ici des bouquets d'arbres, là des festons et des guirlandes de lierre et de liseron, là-bas encore
une paroi rocheuse garnie de mousse en bas
et de dentelles vertes au sommet, çà et là
enfin des surfaces lisses et polies, reflétant
les rayons du soleil et les décomposant en
toutes les teintes de l'arc-en-ciel : tel est,
faiblement esquissé, l'ensemble du spectacle
qui se déroule sur la terre ferme.

Et il se déroule sans fin.

Lecteur, monte avec moi sur l'un de ces
sommets, sur celui qui te semble le plus
élevé, et fais avec tes regards le tour de
l'horizon. A l'ouest s'étend la mer, la mer
bleue toute parsemée d'îles; au nord, à

l'est et au sud, ce ne sont que montagnes et sommets jaillissant des vallées profondes qui ont l'apparence d'abîmes noirs et sans fond.

Et tout cela est sauvage — sauvage dans le sourire dont les teintes vives parent la natnre, sauvage dans l'aspect farouche que leur donne l'aridité.

Les contours des montagnes, les perspectives des ravins, la disposition des gorges, des rocs et des forêts forment de tous côtés des paysages dignes du pinceau de Salvator Rosa.

L'un de ces paysages se découvre au regard non loin du rivage de la mer. Il diffère des autres parce que la nature ne l'a pas seule composé; l'art en a fait le détail, la nature n'en forme que le fond. Sur le sommet d'une colline couverte sur ses flancs de quelques buissons de chardons et de genévriers sauvages, s'élève une muraille crénelée, munie de bastions. Des meurtrières dans les murailles et dans les bastions apparaissent de loin comme des taches sombres, de près elles ont l'apparence de fentes qui se succèdent régulièrement et qui ne diffè-

rent entre elles ni pour la forme ni pour la
dimension. Seulement, à des intervalles
égaux, ou voit dans la muraille une ouverture carrée, au fond de laquelle apparaît la
gueule sombre d'un canon. Au-dessus de la
muraille se montrent quelques toits plats et
quelques tourelles élancées.

Cette muraille garnie de créneaux et de
meurtrières, ces bastions, ces toits et ces
tourelles sentent la marque du travail
humain et de l'art ; néanmoins ils ne forment point de contraste frappant avec la
nature environnante. Leur présence au
milieu de cette nature sauvage n'éveille pas
même un sentiment de surprise. Au contraire, il semble que leur aspect complète
le paysage. Du reste, parmi ces montagnes,
ces rochers et ces forêts, le regard cherche-
rait en vain la trace de l'homme ; ces habitations et ces cultures qui révèlent la présence constante et le travail assidu du roi
de la création y manquent absolument. Pas
une chaumière de paysan, pas un champ cultivé. En cherchant attentivement on arrive-
rait peut-être à découvrir que tout cela a
existé autrefois. On rencontrerait encore çà

et là les traces d'un bâtiment incendié, des
débris ruinés, un sillon recouvert de mauvaises herbes, une vigne abandonnée, etc.
Mais rien de tout cela ne se présente
d'abord aux yeux du spectateur. La contemplation de cette nature sauvage lui fait peu
à peu monter aux lèvres cette question :
— Et l'homme ?

La vue des murailles est déjà une réponse.
Sur ces murailles crénelées et percées de
meurtrières, on lit une menace qui est en
harmonie avec la nature environnante, de
même que la cime des Alpes est en harmonie avec la masse des nuages qui recèlent la
foudre dans leur sein. Parmi ces collines de
formes diverses, parmi ces flancs déchirés,
et ces sombres abîmes, et ces sommets hérissés, cette menace est bien à sa place. Car
elle aussi est sauvage ; seulement sa sauva-
gerie a été soumise à certaines règles, elle
est polie et adoucie. On découvre entre ces
deux sauvageries les mêmes ressemblances
que montreraient deux sœurs, dont l'une
aurait été élevée dans une cabane de paysan
et l'autre sous le toit d'un palais.

Ces murailles et ces bastions ont une apparence sauvage au milieu de la nature sauvage. Les flancs de la colline sont nus et déchirés par des ravins en plusieurs endroits. Un chemin monte en spirale au-dessus de ces ravins, sur un sol formé par de petits cailloux.

Ce chemin, unique dans la contrée, commence au bord d'une petite rivière qui se perd dans la mer et se termine devant le pont-levis, jeté au-dessus du fossé qui fait le tour des murailles.

Son point de départ, de même que son point d'arrivée, ont tous deux leur raison d'être.

La rivière forme à son embouchure une petite baie si bien abritée par des rochers et par les replis du sol, qu'on ne peut l'apercevoir de la mer; ce golfe constitue ainsi un port naturel et très sûr. L'accès en est difficile et masqué. Il faut passer par un canal très étroit, inaccessible aux grandes embarcations, et ce n'est qu'alors que l'on entre dans un bassin dans lequel, même pendant les vents les plus violents, la surface de l'eau est à peine ridée. Tandis que le vent souffle et hurle dans les montagnes, tandis que la mer mugit et se brise sur le rivage en flots écumants, le calme règne dans ce bras de mer, un calme d'autant plus enchanteur qu'on entend retentir de tous côtés cette musique effrayante et grandiose que les vents jouent sur des instruments tels que les montagnes, les rochers, les ravins et la mer. Aussi n'est-il pas étonnant que cette baie serve d'asile à des navires de très petite dimension, et qu'on en puisse voir toujours quelques-uns, soit à l'ancre, soit attachés au rivage.

Le chemin qui gravit la montagne est donc un chemin de communication entre la baie et ce que la muraille entoure sur le sommet.

Qu'entoure-t-elle donc?

Les murs, les créneaux, les meurtrières et les bastions indiquent une forteresse. Et, en effet, c'est une forteresse bâtie sur la montagne comme le nid d'un aigle. Elle s'appelle Segne (Zeng, autrefois Segni).

En bas, c'est le port de Segne ; en haut, la forteresse de Segne.

La forteresse occupe un espace qui pourrait contenir cinq mille habitants au plus.

Cet espace est représenté par une surface
aplanie, formée par le nivellement du sommet de la colline. On y a élevé une ville,
irrégulièrement construite, un vrai labyrinthe de rues étroites et enchevêtrées, bor-
dées de maisons étroites et hautes et serrées
l'une contre l'autre. Le marché au milieu
de la ville et la place entourant le château,
bâti à l'écart, sont les seuls points de repère
d'après lesquels on pourrait s'orienter dans
cet enchevêtrement désordonné.

Nous décrivons Segne au déclin du XVI⁰ siècle. La ville porte donc les caractères de
cette époque. Les toits sont plats, les fenêtres arrondies, les façades ornées de balus-
trades et de demi-colonnes, et les étages de
dessous sont soutenus par des arcades, qui
forment le long des rues des promenoirs sur
lesquels s'ouvrent des boutiques de toute
espèce. On remarque toutefois une grande
diversité entre les maisons. L'une est plus
grande, l'autre plus petite ; l'une est construite avec plus de soin, l'autre est grossiè-
rement bâtie ; l'une témoigne du bien-être
de son propriétaire, l'autre de sa pauvreté.
Le seul point sur lequel elles s'accordent est

que toutes ont été construites en pierre.

Les maisons de plus belle apparence se trouvent presque toutes sur la place du marché ;
elles sont dominées par l'église, surmontée de
deux tourelles carrées d'inégale hauteur, et
qui se fait remarquer par des marches de
pierre, par une façade peinte et par une co-
lonnade qui rappelle un peu le Panthéon de
Rome. En face de l'église, une maison, plus
belle et mieux entretenue que toutes les autres maisons de Segne, munie d'une tour sur
un de ses côtés et d'un corps-de-garde dans
la cour, trahit un caractère officiel. C'est
l'hôtel de ville, appelé *Warosh-Haza* à
cause de la proximité de la Hongrie.

La place du marché est le point le plus
animé de toute cette ville fortifiée. Là où
est l'église, là où est l'hôtel de ville, là sont
les plus riches boutiques, et les plus belles
maisons, et les hôtelleries les plus vastes.
Aussi la physionomie en est-elle très at-
trayante. Les maisons qui s'élèvent tout autour, ornées d'arcades, de colonnes et de
façades minutieusement travaillées, forment
un ensemble qui indique que l'on a pris
pour modèle la place de Saint-Marc à Venise.

Et bien que l'on soit demeuré fort éloigné du
modèle, bien que l'on puisse presque qua-
lifier de parodie cette faible imitation, cependant, elle cause encore une certaine satisfaction morale, éveillée dans l'âme par la
vue des efforts tentés pour imiter ce qui est
une preuve et un effet de la civilisation.
Au milieu de cette nature sauvage, dans
cette forteresse, lorsqu'on s'est débrouillé
du labyrinthe des ruelles étroites et sombres, on arrive à la place du marché de
Segne comme à un port, comme au repos
après un rude travail.

La seconde place libre est la place du
château, entourée en demi-cercle par des
murailles qui forment une forteresse dans la
forteresse. Les murailles qui se trouvent en
arrière sont celles qui entourent la ville,
celles de devant appartiennent au château.
Il y a une certaine différence entre ces deux
enceintes que nous appellerons, la première l'enceinte commune, la seconde
l'enceinte séparée ; elles diffèrent en ce point
surtout, que l'une est plus faible et l'autre
plus solide, toutes deux étant considérées
au point de vue militaire. On a mis évidem-

ment beaucoup plus de soin dans la construction de l'enceinte séparée du château
que dans l'enceinte commune de la ville.
Les murs en sont plus épais, les fondements
plus solides, les meurtrières plus rapprochées, les bastions situés aux angles sail-
lants et pouvant donner un feu croisé ; le
fossé, plus profond et plus large, est muni
d'escarpes et de contrescarpes. Il est vrai
que l'enceinte commune, assise sur une
base escarpée et inaccessible, est fortifiée
par la nature même; toutefois la fortifica-
tion particulièrement solide de l'enceinte
séparée donne le droit de penser que le
château a un rôle à part dans ce système de
défense générale de la ville de Segne, qu'il
est non seulement une forteresse dans une
forteresse, mais qu'il est encore une forteresse contre la ville.

Ce n'est pas la différence de construction
seule qui donne lieu à ces conjectures. Elles
trouvent un appui, ou plutôt une preuve,
dans ce que d'ordinaire il n'y a point de
sentinelle sur les murailles qui entourent la
ville, tandis que sur les murs du château
les hallebardes des soldats brillent conti-

nuellement, et fort rapprochées les unes
des autres ; de plus, les portes de la ville
restent ouvertes jour et nuit, et jamais on
ne lève le pont-levis ; — tandis que les
portes du château se ferment régulièrement
au coucher du soleil, et que le pont est toujours levé, de sorte que même dans la journée on ne peut y entrer sans remplir les
formalités du mot d'ordre, ou sans avoir
une permission spéciale du commandant.

C'est qu'en effet il y avait dans Segne pour
ainsi dire deux mondes ; on y voyait bien
deux puissances alliées, — et même plus
qu'alliées puisqu'elles étaient enfermées
l'une dans l'autre, et néanmoins elle diffé-
raient essentiellement et restaient pleines de
défiance l'une pour l'autre. La ville se tenait sur la défensive, dans la crainte d'un
ennemi quelconque, qui pouvait venir de
Venise ou de Turquie ; le château se tenait
sur la défensive, lui aussi, dans la crainte de
cet ennemi-là, mais encore dans la crainte
d'un autre ennemi, qui pouvait venir de
Segne même.

## II. — Aperçu historique.

On parlait serbe dans la ville et allemand dans le château.

Deux langues, deux nations, — deux ordres d'intérêts, de tendances et d'aspirations.

L'établissement des Slaves sur les bords de la mer Adriatique se perd dans une antiquité très reculée, aussi est-il impossible d'en indiquer la date précise. On connaît toutefois l'époque de l'apparition des Slaves du Sud dans l'histoire; c'est le moment où ils pesèrent pour la première fois dans la balance de la politique, ce qui eut lieu sous le règne de l'empereur Héraclius I (610-641). Un peuple venu d'au delà des Carpathes apparut alors sur le littoral de l'Adriatique; il s'établit dans une contrée qui, au point de vue politique et militaire, et par rapport à l'Italie aussi bien que par rapport à l'empire d'Orient, occupait la position d'une aile dans une armée. Ce nouvel élément politique devint comme le germe organique d'un Etat, qui prit racine, s'accrût, se développa, trempa et durcit ses forces au feu de luttes séculaires. Il fut en effet aux prises d'abord avec les Avares et les Grecs, ensuite avec les armées de Charlemagne, plus tard enfin avec les Turcs et les Madgyars. Ce fut la lutte pour l'existence, pour le droit de vivre de sa propre vie; et ce droit lui fut disputé par les conquérants étrangers qui se succédèrent dans ces contrées.

L'empire d'Orient s'écroula et l'empire ottoman prit sa place ; l'empire de Charlemagne se désagrégea, et l'empire germanique se présenta pour recueillir son héritage dans l'Europe centrale. Les deux forces conquérantes primitives avaient donc fait place à deux forces nouvelles dont les visées politiques étaient restées les mêmes : la Turquie visait l'Occident, l'empire germanique visait l'Orient. La Turquie s'efforçait d'envahir l'Europe centrale; l'empire germanique tentait de s'emparer de ces points stratégiques dont la possession assurait une position dominante dans l'ensemble du système politique qui s'était élevé sur les ruines de Rome et dans l'ordre des idées régnantes.

Semblables à deux nuées orageuses poussées par des vents contraires, ces deux puissances s'avançaient l'une contre l'autre, renversant tout ce qu'elles trouvaient sur leur passage.

Ce qu'elles trouvaient sur leur passage, c'étaient des nations douées de qualités remarquables, qui en faisaient un élément nécessaire à la grandeur définitive de leur futur empire ; mais en même temps ces nations avaient des prétentions et des fiertés qui obligeaient de les traiter comme on traiterait, par exemple, un cheval fougueux. Il fallait donc savoir ménager convenablement ces qualités et ces prétentions : le succès était à ce prix.

L'empire ottoman et l'empire germanique avaient ainsi un même problème à résoudre ; seulement ils partaient de directions opposées. Pour résoudre ce problème, chacun de ces États devait commencer par chasser son adversaire de la position qu'il occupait, et qui constituait pour lui sa base d'opérations et son point de départ. Ce point de départ devait à son tour avoir pour point d'appui

quelque raison morale, quelque force commune capable de mouvoir et de façonner
non seulement les représentants et les chefs
de l'Etat, mais encore les éléments indivi-
duels qui formaient pour ainsi dire la ma-
tière première de leurs desseins politiques.

La base de l'empire ottoman était le Coran.

· La base de l'empire germanique était
l'Evangile.

Voilà quelle était entre eux la différence
essentielle, et cette différence était pour les
populations dont l'avenir était en question,
non seulement très importante, mais capitale.

Le Coran leur refusait tous les droits sans
exception.

L'Evangile les leur accordait tous sans
restriction.

Selon le Coran, le fils de l'homme vient
au monde esclave du calife, qui est l'unique
représentant de Dieu sur la terre.

Selon l'Evangile, le fils de l'homme est en
même temps fils de Dieu; il possède dès sa
naissance un droit à l'égalité, et le but de
son existence est de poursuivre une perfec-

tion semblable à celle de son Père céleste.

Bien que cette doctrine revêtît souvent
une tout autre apparence dans l'usage que
l'empire germanique en faisait pour atteindre son but, cependant elle se présentait
aux nations qui avaient reçu l'Evangile et
qui se sentaient menacées par le Coran,
comme la consolation du présent et la garantie d'un meilleur avenir.

Aussi les populations slaves prenaient-
elles parti pour l'empereur d'Allemagne
dans sa grande lutte contre le padischah.
Elles considéraient sa dictature politique
comme un mal nécessaire; elles l'accep-
taient uniquement parce qu'elles voyaient en
perspective l'Evangile, qui leur assurait dans
l'avenir la réparation de tous leurs griefs
et un remède à tous leurs maux. Elles li-
vraient à l'empereur leur sang et leur fortune dans l'attente de cet avenir; elles s'at-
telaient à son char triomphal et se faisaient
elles-mêmes le piédestal de sa grandeur;
elles lui sacrifiaient, en un mot, leur état
présent. Cependant, cela ne se faisait pas
toujours de bon gré; les peuples slaves ne
se dépouillaient pas sans une certaine ré-

sistance de ces prétentions qui étaient la
conséquence simple et naturelle de leur
individualité nationale.

« Telle était, dit un des historiens des
« Slaves méridionaux, la position de la
« Croatie à cette époque malheureuse, qu'elle
« dut, abandonnée de tous, par suite de
« la ruine du royaume de Hongrie, lutter
« seule pour son indépendance contre la
« Turquie barbare et contre les Allemands
« considérés comme civilisés. »

Ces paroles se rapportent à la fin du
XVIe siècle.

Le rôle du royaume de Hongrie fut en
effet réduit, à cette époque, à un rôle de
comparse. Bien qu'elle brillât, selon les
termes officiels, « comme le plus beau dia-
« mant de la couronne impériale », la
Hongrie était politiquement annihilée.
L'union personnelle, selon les traités, était
devenue en fait une dépendance complète,
que rendaient manifeste les garnisons allemandes distribuées dans toutes les villes et
forteresses. L'empereur en sa qualité de roi
de Hongrie signait encore les proclamations,
les missives et les ordonnances, mais ces

prétendus actes du roi de Hongrie avaient
pour but les intérêts de l'empereur d'Allemagne, lequel considérait les besoins et les
intérêts du royaume de Hongrie comme
chose tout à fait secondaire.

La même destinée était échue à la monarchie croate, monarchie légalement distincte du royaume de Hongrie quoiqu'elle
lui fût rattachée par une union personnelle ;
c'est en se basant sur cette union que l'empire germanique l'avait aussi englobée dans
sa domination. Sous plus d'un rapport cet
acte pouvait paraître contraire au droit et
à l'équité. L'union personnelle entre les
royaumes de Hongrie et de Croatie était
strictement limitée à une seule dynastie ;
une fois cette dynastie éteinte, l'union devait
prendre fin. Elle ne pouvait être renouvelée
sous les dynasties suivantes qu'en vertu de
conventions nouvelles à fixer d'un commun accord, et que des deux côtés on devait
également observer. La nation croate devait
prendre des engagements envers le roi, le
roi devait en prendre envers la nation, et si
l'une des parties brisait ses engagements,
l'autre était par ce fait même régulièrement

dégagée. Malgré cela, une fois que la Croatie
eut été comprise dans les possessions de la
maison qui fournissait aux Allemands leurs
souverains, elle perdit de fait son autonomie.
La Croatie fut dès lors réduite à se consoler
de son assujettissement, en pensant qu'elle
brillait comme un diamant, ainsi que la
Hongrie, dans la couronne impériale!

Triste consolation, en vérité!

Les empereurs et les rois, suivant les conseils d'une politique astucieuse et systéma-
tique, s'ingéniaient à tirer parti de la soumission forcée d'un peuple qui, placé entre la
Turquie et l'Empire, devait, pour échapper
aux Turcs, subir le joug des Allemands.

Le 1$^{er}$ janvier 1527, une diète générale
avait été tenue à Cettigne, ville principale
de la Croatie. Après avoir écouté les délégués de Ferdinand I, archiduc d'Autriche et
roi de Hongrie et de Bohême, les Croates
élevèrent chez eux à la dignité royale la
maison des Habsbourg, en la personne de ce
même Ferdinand et de son épouse Anne. En
accomplissant cet acte, on rédigea une
espèce de charte, et de constitution où l'on
consigna les droits réciproques et les devoirs

mutuels des contractants. On ne reconnut
Ferdinand I pour roi que lorsqu'il se fut
engagé, en son nom et au nom de ses descendants, à respecter et à faire respecter, au
dedans et au dehors, les droits particuliers
et l'autonomie de la nation croate. Après
cette déclaration, les délégués de Ferdinand I, chargés de ses pleins pouvoirs, du-
rent affirmer par un acte spécial: *Quod
eadem Sacra Regis Majestas omnia et sin-
gula eorum privilegia, jura, libertates et
decreta Croatiæ Regno, tradita et concessa
una cum ipsorum veteribus laudabilibus con-
suetudinibus et observationibus confirmabit,
conservabit et manutenebit.*

En se fondant sur ce document le Croatie
possédait jadis une véritable autonomie, qui
se manifestait principalement par l'institu-
tion des diètes, ou assemblées nationales, qui
avaient pour fonction d'interpréter les lois
constitutionnelles de l'Etat et de surveiller
leur application, enfin d'élire un *ban,* qui
était le gouverneur et le représentant légal
du roi.

L'élection du plus haut dignitaire de l'E-
tat accordée au peuple était assurément

une prérogative importante. Les droits et
privilèges de ces dignitaires la relevaient
encore.

Le ban prêtait serment de fidélité au roi
et à la constitution ; il veillait à l'exécution
des lois ; il était le général en chef des armées du royaume et le gardien du sceptre
et de l'étendard sous lequel les Croates
marchaient au combat.

La nation avait son propre sceau, son
propre étendard et ses propres armoiries ;
elle ne pouvait être gouvernée que par des
Croates, et le ban lui-même devait être
choisi parmi les grands seigneurs du
royaume.

La diète envoyait des délégués à la cour
de l'empereur afin d'avoir toujours son
propre représentant auprès de la personne
même du monarque, et afin qu'aucun étranger n'eût rien à voir dans ses affaires.

Enfin, la nation avait son armée propre
et distincte des autres forces militaires de
l'Empire.

Aussi longtemps que les rapports entre
l'empereur et la nation croate furent de telle
nature que le premier avait besoin de la

seconde, l'ensemble des droits et prérogatives que nous venons d'énumérer lui assurait une indépendance convenable et suffi-
sante.

Mais ces rapports ne pouvaient garder
toujours le même caractère, par l'effet du
voisinage immédiat des Turcs.Laissée à elle-
même, la Croatie était trop faible pour leur
résister avec succès. Aussi, dès que la Turquie devenait menaçante, les situations res-
pectives changeaient de face : la Croatie
avait alors besoin de l'empereur, qui dispo-
sait des forces de la Hongrie, de la Bohême
et de tout l'empire germanique, et qui en
outre possédait un grand prestige dans toute
la chrétienté. Par conséquent la Croatie se
trouvait alors vis-à-vis de l'empire germanique dans un véritable état de dépendance
et de subordination qui la rapprochait de
la condition de simple province, ce qui permettait à la cour de Vienne de négliger ou
de tourner les obligations auxquelles elle
s'était soumise. Les garanties et les droits de
la Croatie existaient toujours sur le papier ;
mais en pratique ils étaient peu à peu anni-
hilés par les faits accomplis, et ceux-ci

créaient un état de choses de plus en plus
accablant pour la nationalité croate.

Il faut reconnaître que la cour de Vienne
était vaillamment aidée, sous ce rapport,
par la diversité des populations sur lesquelles
elle régnait, diversité dont elle cherchait à
tirer parti pour créer et affermir une grande
unité politique. Elle se servait des Hongrois
et des Tchèques pour détruire l'indépendance de Croatie ; elle employait les Tchèques et les Croates à ruiner l'indépendance
de la Hongrie ; enfin les Croates et les Hongrois servaient à ruiner l'indépendance de
la Bohême. *Inter tot litigantes Austria gau-
debat ;* et le fameux axiome : *Divide et im-
pera,* qui a marqué dans l'histoire d'un
sceau ineffaçable la politique autrichienne,
tournait tout à fait au profit de l'élément
germanique, mis au service d'une domination dont la conception remontait à Charlemagne.

Les droits constitutionnels de la nation
croate existaient toujours en principe, mais
ils devenaient lettre morte, et cela de plus
en plus clairement. Les faits accomplis prenaient leur place. Cela se passait de deux

manières; ou bien sans explication, lorsque
la force des choses permettait de mettre
simplement le fait à la place du droit; ou
bien avec explication, quand cette même
force des choses obligeait à motiver le fait
accompli. Dans ce dernier cas on tirait parti
de l'enchevêtrement historique des relations entre la Bosnie, la Croatie, les côtes
de la Dalmatie et la couronne de saint
Etienne. La cour de Vienne donnait aux
événements historiques la signification nécessaire à ses vues. Rappelant les souvenirs
d'une époque éloignée : le règne de saint
Vladislas (1077-1095) ou de Coloman (1095-
1114), et se fondant tantôt sur les droits
d'une conquête soi-disant effectuée par les
Hongrois, tantôt sur les droits illimités et
absolus du pouvoir monarchique légué par
les rois de Hongrie, elle réfutait dédaigneuse-
ment les réclamations des diètes, elle réduisait la puissance du ban, elle confiait à des
étrangers les fonctions nationales, et maintenait l'ordre au moyen de garnisons allemandes, bien que l'argumentation même
par laquelle on soutenait ces prétentions
historico-légales, eût prescrit l'emploi de

garnisons hongroises. On leur substituait des garnisons allemandes, sous prétexte qu'elles étaient analogues, et que cela au fond importait peu aux Croates. Et en effet, à certains égards, cela leur était bien égal — des Hongrois ou des Allemands — mais il n'en est pas moins vrai que même cette substitution violait le pacte historique et réduisait la Croatie à n'être plus qu'un simple rouage du vaste mécanisme de l'empire germanique.

Voilà donc comment, sous les empereurs d'Allemagne, la Croatie perdit en fait son indépendance. Elle devint ainsi partie intégrante d'un grand corps politique auquel elle était profondément étrangère, n'ayant avec lui d'autre lien qu'une inimitié commune contre la Turquie. Et encore cette inimitié n'était pas tout à fait de même nature. Ce qui soutenait et alimentait l'hostilité entre l'empire ottoman et l'empire germanique c'était l'antagonisme général et profond de la chrétienté et de l'islamisme et la rivalité de ces deux puissances ; — la seule source, mais intarissable, d'où elle découlât en Croatie était simplement un instinct de conservation

nationale. Cet instinct obligeait la Croatie à
se cramponner à l'empire allemand comme
un naufragé s'attache et se cramponne au
cordage qu'on lui jette du pont d'un navire
de corsaire. Il s'y attache et il s'y cramponne,
bien qu'il sache ce qui l'attend sur le pont ;
mais que doit-il faire? Il s'en saisit et il s'y
cramponne dans l'espoir que ce navire de
corsaire se brisera un jour et qu'il atteindra
lui-même un rivage hospitalier où il pourra
se construire un bateau, qui lui permettra de
reprendre sa route et d'arriver sain et sauf
dans son pays natal.

Mais ce n'était pas encore tout.

Un malheur ne vient jamais seul, dit-on.
Ce n'était pas assez qu'une partie des pays
slaves méridionaux se trouvât dans la position d'un homme terrassé par un adversaire plus puissant; ce n'était pas assez
qu'une seconde partie se trouvât dans la
position du naufragé dont nous venons de
parler ; il y en avait encore une troisième
qui était réduite à la condition des Hellotes.
L'illustre république de Venise avait aussi
sa part de domination sur les Slaves. Sa
domination tenait le milieu entre la bar-

barie turque et la politique allemande.
Venise existait par un commerce qui réclamait une sécurité complète et certaines
prérogatives. Comme elle ne pouvait obtenir tout cela par des traités et des arrange-
ments, qui ne fondent leur assurance que
sur des garanties certaines, elle se créait
des garanties en occupant sur le rivage de
fortes positions, qu'elle gouvernait comme
on gouverne d'ordinaire les pays conquis :
sévèrement, cruellement, mais en observant
un certain *decorum*. Ce *decorum* reposait
sur les lois créées par le patriciat de Venise,
uniquement en vue du commerce de Venise.
Qui leur obéissait aveuglément était toléré
à la manière allemande ; qui leur résistait
était traité à la manière turque. Dans le
premier cas, on voulait bien reconnaître
dans le sujet de l'illustre république un instrument utile à ses vues, et on lui permettait d'être slave, chrétien, et même homme
jusqu'à un certain point ; dans le second
cas, on lui tenait en réserve les pals, les
bûchers, les potences et autres supplices du
même genre. Car tels étaient les moyens
par lesquels on développait dans les sujets

conquis le dévouement à la république.

La position des Slaves n'avait donc qn'un seul côté de bon : c'est qu'elle ne pouvait éveiller l'envie de personne.

La Turquie possédait la Serbie, la Bosnie, l'Herzégovine, une partie de la Croatie méridionale et une partie des côtes ; l'empire germanique gouvernait l'Illyrie, une partie des golfes d'Istrie et de Kierneron ; Venise régnait sur l'Istrie, sur les îles et sur quelques ports de la Dalmatie. L'archipel de Kierneron appartenait tout entier à la république.

Dans cette domination commune aux trois puissances, il y avait cependant un côté faible. La Turquie, l'Allemagne et Venise étaient trois ennemies. Lorsque deux de ces Etats entraient en lutte, le troisième gardait la neutralité, veillant attentivement à ce que l'un d'eux ne crût pas trop en puissance, de façon que chacune de ces puissances pouvait toujours être tenue en échec par les deux autres, et dans leurs guerres entre elles la victorieuse ne pouvait jamais vaincre complètement, étant retenue par la puissance restée neutre. C'est pourquoi la guerre

contre la Turquie, avec laquelle Venise était
entrée en lutte alliée à l'Espagne et au Pape,
cette guerre soutenue au nom de la chrétienté, et dont le dernier épisode fut la brillante victoire remportée à Lépante par don
Juan d'Autriche, cette guerre, disons-nous,
n'avait fait que montrer que l'on pouvait
vaincre les invincibles, mais sans infliger à
la Turquie le coup définitif et sans apporter
à la chrétienté aucun avantage palpable.
Venise se hâta de conclure une paix favorable à la Turquie, de peur que l'affaiblis-
sement de la puissance ottomane ne profitât
à la puissance allemande. Les Turcs régnaient alors en Hongrie, et ils y occupaient
Buda et beaucoup d'autres villes.

Ainsi la seule chose qui présentât quelques chances de soulagement pour les Slaves
— l'hostilité mutuelle entre les puissances
qui les opprimaient, — cette chance même
était neutralisée par la haine mutuelle des
cabinets.

Cependant l'espérance ne les abandonnait
pas; elle brillait d'une manière subjective
dans un avenir indistinct. Elle ne brillait
pas devant eux, mais en eux; elle ne se lais-

sait pas examiner, et elle se laissait encore moins raisonner et poser comme un axiome et comme un but. Cependant elle brillait, et ses rayons s'échappaient d'un foyer allumé dans le cœur de la nation d'un sentiment indistinct, impalpable, indéfini.

Dans cette position triste, désespérée et sans issue, les Slaves du Sud avaient leurs représentants. La Turquie, l'Allemagne et Venise devaient compter avec eux, et ils entretenaient des relations diplomatiques avec différentes cours, particulièrement avec le Saint-Siège, avec Naples et avec l'Espagne; en un mot, leur parole et leur épée avaient leur poids dans la politique.

Ces représentants étaient une poignée d'exilés privés de toit et de foyer, des vagabonds qui cependant avaient échappé aux Turcs et s'étaient réfugiés dans le royaume de Croatie, privé lui-même d'existence personnelle.

Les opprimés donnèrent asile aux persécutés. Ce n'était pas étonnant. Ils étaient frères les uns des autres, frères par le cœur et par le sang.

Ces exilés et ces vagabonds apparaissent dans l'histoire sous le nom d'Uscoques vers la fin du XV^e et au commencement du XVI^e siècle. Voici ce qu'en disent les chroniques (1) :

« Quand les Turcs se furent répandus en
« Hongrie, en Grèce, en Serbie, en Bulgarie
« et en Rascie, et qu'ils eurent attaqué la
« Croatie et la Dalmatie, des hommes de
« cœur, qui ne pouvaient vivre sous le joug
« turc (et qui savaient être nés dans la foi
« de l'Évangile), quittèrent leur pays, occupé
« par les Turcs, et se réfugièrent dans des
« forteresses chrétiennes. Ils en sortaient
« presque tous les jours pour aller se battre
« contre les Turcs; car il leur était doulou-
« reux de perdre leur patrie et leurs biens.
« Ils connaissaient à fond la contrée et
« étaient familiarisés avec les passages et
« les montagnes; de plus, ils entretenaient
« continuellement dos relations secrètes
« avec leurs parents et leurs amis. »

Dans les commencements, leur séjour en

(1) *Historia degli Uskochi*, scritta da Minucio Minuci, archivescow di Zara.

Croatie avait eu un caractère privé. Les habitants leur donnaient l'hospitalité ; ils partageaient avec eux leur pain et leur foyer, et tout finissait là. Leur présence sur les terres soumises à l'empire allemand ne revêtit un caractère officiel et public que du moment où Pierre Krusitch, auquel Minuci donne le titre de seigneur de la couronne de Hongrie, les eut fixés à Clissa, forteresse située non loin de Splet (Spalatro), auprès des ruines de l'antique Salone, rendue fameuse par la naissance et la mort de Dioclétien. C'est là qu'ils se firent connaître et qu'ils devinrent célèbres par leurs excursions contre les Turcs, et surtout par la vaillante défense de Clissa, assiégée en 1537. Ils résistèrent pendant toute une année à des forces écrasantes, tout en harcelant l'ennemi par des excursions qui souvent prenaient les proportions de batailles dont les Uscoques, sortaient couverts de gloire. Quelques-uns des faits accomplis sous cette forteresse ont un parfum de légende biblique. Il se trouva un David parmi les Uscoques, dans la personne du jeune Milosch, et parmi les Turcs un Goliath, sous la figure de

Deli Bagor. Milosch, armé de sa prière,
défia Bagor, le vainquit dans un combat
singulier, et lui trancha la tête avec sa propre épée en présence des deux armées
réunies. Mais l'héroïsme des défenseurs ne
put résister à des forces supérieures, surtout
après la mort de Krusitch, qui périt dans une
excursion. Cependant il ne fut pas inutile ;
au lieu de se livrer avec la forteresse, ils se
précipitèrent en armes à travers les bataillons ennemis et transportèrent leur résidence à Segne, forteresse située au bord du
golfe de Kierneron. Cet asile leur avait été
offert par Frangipanowitch, propriétaire de
la ville et des terres environnantes.

L'accueil des Uscoques tantôt par Krusitch, tantôt par Frangipanowitch, donnait à
leur séjour un caractère privé. Les grands
seigneurs possédaient des privilèges qui les
rendaient plus ou moins indépendants dans
le gouvernement de leur fortune. C'était
par diplomatie que le pouvoir supérieur
avait en quelque sorte fermé les yeux sur
cet accueil de bataillons armés. Il semblait
ne rien apercevoir derrière le paravent du
droit privé, et il n'apercevait rien parce que

les exilés arrivaient avec un sentiment de re-
connaissance pour l'asile qu'ils trouvaient
sous l'aile de l'aigle impériale, et avec un
sentiment de haine inexorable pour l'anta-
goniste de l'empire allemand. L'empire ne
perdait donc rien en les tolérant; au contraire. En temps de paix, c'étaient pour la
population indigène des témoins vivants et
palpables de la bienveillance et de la générosité du monarque; en temps de guerre, c'é-
taient des guides expérimentés, d'excellents
éclaireurs, et des otages sûrs auprès de la
population soumise aux Turcs. Leur recon-
naissance pour l'empereur pouvait encore
en faire, dans certains cas, des auxiliaires
utiles pour les relations entre l'empire et la
république de Venise. Tous ces motifs engageaient la cour impériale à fermer les yeux
sur leur séjour, et même à s'efforcer à ce
que sa protection leur fût assez utile pour
qu'ils ne pensassent pas à en chercher une
autre, celle de Venise, de Naples ou de Gê-
nes par exemple, où l'on tâchait de les attirer. On avait institué pour cette raison une
organisation apparente parmi les Uscoques,
sous la surveillance d'un commissaire spé-

cial. L'empire se chargea d'en entretenir une
partie à ses frais, au nombre de 5 ou 600.
Cette partie formait une sorte de noyau
organique, un centre d'attraction pour tous
les autres Uscosques qui venaient non seulement de Turquie, mais aussi de Venise, et
même des contrées soumises à la domination
impériale. Les nouveaux arrivés se grou-
paient en divisions (tchetas). On les dési-
gnait officiellement sous le nom d'*aventuriers*. Pour les maintenir dans l'obéissance,
une garnison allemande plus ou moins forte
se tenait dans le château de Segne ; le commandant était un intermédiaire officiel entre
les Uscoques et la cour de l'archiduc, qui
résidait à Gratz ; celui-ci était la dernière
instance, après laquelle venait l'empereur.
De cette manière, aux yeux de la Turquie et
de Venise, et en général aux yeux de toutes
les relations diplomatiques, l'empereur
était couvert par l'archiduc dans la question
des Uscoques, l'archiduc l'était par les droits
particuliers des grands seigneurs, et les
grands seigneurs l'étaient par le commissaire.

### III. — UN TISSU DIPLOMATIQUE.

Les tableaux de notre récit se dérouleront successivement dans le sombre demi-jour du XVIᵉ siècle sur le fond et dans le milieu que nous ont dépeint les deux chapitres précédents. Toutefois ils ne s'y dérouleront pas exclusivement. La nature sauvage qui entoure Segne forme le théâtre sur lequel se jouera le sujet principal du drame. Mais ce sujet principal est soutenu par des scènes auxiliaires qui se développent dans un tout autre cadre.

L'une de ces scènes nous transporte sans transition dans le monde civilisé, dans le monde qui concentrait en soi jusqu'à un certain point tout l'art et toute la science de l'époque, ou qui du moins tenait les fils des événements les plus importants du siècle. Nous allons nous placer au centre même de ces événements, au lieu où, après avoir été extraits informes et bruts du sein de la terre, ils étaient travaillés comme les

métaux précieux dans l'atelier de l'orfèvre,
où ils étaient pesés par la pensée, forgés
par la parole, polis et façonnés par les dis-
cussions et les controverses.

Le foyer des événements est quelquefois
mobile, lorsqu'il réside dans la tête d'un
seul homme. Mais l'humanité produit rarement des têtes qui puissent remplir des
fonctions aussi importantes. Par la force
même des choses, le foyer des événements
est ordinairement établi dans quelque capitale, dans ce que la langue politique appelle
un cabinet, et il s'y maintient jusqu'au moment où une autre capitale, un autre cabinet vient le supplanter.

Nous allons donc nous transporter dans
un cabinet, au sens le plus précis de ce mot.
C'est une salle haute et vaste, éclairée par
des fenêtres étroites, et décorée dans un
goût si austère qu'une pensée légère qui s'y
introduirait par hasard, étoufferait aussitôt
comme un oiseau faute d'air vital. Tout
dans cette vaste salle respire la gravité, depuis la fresque peinte sur le plafond jusqu'au
tapis étendu sur le plancher, et qui figure
les épines et les chardons qui parsèment la

route du voyageur dans sa course terrestre. La fresque représente l'archange
appelant l'humanité au jugement dernier.
Ses ailes sont largement déployées et son
bras étendu tient le clairon terrible dans
lequel il souffle de toutes ses forces ; son
regard est sévère ; il vole au milieu des
nuées, et à sa voix s'éveillent d'innombrables
multitudes qui s'agitent dans le lointain et se
mettent en marche, pâles et effrayées. Le
peintre a su donner le mouvement à ces
foules. Le spectateur qui contemple cette
fresque en traversant la salle d'un bout à
l'autre voit les peuples se soulever et se presser
comme les épis de la moisson ; il les voit
marcher et s'avancer vers le tribunal du
Juge suprême. En les contemplant, le spectateur retient son souffle ; il se sent pénétré
de crainte et de respect ; il baisse les yeux
et il aperçoit sous ses pieds le magnifique
tapis où est peint en couleurs sombres un
inextricable fourré de chardons et d'épines,
symbole des douleurs et des épreuves que
doit traverser toute vie humaine. Le dessin
de ce tapis est si beau et si naturel que l'on dirait que ces épines vont vous déchirer les

pieds ; mais ce n'est en réalité qu'un tapis
moelleux qui étouffe le bruit des pas et qui
engage à garder le silence. D'épais rideaux
couvrent à demi les vitraux peints. Des tableaux représentant des Saints, des Pères de
l'Eglise, et des Papes sont suspendus aux
murailles. Le fond est occupé par une grande
cheminée en marbre vert antique, ornée
de pilastres et de corniches qui supportent
des statues de bronze; des colonnes tronquées
dans les coins de la chambre servent de pié-
destaux à des urnes étrusques. L'ameublement est simple, mais d'un goût magnifique.
Un fauteuil de chêne admirablement sculpté
est recouvert d'un velours pourpre. Une
table se trouve devant le fauteuil, et un prie-
Dieu est à côté. Plus loin on voit des tabou-
rets recouverts aussi de velours pourpre.
Enfin une grande table, cachée par un tapis
rouge qui descend jusqu'à terre, est char-
gée de tous les objets nécessaires pour écrire.
Si nous ajoutons encore quelques volumes
*in-folio*, reliés en parchemin et posés sur la
table, nous aurons une idée de l'ameublement de la pièce.

Deux personnes se trouvaient dans la salle.

L'une d'elles occupait le fauteuil; l'autre était assise devant la table. La première tenait en main un chapelet qu'elle récitait lentement, elle semblait en même temps plongée dans une profonde méditation; la seconde écrivait.

Le grincement de la plume se laissait seul entendre dans le silence, éveillant dans la salle dont la sonorité était remarquable des échos agaçants.

Les vêtements des deux personnes indiquaient des hommes consacrés au service de Dieu, et occupant une position élevée dans la hiérarchie de l'Eglise.

Le premier était un homme avancé en âge. Ses cheveux tout à fait blancs s'échappaient de dessous une calotte de velours blanc; ses sourcils blancs formaient au-dessus de ses yeux noirs deux arcs vigoureusement tracés. Il avait les joues rasées, ce qui mettait en évidence la santé et la fraîcheur de son visage; sa taille était moyenne, avec un certain embonpoint, son regard clair et franc rayonnait de vie et de bonté, toute sa personne respirait une majesté incomparable où se révélait une dignité suprême élevée au-dessus

de toutes les autres dignités. Le personnage
auguste devant lequel nous sommes était en
effet, le plus élevé des dignitaires de l'Eglise
catholique : c'était le pape Clément VIII, élu
en 1592 ; il avait été connu autrefois sous le
nom de Hippolyte Aldobrandini, et son père,
célèbre dans la carrière du droit, ayant dû
quitter Florence, était allé chercher asile
sous l'aile protectrice de la Papauté. Il ne
prévoyait pas assurément que l'un de ses
fils succéderait un jour au Pontife qui abri-
tait son exil.

Le second personnage ne ressemblait
guère au premier. Grand et maigre, le visage
sévère, les cheveux grisonnants, sa physionomie inspirait à la fois deux sentiments
différents : la crainte et la confiance. La
crainte était inspirée par ses yeux bruns,
surmontés de sourcils épais et hérissés ; la
confiance par tout son extérieur, qui déno-
tait une grande énergie, tant physique que
morale ; au moment de notre récit, il était le
chanoine Minucius Minuci, secrétaire de Sa
Sainteté : il fut plus tard archevêque de
Zadar (Zara).

Le chanoine écrivait ; Sa Sainteté était

toujours plongée dans une profonde méditation. Un silence absolu régnait autour
d'eux. Les bruits de la Ville éternelle, soigneusement assourdis, n'arrivaient pas à
cette salle destinée exclusivement à la réflexion.

Et les sujets de réflexion ne manquaient
certes pas.

Depuis les Croisades, la guerre contre les
infidèles formait l'axe fixe autour duquel
s'enroulait la politique papale. C'était là le
but principal et invariable que l'on avait
toujours en vue, et que l'on poursuivait,
malgré les diversions et les retards forcés
que les querelles des princes chrétiens et les
circonstances imposaient pour un temps
plus ou moins long. La pensée des Papes
revenait toujours au même but : à la tombe
du Christ, dont la délivrance devenait, hélas!
de jour en jour plus difficile, et à l'affranchissement des peuples chrétiens. Mais les diffi-
cultés ne décourageaient pas les Papes; c'est
qu'en effet la cause de l'Eglise, et l'expulsion
des Turcs d'Europe, grâce aux efforts per-
sévérants des souverains Pontifes, apparaissaient non seulement comme la mission

propre du Saint-Siège, mais comme une
gloire qui lui était légitimement réservée.
Les rois ne le comprirent pas, et pendant
des siècles les Papes seuls restèrent fidèles
au vœu de la chrétienté et travaillèrent avec
ardeur à sa réalisation. Dans ce but ils entretenaient des relations incessantes avec
les monarques chrétiens. On avait créé dans
le Sacré-Collège un département spécial,
sous la direction immédiate du Pape, et
dont l'unique occupation devait être de
guetter attentivement toutes les occasions
qui pourraient être favorables à l'affranchissement de l'Europe chrétienne, et en même
temps à l'affermissement du pouvoir temporel des Papes.

Le Pape, en effet, était à la tête de la chrétienté, non seulement dans le sens ecclésias-
tique du mot, mais aussi dans l'ordre temporel.
Au milieu du formidable conflit religieux et
politique des deux doctrines qui se disputaient
l'empire du monde, il fallait au ministère
spirituel qu'il exerce en qualité de vicaire
de Jésus-Christ le concours d'une force tem-
porelle et matérielle, ce pouvoir indépen-
dant et réel, sorte de rempart et d'armure

dont les siècles avaient providentiellement muni la Papauté.

Entre autres choses, ce pouvoir temporel donnait au souverain Pontife le moyen d'entretenir des relations diplomatiques plus étendues que celles d'aucun des monarques de l'époque.

Clément VIII avait donc de graves sujets de méditation et en ce moment plus que jamais, car à la tournure que prenaient les événements, on venait tout à coup d'entrevoir la possibilité de résoudre la question musulmane au profit du monde chrétien. Aucune occasion plus favorable ne s'était présentée depuis l'année 1571.

En Turquie, on était à la guerre contre les Hongrois, en d'autres termes, contre l'empire allemand; il est vrai que le plus vif désir de celui-ci était de rester pour le moment en paix avec son redoutable voisin. Mais, quels que fussent les sentiments pacifiques de l'empereur, la possibilité d'une guerre faite en dehors et au-dessus des combinaisons de la diplomatie augmentait chaque jour de vraisemblance. Clément VIII, reprenant une mission séculaire, travaillait à disposer les

choses de façon à assurer aux armées chrétiennes les secours les plus efficaces, et à
enfermer l'empire turc dans un réseau de
forces hostiles.

Le chanoine Minuci écrivait donc; — il
écrivait des lettres ou missives destinées à
être expédiées dans tous les coins du globe.
A mesure qu'il les terminait, il s'arrêtait un
instant, se levait, se tournait du côté du
Saint-Père, et, s'inclinant respectueusement,
il annonçait :

— A Sa Majesté très chrétienne le roi de
France et de Navarre.

Ou bien :

— A Sa Majesté catholique le roi d'Espagne.

Et ainsi de suite.

Clément VIII, marquant chaque fois son
assentiment de la tête et de la main, lui faisait
signe ensuite de continuer son travail.

Le chanoine saluait, se rasseyait et re-
commençait à écrire.

Bientôt vint le tour des missives qui ne s'a-
dressaient plus exclusivement aux monarques
chrétiens. Le chanoine prononçait les noms
des hospodars de Valachie et de Moldavie, du

prince de Transylvanie et même du shah de
Perse. Aucun de ceux qui pouvaient prendre
une part directe ou indirecte à la lutte organisée par le Saint-Père ne fut oublié.

Il va sans dire que ces missives n'étaient
pas conçues en termes semblables et que
leur sujet ne pouvait être uniforme. Ce
n'étaient ni des ordres appelant au combat,
ni des circulaires présentant la question
sous un point de vue général.

A chacun elles parlaient le langage capable de le toucher.

Aussi fallait-il être doué d'une habileté
extraordinaire pour organiser une pareille
correspondance, à destinations si variées, et
qui cependant devait toute se rapporter à
un seul et même but! Il fallait posséder une
connaissance approfondie des relations, et
surtout des ressorts mystérieux sur lesquels
sont basées la diplomatie et la politique.

Le chanoine écrivait. Après avoir annoncé
la dernière expédition et au moment de se
remettre à son travail, il prononça les mots :

— *Pro memoria.*

Le Saint-Père inclina la tête d'une manière plus accentuée qu'auparavant.

En effet, un travail de nature fort délicate
venait de commencer ; c'étaient des instructions secrètes pour des envoyés qui devaient
se mettre en route dans différentes directions, emportant partout la même pensée
et cherchant à la réaliser selon les diverses
possibilités. Ici, le secrétaire dut à tout moment en appeler à Clément VIII, qui lui
indiquait en quelques termes généraux la
substance de chaque note. Au commencement, le chanoine ne demandait pas grand'--
chose, il était, paraît-il, très au courant de
toutes les affaires. On arriva ensuite à une
question apparemment la plus difficile.

Le chanoine prononça un nom. Le Saint-
Père leva la main, pour montrer qu'il avait
besoin d'un instant de réflexion.

Après un instant de silence :

— Relisez la relation, mon père..., — dit-
il.

Le secrétaire lut ce qui suit sur un billet fort chiffonné :

— Encouragement d'en haut sans permission formelle ; résolution inébranlable.
Affaire terminée. Je rappelle.

Ces paroles étaient écrites en chiffres. Le

billet ne portait ni date ni signature. Il devait cependant avoir une grande importance, car le Saint-Père en avait écouté la lecture avec la plus profonde attention ; il garda le silence pendant quelques minutes, puis il dit :

— Ceci est clair. Oui. On ne peut pas hésiter, et il faut mettre tous les ressorts en jeu. Oui. Le moment est là.

— Votre Sainteté ordonne-t-elle de répondre?... — demanda le secrétaire d'une voix humble.

— De répondre?... — fit le Pape avec quelque surprise. Qu'y a-t-il à répondre? Rien absolument. L'affaire est terminée. Il n'y a rien à répondre. N'est-ce pas?

Le chanoine inclina respectueusement la tête.

— La mission est remplie. L'affaire est terminée... — répéta Clément VIII avec plus d'accent.

— Mais on rappelle... — hasarda le secrétaire.

Le Saint-Père, à ce mot, leva les yeux au plafond, comme lorsqu'on n'est pas sûr de sa mémoire.

— On rappelle?...

— ...La récompense !

— Ah !... — interrompit vivement Clément VIII en faisant un geste de la main — je me souviens. Assurez, mon père, de notre faveur et de nos prières.

A mesure qu'il proférait lentement ces paroles, le sens complet du mot « rappelle » lui revenait à la mémoire, et il s'interrompit soi-même :

— Ah... oui... Je sais... Je me rappelle... Cette femme... Inquisition, jugement, condamnation... Un pardon conditionnel...

Le secrétaire ajouta :

— Elle se chargea de la mission...

— Je me rappelle...

Le secrétaire ajouta de nouveau :

— Elle nous a rendu des services inestimables dans le Divan...

— Il faut qu'elle y reste... — fit vivement le Saint-Père.

— Il lui est impossible de faire autre chose... — répliqua le chanoine. Elle s'y est habituée ; c'est devenu pour elle une seconde nature ; elle ne saurait plus résister, même si elle le voulait... Je la connais...

Il prononça ces derniers mots avec cet accent d'assurance qui garantit pour le présent et pour l'avenir.

Le Pape fit un léger signe de tête, comme pour indiquer que cette question était épuisée et qu'il n'y avait plus rien à dire sur ce sujet.

Le chanoine passa donc à un autre sujet. Il posa sur la table une liasse de papiers qui portaient en grandes lettres l'inscription : *Uscoques*, et il demanda :

— Quelles dispositions Votre Sainteté donnera-t-elle à l'égard de ces gens-là ?

Le Pape hocha la tête, toussa légèrement et fit enfin le geste qui exprime le doute et l'hésitation.

Le secrétaire attendait dans un silence respectueux ; l'expression de ses yeux indiquait cependant que son attente n'était pas tout à fait indifférente, que cet homme avait déjà dans son cerveau une réponse toute prête, et qu'il la tenait en réserve pour le moment où son supérieur en appellerait à lui.

— Ces gens-là?... — fit Clément VIII à demi-voix. — Ces gens... hum... eh bien ?

Il s'arrêta et fixa son regard sur les yeux de son confident, comme s'il espérait y lire quelque chose qui l'aidât à débrouiller le fil de ses pensées.

— Ces gens...

— Ont rendu de grands services... — glissa le chanoine.

— C'est vrai. Ils méritent une récompense.

Le chanoine baissa tout à coup la tête avec le geste d'un espoir déçu. Evidemment il ne s'attendait pas à ce résultat.

Son geste n'échappa pas à l'attention du Pape. Il ajouta donc, comme une suite aux paroles précédentes :

— Peut-être pourrait-on les employer de quelque manière.

Le chanoine releva la tête.

Le Pape continuait à parler.

— Si seulement ils se laissaient employer, s'ils ne formaient pas un troupeau sans berger, un ramassis indiscipliné, avec lequel on ne peut rien faire.

Le chanoine haussa légèrement les

épaules comme pour dire : « Quant à cela,
c'est vrai. » Il approuvait par ce geste les
mots du Saint-Père, ou plutôt il lui donnait
raison, tout en réservant ce *mais* qui sert
à renverser les raisons appuyées sur les
bases les plus solides. Clément VIII comprit
qu'il lui fallait appuyer ses paroles.

— C'est pourtant vous, mon père, qui
vous occupez de ces gens plus que personne
autre, et ce que j'en sais, je le sais en
grande partie par vous-même. Combien y
en a-t-il dans notre cité? Pas plus de cent
cinquante, et l'on ne peut arriver à aucun
résultat même avec ces cent cinquante? Y
a-t-il donc quelque moyen d'en tirer parti?...
S'il y en a, je n'opposerai de mon côté aucune résistance ni aucune répugnance à les
employer selon la nécessité. Qu'ils soient
misérables et vagabonds, peu importe, et
quant à eux... quant à eux...

Le Saint-Père s'arrêta et parut chercher dans son esprit le mot convenable. Le
secrétaire se hâta de finir :

— Si le Seigneur daigne bénir nos projets, ces hommes auront été les principaux

agents du succès. Car tout cela a été produit par eux.

En prononçant les mots « tout cela », il montra du regard le paquet de correspondances.

— Vous avez raison, mon père,... —affirma Clément VIII.

Le chanoine soupira et ferma plusieurs fois les yeux, en serrant fortement les paupières l'une contre l'autre. Le Pape continua :

— Loin de moi la pensée de repousser ces petits. Je voudrais seulement savoir de quelle manière ils pourraient être employés. J'avoue — à ces mots il joignit les mains et ses traits revêtirent une touchante expression d'humilité — j'avoue que... je l'ignore.

Il y avait quelque chose de si grand dans ces mots : « je l'ignore », prononcés par le chef de l'Eglise, que le chanoine s'inclina involontairement avec vénération ; il resta un instant muet et attentif, pour ne rien perdre des derniers sons de cette parole, qui avait sur les lèvres du Pape un accent solennel. Un instant après, il ajouta timidement :

— Si Votre Sainteté le permet, je lui présenterai l'état des affaires.

Clément VIII fit un geste de consentement.

Voici quelle fut la relation du secrétaire.

Une partie des Uscoques se trouvait sous la protection de l'empereur. Nous en avons parlé précédemment, et nous ne nous répéterons pas. Nous dirons seulement que cette partie n'était pas la plus importante ; étant protégée par l'empire, elle se trouvait sous sa dépendance, et, comme telle, elle ne pouvait représenter dans toute leur intégrité les intérêts, les besoins et les aspirations du pays dont s'étaient dégagés les Uscoques. Une volonté étrangère pesait toujours sur cette représentation, et cette pression étrangère l'obligeait à chercher un lieu où elle se sentît plus à l'aise. Ainsi, de même que la Bosnie avait dégagé de son sein les Uscoques qui résidaient à Segne et dans les forteresses voisines, les Uscoques de Segne avaient dégagé de leur sein une sorte de délégation créée au hasard, et qui avait choisi Rome pour résidence.

Pourquoi avait-elle choisi Rome ? Parce

que entre toutes les questions qui préoccu-
paient la chrétienté, on comptait la question des Bosniaques, et que toutes, quelles
qu'elles fussent, avaient leur foyer dans la
capitale du monde chrétien. Pour les Bosniaques n'était-ce pas tout naturel? Ils
cherchaient des alliés contre les Turcs : où
pouvaient-ils mieux espérer en trouver?

Ils se réunirent donc à Rome, au nombre
de cent cinquante ; ils s'y réunirent, et ils se
divisèrent en cercles qui formèrent trois centres : l'un de ces centres ne signifiait rien ;
le second avait comme force d'attraction et
de groupement des idées ; le troisième était
guidé par des personnages importants.

Le premier centre comprenait le plus
d'adhérents. Les hommes faiblement trempés
se contentaient volontiers de leur insigni-
fiance et de leur inutilité : satisfaits d'avoir
enfin trouvé un repos qui leur permettait de
s'apitoyer à leur aise sur leur triste sort, ils
ne cherchaient rien au delà : c'était le cercle
des âmes faibles ou fatiguées.

Le second centre réunissait tous ceux qui
possédaient en eux cette source féconde,
inépuisable des pensées, des projets et des

rêves, qui jaillit incessamment au fond de certaines âmes ; ces pensées bouillonnantes ne leur permettent pas de s'affaisser sur elles-mêmes, et elles cherchent à s'échapper au dehors, à s'incarner dans des actes : tel était le second cercle.

Le troisième centre groupait ceux qui, faibles eux-mêmes, cherchaient la force dans les autres et la trouvaient en des personnages isolés qui possédaient le talent d'exposer et de recommander leur propre valeur ; c'était un talent purement commercial, et il est dangereux parce qu'on peut facilement s'y tromper.

Telle fut la relation que Minucius Minuci présenta à Clément VIII. Il avait sous la main, pour appuyer ses paroles, les rapports de la police romaine, les relations des agents officiels ou secrets de Venise, de Segne, de Gratz, de Prague, du fond de la Bosnie et même de Constantinople, et enfin les mémoires, les notes et les pétitions dont les Uscoques surchargeaient la chancellerie de Sa Sainteté, soit en leur propre nom, soit au nom de la Bosnie tout entière.

Le Saint-Père écouta d'un bout à l'autre

ce rapport avec la plus grande attention ;
quand le chanoine eut fini, il lui demanda
du regard son opinion. Celui-ci conclut en
ces termes :

— De tout ce chaos se dégage un fait
certain : c'est que ces hommes sont les représentants d'une puissance réelle, dont le
siège est en Bosnie, et qui peut ou bien
s'anéantir dans l'oisiveté, ou bien lutter
pour son propre compte, ou enfin se laisser
employer par d'autres. Les événements qui
se préparent vont l'exciter et la mettre en
mouvement. Aussi la cité apostolique doit-elle
s'en préoccuper dans l'intérêt de l'Eglise, et
elle ne doit se laisser devancer par personne
dans le parti à prendre pour mettre en
œuvre cette puissance. Dans ce but, il faut
chercher parmi les Uscoques l'idée et le
personnage qui peuvent le mieux servir
l'Eglise et le Saint-Siège, en même temps
que l'affranchissement de la Bosnie, et les
soutenir avec énergie.

Cette conduite produira un grand effet
en Bosnie, et par suite, dans tout l'Orient,
qui demande des secours de tous les côtés.
Si Dieu bénit ces projets, — et il appuya la

main sur les correspondances — le secours
offert par le Pape lui-même sera rendu à
l'Eglise au centuple pour le salut des âmes
et l'honneur du Saint-Siège.

A ces dernières paroles Clément VIII se
leva tout à coup et se redressa de toute sa
taille ; ses yeux brillèrent de cette ardeur
pure, de cet éclat limpide et profond où
apparaissent, pour ainsi dire, les grandes,
les nobles et saintes pensées; s'étant tourné vers le chanoine, celui-ci put aussi lire
dans le regard du Pape l'expression d'un
sentiment de gratitude ; soudain le Saint-
Père se dirigea vers le prie-Dieu, il s'y
agenouilla, joignit les mains, baissa la tête,
et un silence solennel s'établit dans la salle.

## IV. — LA CURIOSITÉ PUBLIQUE.

Il y a des moments où l'on devine l'approche des grands événements. La « seconde
vue prophétique » de la foule les pressent
dans l'atmosphère. Il est impossible de s'en
rendre compte et d'expliquer scientifique-

ment les pressentiments auxquels servent souvent de points de départ des signes paraissant dans le ciel ou sur la terre. Une comète, des étoiles filantes, le hurlement des chiens, de l'eau ensanglantée, des apparitions : telle est ordinairement l'origine des pressentiments, au sujet du feu, de la peste, de la famine ou de la guerre, et surtout de la guerre qui amène à sa suite le feu, la peste et la famine.

L'objet de l'entretien de Clément VIII et du chanoine Minucius Minuci n'était parvenu à la connaissance de personne ; il avait disparu comme une pierre disparaît au fond d'un abîme. Il devait bien reparaître un jour, mais transformé en acte ; c'est ainsi que les sons qui dorment au fond d'un instrument sonore s'éveillent et apparaissent à l'évocation du musicien et sous le jeu de ses mains.

Et cependant, peu après cette conversation, une inquiétude étrange commence à poindre parmi les habitants de la Ville éternelle. De petits groupes se réunissaient sur les places, aux coins des rues, devant les hôtelleries ou les bâtiments principaux ; ces

groupes s'épaississaient et se changeaient
en foules; et la raison de ces rassemblements
demeurait inconnue, — aussi bien pour ceux
qui y prenaient part que pour les agents de
la sécurité publique, qui voyaient ces at-
troupements d'un œil susceptible. Toutefois leur susceptibilité était dénuée de
fondement. Les gens s'attroupaient, poussés
par une inquiétude indéfinie, et l'inquiétude
venait on ne sait d'où.

— Il va se passer quelque chose!

Telle était la conclusion générale qu'en
tiraient les Romains, conclusion commentée
par leur imagination vive et ardente. On
faisait les suppositions et les hypothèses les
plus étranges; on ramenait au jour des
questions résolues depuis des siècles; on
faisait revivre des personnages enterrés
depuis des années; on rappelait à la mémoire des événements qui appartenaient à
un passé depuis longtemps oublié; on com-
mettait les anachronismes les plus criants,
uniquement dans le but de satisfaire la
curiosité qui demandait à savoir quelque
chose.

Cette curiosité était la curiosité publique.

Personne n'ignore ce que cela veut dire. Un torrent grossi par l'averse ne cherche pas à briser la digue avec autant d'impétuosité qu'elle n'en met à se précipiter sur ce qui se présente à elle sous la forme d'une énigme. De plus, par une coïncidence qui excitait encore cette curiosité, on avait ordonné dans toutes les églises de Rome des prières publiques pour la chrétienté, prières spéciales et solennelles, inaugurées par le Pape lui-même dans l'église de Saint-Pierre. Ces prières devaient durer tout un mois. Le son des cloches qui les annonçaient mettaient pour ainsi dire toutes les âmes en branle. La curiosité publique s'enflamma. On savait pour sûr qu'« il y aurait quelque chose », mais il s'agissait encore de savoir quoi.

Il faut bien dire que cette époque était singulièrement propre à éveiller la curiosité et à exciter les esprits. L'Amérique, découverte un siècle auparavant, faisait briller aux regards de l'imagination ses trésors mystérieux et inépuisables ; Philippe II les tenait en haleine par sa monarchie universelle ; Henri IV leur avait jeté comme pâture son projet d'organiser l'Europe sur des bases

nouvelles ; la Réforme les troublait ; la terreur des musulmans les épouvantait ; il ne
faut donc pas s'étonner que cette prescription
de prières exceptionnelles « pour la chrétienté » ait accru dans les esprits la disposition à former toutes sortes de conjectures
et d'imaginations bizarres.

Ces suppositions provenaient toutes d'une
même source :

— Puisqu'on a ordonné de prier pour la
chrétienté, évidemment la chrétienté doit
être menacée.

— Comment ? et par qui ?

En réponse à ces questions, beaucoup de
gens voyaient déjà Attila sous les murailles
de Rome. La nuit, des femmes s'éveillaient
en sursaut, en criant :

— Au secours !

Au milieu de ce trouble des esprits une
seule chose apaisait les imaginations et tran-
quillisait la population, c'était l'attitude
calme et souriante de Clément VIII. On avait
une confiance profonde en la sagesse de la
politique papale. Néanmoins, en dépit de
cette confiance, peut-être même à cause de
cette confiance, on s'efforçait de soulever

un coin du rideau qui voilait les projets du Pape. On faisait des suppositions ; les conjectures se succédaient sans fin.

Un prélat très hautement considéré par l'opinion publique, Camille Borghese, avait été solennellement envoyé en ambassade auprès de Philippe II.

Ce fait dirigea les conjectures populaires du côté de l'Espagne.

Un autre prélat partit pour la cour de Henri IV.

On s'efforça aussitôt de rapprocher ce fait de tous ceux qui menaçaient la sécurité du monde chrétien.

On apprit ensuite que le Pape envoyait des délégués à toutes les cours, et les suppositions se divisèrent. Elles s'égaraient dans le chaos produit par l'état de transition dans lequel se trouvait l'Europe à cette époque.

Ces délégations étaient expédiées publiquement, en plein jour, avec une certaine ostentation. Le Saint-Père accordait aux délégués sa bénédiction en audience publique. On en parlait donc à haute voix ; on faisait des conjectures ouvertement sur le but de leur mission.

Mais à côté de ces ambassadeurs, il y avait un grand nombre d'hommes, surtout de moines, qui disparaissaient subitement. Ils partaient sans laisser de traces. Tel ou autre était là, — soudain, il n'y est plus. Il avait des connaissances parmi les habitants ; il avait en ville des parents ; il allait les voir de temps à autre, et tout à coup ses visites cessaient. On s'en étonnait, on s'informait au couvent :

— Qu'est-il devenu?...

— Priez pour lui... — était la seule réponse accordée par les autorités du couvent.

Pour consoler les familles affligées, les moines ajoutaient, sous le sceau du secret :

— Le Saint-Père l'a envoyé dans des contrées lointaines.

Un seul mystère de ce genre aurait suffi pour porter à son comble la curiosité des habitants de Rome. Quel dut être l'effet lorsqu'on en découvrit plusieurs !

— Un tel a disparu, tel autre a disparu, tel autre encore a disparu...

Ce n'étaient pas seulement des moines qui disparaissaient d'une manière si énigmatique. Si ce n'avaient été que des moines,

on aurait pu supposer qu'ils partaient pour
publier l'Evangile, bien que dans ces
cas-là on les fît partir autrement. On
n'entourait pas leur départ de tant de mystère. Les missionnaires sortaient ouvertement, après avoir reçu une bénédiction
publique. Cependant il aurait été possible
d'appliquer cette supposition à des moines;
mais on ne pouvait l'appliquer à des hommes laïques, et encore moins à des étrangers
qui demeuraient dans la Ville éternelle, et
dont quelques-uns, connus de tout le monde,
avaient disparu d'une manière subite et
inattendue.

Cela se rapportait en particulier aux
Uscoques.

Les Romains les connaissaient pour plusieurs raisons; d'abord, parce qu'ils étaient
peu nombreux ; ensuite, parce qu'ils se tenaient ensemble ; puis parce qu'ils se dis-
tinguaient par leur costume, leurs habitudes et leur extérieur ; enfin parce qu'ils
faisaient à tout le monde, en général, et à
chacun en particulier, le récit détaillé de
leurs malheurs et de leurs espérances,
comme s'ils voulaient intéresser l'univers

entier à leur histoire. Les Romains les connaissaient donc tous, et particulièrement
ceux d'entre eux qui se faisaient remarquer ;
ils connaissaient même leurs affaires in-
times ; ils savaient que leurs malheurs com-
muns, au lieu de les unir par des liens plus
étroits, les brouillaient et les divisaient ; ils
connaissaient leurs querelles intestines, et
ils en étaient scandalisés ; ils savaient enfin
que ces querelles, que d'ailleurs les Romains
ne comprenaient pas, avaient mis en évidence quelques personnages marquants,
entourés du respect et de la considération
des autres.

Or précisément quelques-uns de ces personnages marquants avaient disparu, et
avant leur disparition un mouvement inusité s'était manifesté parmi les Uscoques ; ils
se réunissaient, délibéraient, se querellaient,
et tout à coup ils s'apaisèrent, devinrent
muets. Quelque chose de pareil au calme
après un orage avait eu lieu parmi eux, et
ce fut là ce qui attira l'attention des Romains. Ils se mirent à les examiner de plus
près et ils s'aperçurent de quelques défec-
tions dans leurs rangs.

La première fut celle de Jean Alberti; il était connu à cause de ses parents opulents et bien posés à la cour de l'empereur. L'un de ses frères était archiadiacre de Splet; l'autre docteur en théologie; tous deux aspiraient au chapeau de cardinal. Ils étaient de ceux qui, après s'être expatriés une fois pour échapper à la domination turque, s'expatrièrent volontairement une seconde fois de la patrie d'exil, entrèrent sous la protection impériale, et s'en étaient bien trouvés. Leur éclat réagissait sur Jean, doué par la nature d'une âme belliqueuse, et cette réaction n'était pas purement spirituelle; elle se traduisait en sequins qui facilitaient à Jean son séjour à l'étranger.

Une autre disparition fut celle d'André Kosmatch, qui se faisait remarquer par le talent qu'il avait de changer sa figure et tout son extérieur au point de les rendre méconnaissables. D'homme jeune, beau et bien portant, il se métamorphosait en vieillard laid, perclus, borgne ou même aveugle. Celui-là s'éloignait souvent de Rome. On le soupçonnait de visiter sa contrée natale, mais il prétendait s'occuper de commerce;

d'ailleurs on était disposé à le croire, car il
appuyait ses paroles par de l'argent comptant, qu'il employait à secourir et à égayer
ses compatriotes malheureux. Les Romains
le connaissaient pour la gaieté de son caractère, qui contrastait d'une manière frap
pante avec la gravité et la tristesse impri-
mées sur les traits des autres Uscoques.

On s'aperçut de la disparition de Djordji
Miloschewitch, qui se faisait remarquer par le
respect dont l'entouraient ses compatriotes;
ce respect était imposé par une sorte de
prestige qui émanait de toute sa personne,
comme la lumière et la chaleur émanent du
soleil. Il brillait de sa propre lumière et il
avait en soi sa propre chaleur, — et il réagissait sur les autres. Cette chaleur commu-
nicative c'était un amour ardent pour son
pays natal, amour inné, qu'il avait emporté
dans son cœur du lieu où s'était passée son
enfance; quant à la lumière, il l'avait
acquise. Il l'avait acquise dans ses pérégri-
nations par le monde. Il avait étudié à
Venise; il avait étudié à Rome. Il acquérait
des connaissances, il enrichissait son esprit
où et comme il le pouvait, mais, contraire-

ment aux frères de Jean Alberti, il ne faisai
pas un usage personnel du trésor de se
connaissances. On lui en faisait un reproche
et peut-être avait-on raison. On prétendai
en effet que la position qu'il aurait p
occuper, soit dans la République de Venise
soit dans les Etats du Pape, soit sous l
domination de l'empereur, pouvait for
bien se concilier avec son amour pour s
patrie. Mais c'était la seule chose que l'o
eût à lui reprocher. Les Uscoques étaien
fiers de lui devant les Romains; ils s'en glori
fiaient pour deux raisons : d'abord, comm
d'un homme capable de se mesurer avec le
docteurs de l'Académie ; ensuite, parce qu
tout son extérieur donnait la parfaite imag
d'un guerrier et qu'ainsi il faisait honneu
à la nation bosniaque.

— Les Vénitiennes étaient folles de lui
et vos Romaines non plus ne le regarden
pas de travers... — disaient les Uscoque
aux habitants de la Ville éternelle.

En effet, la population romaine considé
rait attentivement cet étranger, alors dan
toute la force de son développement viril.
Car ce n'était plus un très jeune homme.

Il ne paraissait pas avoir moins de trente ans. Mais il éclipsait les plus jeunes par la grâce de son extérieur et par la beauté de ses traits, où l'on remarquait une fierté guerrière unie à une mélancolie profonde, étrange, impossible à décrire. Le guerrier et le pâtre se confondaient en lui en une unité harmonieuse et naturelle. En cela il se distinguait non seulement parmi ses compotriotes, mais aussi parmi les Romains qui ont un penchant inné à prendre des poses théâtrales. Aussi les Italiennes le suivaient-elles du regard attentif; aussi les Italiens le connaissaient-ils mieux que les autres Uscoques.

Plusieurs autres disparurent encore, mais leur disparition ne fut pas aussi frappante que celle des trois personnages dont nous venons de parler. Les Romains interrogeaient les Uscoques sur ce qu'ils étaient devenus; mais ceux-ci ne pouvaient ou ne voulaient pas satisfaire leur curiosité. Il faut admettre plutôt qu'ils ne le pouvaient pas. Ils ne savaient pas où s'étaient rendus leurs compagnons, ni pourquoi ils étaient partis; et ce qui le fait supposer, c'est qu'ils ne le

divulguèrent pas ; — seulement ils sentaient
qu'il y avait quelque chose dans l'air. Ces
pressentiments furent surtout excités par
l'attitude d'un des Uscoques, qui ne disparut
pas, bien qu'il fût un personnage des plus
marquants.

C'était un certain Lodovico ou plutôt
Ludewit Bertuci.

Son nom ne témoigne pas du tout contre
sa nationalité. Les Slaves des bords de
l'Adriatique, et principalement les Dalmates,
prenaient souvent des noms italiens à
cause des relations qui les unirent pendant
des siècles avec l'Italie. Ils n'en restaient pas
moins slaves. Leur exemple était suivi par
ceux qui venaient du fond de la Bosnie, et il
arriva plus d'une fois, hélas ! que le changement de nom entraîna un changement
de nationalité, surtout si un Slave épousait
une Italienne. La race la plus puissante par
son lustre et par son génie l'emportait
alors. Cependant cette règle avait des exceptions, au nombre desquelles on comptait
aussi bien Alberti, mentionné plus haut,
que le chevalier Ludewit Bertuci.

Ce dernier, né d'une mère italienne, élevé

en Italie et appartenant par adoption au
patriciat italien, était cependant demeuré
slave. Il avait pris le titre de chevalier,
mais il était Uscoque; il se reconnaissait
bosniaque et il voulait que chacun le tînt
pour tel; son désir était d'ailleurs pleine-
ment satisfait . Si la nation italienne ne
montrait aucun empressement à le reven-
diquer, c'est sans doute qu'il eût voulu
qu'elle reconnût ses prétentions au génie,
car c'est à cette condition qu'il s'avouait
bosniaque. Evidemment il considérait sa
renonciation à l'honneur d'appartenir à la
race latine comme un sacrifice qui méritait
une récompense de la part de la nation
bosniaque.

Le chevalier Bertuci était connu au loin.
On le connaissait en Italie, et sur les côtes
de la Dalmatie, et dans le fond du pays. Son
nom n'était pas étranger aux Turcs, qui
accrûrent encore sa célébrité, en faisant de
lui un prétexte à persécution. Il était interdit
aux Bosniaques de prononcer son nom, et
justement pour cette raison les Bosniaques
le prononçaient; ils le prononçaient à voix
basse, en secret, comme tout ce qu'ils

aimaient. Ils croyaient en effet que ce nom devait avoir une importance extraordinaire, puisque les Turcs en faisaient si grand cas. Cette opinion passait aisément du nom à l'homme lui-même, et beaucoup voyaient en Bertuci, inconnu d'autre part, le libérateur de leur patrie.

Qu'est-ce qui avait fait à Bertuci une telle célébrité? Rien que sa propre langue.

Il parlait, et il fit parler de soi.

Il parlait, sans se soucier de rien ni de personne, pas même de la vérité qu'il considérait comme un luxe inutile pour l'homme qui a derrière soi un point de départ et devant soi un but, auquel il doit atteindre à tout prix.

Le point de départ choisi par le chevalier Bertuci était original. Il s'était identifié d'abord avec la Bosnie, ensuite avec la Bosnie et la Serbie, enfin avec tous les pays slaves qui pouvaient passer de la domination turque sous quelque autre domination. Il s'était donc dit :

— Ils doivent passer sous quelque autre domination ; — pourquoi ne passeraient-ils pas sous la mienne ?

Tel était le but qu'il s'était posé.

Entre son point de départ et son but il y avait une longue route à parcourir et il y consacra toute l'énergie dont la nature l'avait doué. Et cette énergie était en raison directe avec son amour-propre élevé à la plus haute puissance.

— La Bosnie, c'est moi... — disait-il à ses compatriotes.

Et comme il s'aimait, il aimait en soi la Bosnie ; il l'aimait, qu'on me passe la comparaison, comme le diamant aime la monture qui l'enchâsse. Il se tenait pour le diamant le plus précieux, et il avait choisi la monture qui le mettait le mieux en évidence, ne supportant auprès de soi rien de ce qui aurait pu obscurcir son éclat. Il voulait être l'unique libérateur de la Bosnie. Par conséquent, ceux de ses compatriotes qui s'élevaient au-dessus du niveau ordinaire par leur cœur ou par leur tête, il les dépouillait sans aucun scrupule de toute raison et de toute réputation. Il ne les ménageait pas. Ce n'étaient, selon lui, que des idiots et des coquins, qui travaillaient tous, les uns sans en avoir conscience, les autres avec préméditation, pour le profit et l'avantage des Turcs.

Lui seul était sensé; lui seul était sans tache.

Des faits irréfutables lui servaient de preuves. Les Uscoques organisaient par terre et par mer, l'une après l'autre, des expéditions contre les Turcs. Aucune d'elles n'était parvenue à délivrer la Bosnie, et elles n'y parvenaient pas pour la simple raison qu'elles n'avaient pas ce but en vue, quoiqu'elles le prissent toutes pour prétexte. Leur but réel, pris dans son sens historique, était de ne pas laisser tomber en désuétude leurs droits, arrachés de force par leurs oppresseurs. Les Uscoques pouvaient se bercer de chimères, mais l'histoire ne pouvait se faire illusion. Ils organisaient des expéditions contre les Turcs; elle inscrivait ces expéditions dans les actes du procès que devait un jour juger l'histoire. Il ne s'agissait que du fait de ne pas interrompre la lutte entre les vainqueurs et les vaincus; il ne s'agissait de rien autre. Bertuci cependant donnait à ces faits l'importance d'une guerre régulière et il les acca-

blait sans miséricorde sous les traits d'une
critique impitoyable. Et comme les expéditions des Uscoques se faisaient, les unes
sans sa participation, les autres avec sa
participation ou même sous son commandement, il condamnait les premières absolument et quant aux autres, il savait toujours s'excepter du blâme et de la responsabilité, pour les rejeter sur les autres. Il
était passé maître à cet égard. Il créait des
traîtres, des voleurs, des lâches et des im-
béciles en quantités innombrables, et il
trouvait des hommes qui l'approuvaient et
qui ajoutaient foi à ses paroles.

— Sans la trahison! sans la lâcheté! sans
la stupidité!... — s'écriait-il — la Bosnie serait déjà libre... et ce brigand Hassan-pacha
mordrait la poussière. On ne m'a pas écouté,
car voici quels étaient mes plans...

Il développait alors ses plans très longue-
ment et il donnait à comprendre qu'il possédait certains moyens secrets et inévitables
pour vaincre l'ennemi.

Ces prétendus secrets avaient, paraît-il,
un attrait irrésistible pour cette espèce de

gens qui semblent créés pour être menés e
laisse jusqu'à la mort.

— Bertuci sait faire de l'or...— disait l'un

— Bertuci connaît le moyen d'ensorcele
les balles... — disait l'autre.

— Bertuci connaît des charmes pou
aveugler l'ennemi... — prétendait un troi
sième.

— Bertuci a inventé des moyens qui assu
rent un succès infaillible sur le champ d
bataille... — affirmait un quatrième.

Et ainsi de suite.

Il avait toujours avec lui un chien énorm
qu'il appelait Hassan-pacha. Ce chien con
tribuait beaucoup au crédit dont il jouissait
et cela parce qu'il était noir et qu'il avait le
orbites rouges,—ce qui lui donnait un aspec
étrange et effrayant. Aussi, disait-on que c
n'était pas un chien, mais...

Pour tous les trésors du monde, aucu
Uscoque n'aurait avoué ce qu'était Hassan
pacha. Le chevalier Bertuci avait sans cel
déjà la réputation de sorcier. Mais on racon
tait, en outre, comme un fait certain, qu
ce chien noir aux orbites rouges parlai
toutes les langues, qu'il prenait à volonté l

forme humaine et celle de tous les animaux, et qu'il pouvait transporter le chevalier en quelque lieu que ce fût.

Un tel homme devait donc être connu.

Aussi lorsque tel, et tel, et tel encore eurent disparu parmi les Uscoques, l'attention des Romains se dirigea vers le chevalier Bertuci. Mais il ne bougeait pas. Seulement, ayant flairé quelque chose d'insolite, il prit un air mystérieux, et à toutes les questions qu'on lui fit il répondit de manière à laisser croire qu'il savait tout, mais qu'il ne voulait rien dire.

Or il ne savait rien.

La disparition de Jean Alberti le fit réfléchir ; la disparition d'André Kosmatch le fit réfléchir encore plus ; la disparition de Djordji Miloschewitch éveilla en lui un soupçon.

— Hem ?... — fit-il, et après un instant de réflexion, il répondit à l'un de ceux qui avaient foi en son génie :

— J'ai expédié Alberti, parce qu'il m'importunait en me demandant sans cesse de lui donner quelque mission ; mais je n'ai pas grande confiance en lui...

Il dit à un autre :

— Je ne pouvais pas me débarrasser de
Kosmatch... Je l'ai envoyé là-bas, mais je
crains qu'il ne fasse quelque bêtise.

Il dit à un autre :

— Ce Djordji s'imagine qu'il pourra faire
quelque chose sans moi... Il ne fera rien, et
c'est dommage, car des événements importants se préparent.

Ces trois réponses firent tourbillonner les
Uscoques comme des abeilles dans une
ruche. Ils commencèrent à se réunir et à
délibérer. Ils se réunissaient et ils se sépa-
raient sans résultat, attendu qu'ils ne pouvaient arriver à aucune conclusion positive,
et comme Bertuci se tenait sur la réserve
comme la Pythie de Delphes, ils s'adressè-
rent à lui pour quelque conseil ou quelque
indication.

Mais il n'accordait aucun conseil, il ne
donnait aucune indication.

— Mais tu sais pourtant quelque chose ?...
— lui demandait-on.

— Si je sais !.. Quelle question !.. Mais, si
je ne savais pas...

Il se baissait pour caresser le chien noir

aux orbites rouges, et le chien le regardait avec des yeux si intelligents que plus
d'un homme lui aurait envié ce regard.

— Si je le sais?... hem...

Et les Uscoques pensaient :

— Ce qu'il ne saurait pas, Hassan-pacha
le lui dirait! C'est un diable et non un
homme.

Et ils se réunissaient de nouveau, et ils
délibéraient.

A Rome, la conjecture « Il y aura quelque
chose » s'était changée en une attente soutenue par l'ardeur du sang italien et teintée
des couleurs de la fantaisie italienne. Ce feu
et ces couleurs se communiquaient aux Uscoques. Il se passait en eux quelque chose
comme la fermentation d'un volcan sur le
point de faire explosion. Tel ou tel pensait
au chien noir avec des orbites rouges, et il
eût été prêt à lui livrer son âme, pourvu
qu'il lui révélât en secret ce qui allait se
passer. Mais cet empressement ne servait à
rien. Hassan-pacha, en vrai pacha, était
inabordable. Il n'y avait rien à faire avec
lui. Il fallait trouver autre chose. On cherchait à se tirer d'affaire autrement et, pu i-

qu'il n'était pas possible de livrer son âme au chien, on se soumettait à l'autorité du chevalier Bertuci.

Le chevalier savait accueillir les offres de service de ses compatriotes, avec une dignité convenable à la haute position qu'il croyait occuper. Il favorisait de sa confiance chaque nouvel arrivé, c'est-à-dire qu'il lui faisait un récit détaillé de ses qualités extraordinaires et de l'imbécillité inouïe de tous les autres hommes ; et il racontait cela d'une façon si convaincante, que son auditeur ne pouvait assez s'étonner de n'avoir pas encore pensé à ces choses !

La langue, l'avons-nous dit plus haut, était le côté fort du chevalier. C'est ainsi que nous le représentent les chroniques qui servent de base à notre récit. Il était donc tout naturel que les gens simples et ardents se laissassent séduire par sa langue, qu'ils acceptassent de bonne foi sa confiance, et qu'ils vinssent l'un après l'autre pour se mettre au service du chevalier.

— Je suis à toi de corps et d'âme. Fais de moi ce que tu voudras. Commande... je t'obéirai aveuglément.

« Les événements créent les hommes, » c'est sûr. Le chevalier Bertuci, tranquillement établi à Rome, acquérait ainsi à peu de frais une réputation de célébrité extraordinaire; il était porté sur les épaules de ses compatriotes dont chacun, malgré sa simplicité et sa bêtise, mais par son dévouement et sa bonne foi, valait sans contredit beaucoup plus que lui-même, même avec son chien noir.

Mais le fait n'en était pas moins tel quel. Les événements tournaient à son profit. Les autres — Alberti, Kosmatch et Miloschewith — qui auraient pu lui faire obstacle, étaient partis et avaient disparu. Bertuci seul était resté, ainsi que beaucoup d'autres — et ces autres le nommèrent woïvode(1). — Woïvode des Uscoques? — Cela aurait pu passer encore, mais le chevalier n'aurait pas été satisfait de cette bagatelle. Il fut nommé woïvode de toutes les Bosnies.

De quel droit?

(1) Chef militaire; cette dénomination s'appliquait aussi, dans les pays slaves, aux administrateurs des provinces.

Simplement parce qu'il n'y avait personne qui pût lui contester ce titre.

## V. — LE WOÏVODE.

Les événements de ce monde prennent souvent une étrange tournure. Le chevalier Bertuci fut élu woïvode, chef de toutes les Bosnies, c'est-à-dire de la Bosnie des côtes et de toutes les contrées qui en dépendaient directement ou indirectement. Le proverbe a raison : Dans le royaume des aveugles les borgnes sont rois; le chevalier était un borgne. On l'avait donc pris pour roi, mais uniquement parce que les Uscoques réunis à Rome, les seuls Bosniaques qui pussent élever la voix, désiraient ardemment sortir de l'inaction et avaient besoin d'être dirigés par quelqu'un; et comme Bertuci était le seul candidat :

—Va pour Bertuci !... — avaient dit ceux-là même qui tenaient son génie pour suspect, et qui discernaient le charlatan sous ses fanfaronnades et ses calomnies, derrière

sa réputation de sorcier et derrière son
chien.

Les événements avaient tourné à son profit : aussi en tirait-il parti.

Il se constitua une sorte d'état-major ou
de garde. C'est par là qu'il débuta dans ses
fonctions. Ce début étonna un peu les Uscoques, persuadés que Hassan-pacha rempla-
çait avec avantage toutes les gardes du
monde. Mais le chevalier traita cette affaire
comme une question d'ordre public. Un chef
ne peut exister sans état-major. On en constitua donc un, composé de solides gaillards
choisis avec soin. Leur devoir était de veiller
à la sécurité du chevalier, qui n'était menacée par rien.

Ce début avait cependant sa raison d'être ;
cette espèce d'état-major revêtait le chevalier d'un certain prestige aux yeux de ses
compatriotes comme aux yeux des Romains.
L'ostentation n'est pas sans importance :
comme le cadre d'un tableau, elle frappe et
arrête les regards de ceux qui ne savent
point discerner le mérite d'une peinture. Il
suffisait de ce cadre pour attirer sur le chevalier d'abord l'attention banale du public et

ensuite l'attention particulière de certaines
personnes : la première provoquait la seconde. Le nom de Bertuci circula d'abord
sur les places publiques, et ensuite on se
mit à le chuchoter dans le cabinet des
hommes d'Etat. Car ils avaient été frappés,
eux aussi, par tout cet ensemble de pronos-
tics diplomatiques : les prières pour la
chrétienté, l'expédition de délégués officiels,
l'expédition d'envoyés secrets, l'inquiétude
de ce que nous appellerions aujourd'hui
l'opinion publique, l'agitation inusitée des
émigrés slaves, enfin l'élection de l'un d'eux
pour chef. Tout cela avait une certaine
portée qui devait intéresser les diplomates.
Ils voyaient que quelque chose se prépa-
parait, mais..... quoi ? — Il fallait le découvrir, c'est-à-dire qu'il fallait résoudre un
problème dans lequel on n'avait pour données que des énigmes.

Ce problème hantait l'esprit de notre chevalier; il hantait les esprits de beaucoup
d'hommes d'Etat, entre autres celui de l'ambassadeur impérial, le baron Norad, établi à
poste fixe à Rome, et qui avait la mission
permanente d'offrir au chef de l'Eglise le tri-

but d'hommages que lui doivent tous les monarques chrétiens, et particulièrement celui
qui s'estimait le premier de tous. Tel était
le rôle officiel du baron Norad. Mais ce
rôle en dissimulait un autre que le baron
n'avouait pas ouvertement, et qui était cependant de beaucoup le plus important. Ce
n'était pas précisément un rôle, mais plutôt
une fonction. Il était en apparence le représentant de l'empereur, et en réalité
son agent, chargé de pénétrer toutes les
intentions de la politique pontificale et d'en
informer le cabinet impérial.

Cette fonction exigeait un esprit habile et
perspicace. Le baron Norad était une per-
sonnification vivante de ces qualités. Flexi-
ble comme un roseau, éloquent, obligeant,
franc en apparence, mais dissimulé au fond,
aimable, souriant, il appartenait à l'école qui
a pour principe de ne rejeter aucun moyen
pour arriver au but. Aussi, lorsqu'un but se
montrait à lui, il faisait mouvoir pour l'atteindre tous les ressorts qu'il avait su réunir
et organiser pendant son long séjour à Rome.

Il les mit en jeu. Il fit lui-même le tour
de tous les cardinaux et de tous les prélats

qui composaient le Sacré-Collège et qui
passaient pour avoir quelque influence sur
les décisions du Saint-Père ; au moyen de ses
nombreux collaborateurs, il sonda le terrain
dans toutes les directions où il pressentait
quelque chose d'inusité ; ses agents se croisaient dans la Ville éternelle ; ils ouvraient
les yeux et les oreilles ; ils regardaient,
écoutaient et lui faisaient des rapports jour-
naliers. Tout ce que le baron apprenait
directement ou par l'intermédiaire de ses
agents, il le rangeait dans son esprit en
séries d'hypothèses et de conjectures, et il
travaillait à résoudre le problème.

Pendant longtemps il travailla en vain ;
sa perspicacité était incapable de soulever
le voile mystérieux qui recouvrait la politique du Pape ; elle dut enfin rentrer dans
le courant suivi par la curiosité publique.
Mais le baron ne pouvait se contenter de gé-
néralités. Il ne pouvait se tenir pour satisfait en supposant, avec tout le monde, qu'il
« allait y avoir quelque chose ». Il étudiait
chaque manifestation nouvelle, il sondait le
terrain, et s'arrêta enfin à un symptôme
qui lui parut singulier.

Ses agents l'informèrent de la disparition
de quelques Uscoques, du mouvement qui
s'était produit parmi eux et de l'élection de
Ludewit Bertuci.

Cette information lui parut d'autant plus
importante qu'un délégué de l'archiduc venait justement d'arriver, pour lui recommander de surveiller avec la plus grande
attention les Uscoques en résidence à
Rome.

L'archiduc avait délégué à Rome Giuseppe
Rabata, Italien, qu'il avait à son service; il
l'avait choisi, parce que Rabata connaissait
à fond le terrain sur lequel se propageait
l'activité politique des deux puissances prin-
cipales de la presqu'île des Apennins : les
Etats du Pape et la République de Venise.
Il connaissait surtout très bien cette dernière, parce qu'il avait été élevé à Venise
et qu'il y avait des connaissances et des
relations.

C'était un homme dans la force de l'âge
et dans la plénitude de son développement
intellectuel; son esprit cultivé avait pour
fond une nature italienne, ardente, poétique
et passionnée, mais polie par une éducation

soignée et par l'habitude de fréquenter les
puissants, et tempérée par la pratique des
affaires de la diplomatie.

Les rapports de ses agents et l'avertissement communiqué par Rabata firent réfléchir le représentant de l'empereur. Le baron
Norad entrevit entre ces faits certaines affi-
nités qu'il jugea indispensable d'approfon-
dir.

Dans des cas de ce genre, une seule intelligence peut être insuffisante. Aussi le baron eut-il recours à une autre intelligence,
tout aussi compétente et tout aussi intéres-
sée que la sienne à pénétrer les ressorts secrets qui avaient imprimé un mouvement
inaccoutumé à la diplomatie du Saint-Père.

Cette autre intelligence était justement
celle de Rabata.

Le baron n'avait aucun motif de lui dissimuler son embarras. Au contraire. Qui aurait pu lui prêter un meilleur concours que
le conseiller d'Etat de l'Empereur! — que
le personnage honoré de la confiance particulière de l'archiduc?!

Il l'accueillit donc avec une bienveillance
sincère en le voyant entrer dans son cabinet,

et, après les salutations d'usage, il lui
adressa avec une franchise réelle les paroles
suivantes :

— Je suis dans un grand embarras, seigneur, et j'espère que votre jugement
éclairé pourra m'en faire sortir. Je vois que
le Saint-Père organise sur une grande échelle
une opération politique, et je ne puis m'emparer des fils de cette opération. Je les saisis et je les perds, je les perds et je m'en
saisis de nouveau, et je devine seulement
que le mot de l'énigme repose dans l'a-
vertissement que vous m'avez communiqué.
J'aimerais connaître les motifs réels de cet
avertissement.

Quoique ces derniers mots n'eussent pas
été prononcés d'un ton interrogatif, ils ren-
fermaient cependant une interrogation.

Le conseiller d'Etat baissa la tête pour
réfléchir, et il répondit au bout d'un instant.

— Les motifs réels?... Il n'y en a pas d'autres que ceux que vous connaissez sans
doute. L'idée d'indépendance, qui se déve-
loppe parmi les vagabonds échappés au
joug ottoman, réagit d'une manière nuisible

sur les sujets de l'empire; voilà le motif
principal. ..

— Et général... — ajouta le baron.

— Les incursions armées dans les possessions turques, qui peuvent entraîner l'empire dans une guerre inutile... C'est là une
cause secondaire.

— Oui...—interrompit le baron.Ces incursions ont leur bon côté. Elles ne chargent
la cour d'aucune responsabilité immédiate,
et en même temps elles servent de prétexte
incessant pour alimenter et équilibrer l'activité diplomatique dans les relations avec le
Divan et la République. Grâce à ces incursions, notre empereur joue le rôle de protec-
teur des chrétiens opprimés. D'ailleurs, les
Turcs nous rendent la pareille; contre nos
Uscoques ils ont leurs *Martologues;* ils
payent argent comptant; de ce côté-là, aucun péril ne semble menacer la paix actuelle.
Et pourtant, il y a quelque chose... quelque
chose se prépare.

Il poussa de la main les papiers qui étaient
devant lui, comme pour montrer qu'il avait
dans ces papiers des preuves à l'appui de
sa dernière supposition.

—Quelque chose se prépare...—Ajouta-t-il. Le Siège apostolique a mis en jeu des ressorts auxquels il ne touche pas d'ordinaire dans des cas de peu d'importance.

Les deux diplomates baissèrent la tête et devinrent pensifs.

— Il y a quelque chose...— répéta le baron à voix lente, en fixant le regard sur les yeux du délégué, comme s'il voulait y trouver quelque inspiration pour résoudre le problème.

Mais il ne put rien lire dans ses yeux. Et ils étaient noirs, beaux, grands, intelligents et expressifs, des yeux italiens, en harmonie avec toute l'attitude d'un homme qui représentait par son extérieur un type dont pouvait se glorifier la nation qui produit de grands politiques, de grands artistes et de grands bandits. Rabata unissait dans sa personne les éléments de toutes ces grandeurs, et c'est là sans doute ce qui en avait fait un homme d'Etat. Il avait des yeux expressifs ; en ce moment même ils disaient bien des choses, rien cependant de ce que le baron aurait voulu y lire. On y voyait seulement que la pensée de Rabata travaillait, qu'elle

roulait et déroulait quelque chose en elle-
même, qu'elle ramassait, qu'elle coordon-
nait. Il dit enfin, du ton d'un homme qui se
parle à soi-même ou qui pense tout haut :

— Pendant mon séjour à Gratz, il y avait
à la cour de l'archiduc un moine francis-
cain de Luka.

— Cyprien Gwido... — ajouta rapidement
le baron.

Rabata se tut et fixa un regard étonné
sur le représentant impérial, dont les yeux
avaient subitement brillé de la même lueur
que celle qui allume les yeux du chat, lorsqu'il aperçoit une souris sortant de sa cachette. Dans ce cas, la souris représentait
l'énigme que guettait le baron Norad. Elle
était évidemment sortie de sa cachette avec
le nom de Cyprien Gwido. Cette lueur subite
étonna l'envoyé de l'archiduc, et dans sa
surprise il suspendit sa phrase, en considé-
rant avec attention ces yeux qui brillaient
d'une lueur si étrange.

Mais l'ambassadeur passa la main sur son
front, toussa légèrement et rendit à ses
yeux leur expression habituelle.

— Eh bien?... — demanda-t-il. — Cyprien
Gwido était à Gratz... Et après?...

— Il eut chez l'archiduc une audience par
suite de laquelle Son Altesse m'a envoyé à
Venise et à Rome.

— Est-il permis de demander si cette entrevue a eu lieu en votre présence?

— En partie... — répliqua Rabata.

— Et qu'est-ce que Cyprien Gwido a donc
exposé?

— Comme toujours... la cause d'une nation opprimée.

A ces mots un sourire moitié de mépris,
moitié de dédain, glissa sur les lèvres du
diplomate. Il demanda :

— N'a-t-il pas prononcé un nom?..., un
nom de femme?

Les derniers mots étaient accentués.

Rabata fronça les sourcils, comme font
ceux qui se rappellent quelque chose.

— Franceska?... — glissa le baron.

— Son Altesse archiducale a daigné m'appeler dans le courant de l'audience accordée à Cyprien Gwido. En entrant, les dernières phrases d'une conversation précé-
dente frappèrent mes oreilles, et un nom

de femme y résonnait en effet; mais quel nom?... Est-ce Franceska? je n'en sais rien.

— Et ne vous souvenez-vous pas, monsieur le conseiller d'Etat, de ce fragment de conversation?... Ne pourriez-vous pas me le répéter?...

L'Italien releva la tête, leva les yeux au plafond et fronça les sourcils.

— Je ne vous interroge pas pour satisfaire une simple curiosité, — ajouta le baron, — mais pour recueillir quelques données afin de résoudre ce problème, qui intéresse aussi bien la cour de Sa Majesté impériale que celle de Son Altesse archiducale. Son Altesse vous a envoyé avec des instructions incomplètes, ce qui n'est pas étonnant, car on ne pouvait pas prévoir à Gratz il y a trois mois ce qui se passe maintenant à Rome. Nous ne l'avons pas prévu ici, sur les lieux mêmes. Cela est arrivé subitement, d'une manière inattendue et énigmatique. On a conçu un projet de dimensions formidables et qui peut tourner au détriment de la cour impériale. Pour découvrir ce projet il me faut donc, monsieur le conseiller, vous importuner de questions qui peuvent vous paraître superflues.

— Superflues... jamais!.. — répliqua Rabata. — Ce qui sort des lèvres de Votre Excellence ne peut être superflu.

L'ambassadeur impérial sourit et salua le délégué de l'archiduc.

— Tout mon souci est de retrouver dans ma mémoire une réponse satisfaisante à la question de Votre Excellence. Le fragment de conversation avait trait à l'influence d'une femme dans l'empire turc.

— A l'influence conservée, ou perdue?... — demanda l'ambassadeur.

— Conservée... — répondit Rabata avec décision.

— Voilà... — fit le baron Norad. — Voilà sans doute où il faut chercher le nœud du problème. Cette femme est un agent diplomatique des plus habiles, elle est en relation avec les réfugiés bosniaques... Ah! quels efforts n'ai-je pas faits pour la gagner à la cour de l'empereur!... Tout a été en vain!

Il s'interrompit tout à coup, comme s'il s'était laissé entraîner trop loin. Il ajouta bientôt :

— Le séjour de Cyprien Gwido à la cour
de Gratz, d'accord avec l'avertissement que
vous m'avez transmis, avec la disparition
de Rome de quelques-unes des figures prin-
cipales parmi les réfugiés bosniaques, et
avec le mouvement inusité qui s'est manifesté après leur disparition, donne beaucoup
à penser.

Et, comme pour justifier ses dernières
paroles, il baissa la tête et se plongea dans
la méditation. Le silence qui régna pendant
quelques instants fut interrompu par l'ambassadeur lui-même.

— Cyprien Gwido a été ici et là; il s'y est
arrêté quelques jours et a disparu sans laisser de traces. Pendant son séjour, il a vu le
cardinal, neveu de Sa Sainteté, et aussi Minucius Minuci... Ah! pourquoi les murailles
n'ont-elles pas d'oreilles pour écouter et des
lèvres pour raconter. Les hommes sont dif-
ficiles à manier. J'ai offert à ce moine autant d'or qu'il en pèserait lui-même, et je
lui ai montré en perspective des dignités
les plus hautes, un chapeau de cardinal,
pourvu qu'il consentît à répondre à mes
questions.

Il fit un geste de mécontentement et dit :
— L'or ne sert pas toujours de clef...

Et frappant la table du doigt :

—Ce sont les Uscoques qui recèlent le mot
de l'énigme, j'en suis certain. Et il ne s'agit
que de le leur arracher.

— N'y a-t-il donc personne d'accessible
parmi eux ?... — demanda Rabata.

L'ambassadeur haussa les épaules.

— C'est qu'ils ont tous l'air d'être acces-
sibles. Mais cette facilité ne sert pas à grand'-
chose. Les uns ne savent rien, d'autres en
savent trop ; il y en a quelques-uns qui savent juste ce qu'il faut, mais ceux-là sont
de l'espèce du *padre Cipriano*.

En ce moment, le *cameriere* du baron
entra, tenant en main un plateau d'argent.
Il y avait sur le plateau un petit rouleau de
papier. Le baron prit le papier, le déroula
et se mit à lire. Dès le premier coup d'œil
jeté sur son contenu, ou plutôt sur la signature, sa figure s'éclaira d'un sourire. La lettre
était longue, quatre pages d'une écriture fine
et nette. Le baron la parcourait des yeux,
souriant de temps en temps et haussant les
épaules. Quand il eut fini, il passa le papier,

sans mot dire, au délégué de l'archiduc.

Rabata se mit à lire à son tour. Ses traits ne laissaient pas deviner l'impression produite par la lettre. Il lisait tranquillement. Pendant ce temps, le baron feuilletait les papiers qui se trouvaient devant lui sur la table.

Rabata lisait tranquillement. Mais la fin de sa lecture fut marquée par un emportement. Il leva les bras, jeta le papier sur la table et s'écria :

— Quel insensé !

— Ils sont tous ainsi... — dit tranquillement le baron.

— Mais c'est là un mémoire comme en échangent deux puissances.

— Oui. Le général en chef, le woïvode de toutes les Bosnies, de toutes les Serbies, de toutes les côtes, et de toutes les contrées, qui ne se trouvent pas sous sa domination, propose à l'empereur d'Allemagne une alliance offensive et défensive !

— L'insensé !.. — répéta Rabata.

— Oui, c'est vrai — répondit Norad — il est insensé, mais il est accessible. Ce mémoire-là le rend abordable. Cet écrit est

comme un pont jeté de notre bord sur le
bord uscoque. Nous pouvons le franchir et
apprendre ce qui se passe là-bas. Une simple
exploration n'engage à rien.

— Cet homme — fit Rabata en désignant
les papiers — exige une réponse catégo-
rique. Votre Excellence la lui accordera-
t-elle ?

— Je l'accorderai... — fut la réponse du
baron.

— Vous lui répondrez par écrit?

— Ah !... — exclama le baron — *scripta
manent.*

— Pourtant il le réclame.

— Cela ne fait rien. On ne satisfait qu'une
partie des réclamations de ce genre, la partie la plus minime. Au lieu de lui répondre,
je lui offrirai une conférence qui aura lieu,
si vous le permettez, monsieur le conseiller,
en votre présence.

Rabata s'inclina en signe de consentement.

Le baron sonna et donna un ordre au *cameriere ;* celui-ci s'éloigna aussitôt.

— Dans un instant, le général entrere

ici... — dit-il en souriant avec ironie. Vous allez voir, monsieur le conseiller, un personnage curieux dans son genre.

Les deux dignitaires engagèrent ensuite une de ces conversations qui occupent les moments d'attente. Ils parlèrent des événements du jour, de Rome, de Venise. Quelques phrases prononcées par Rabata montrèrent clairement qu'il était à Venise comme chez soi et qu'il possédait des relations dans les plus hautes sphères du patriciat de la République; il parlait de ces relations avec un accent qui laissait deviner qu'elles n'avaient pas pour lui un sens purement diplomatique, mais qu'elles le touchaient personnellement. On met un autre accent à parler des affaires publiques et des affaires privées. Or la voix de Rabata, en parlant de ses relations à Venise, prenait l'accent qu'on donne aux affaires qui contiennent en elles un intérêt spécial. Evidemment le baron s'en était douté, car il donnait à son sourire une expression de sympathie et à ses mots une délicatesse particulière. Peut-être était-il au courant de quelque secret du conseiller d'Etat, assez jeune encore pour que des secrets d'un certain genre ne fussent pas sans attrait pour lui.

La conversation fut interrompue par l'ouverture de la porte et par l'entrée d'un chien.

Rabata recula avec sa chaise et jeta un regard surpris sur cet hôte singulier qui, s'étant arrêté au milieu, flairait l'air à l'entour, la tête levée. Mais d'un geste le baron lui fit comprendre de ne pas y prendre garde, et de diriger toute son attention vers la porte. Rabata tourna la tête et vit entrer, sur les traces du chien, un personnage qui était l'incarnation vivante d'une insolente assurance de soi-même. Une taille un peu au-dessous de la moyenne, une tête rejetée en arrière, des narines gonflées, des yeux largement ouverts, des sourcils élevés, des cheveux légèrement crépus, un front régulier et serein, des lèvres mobiles, tel était l'ensemble qui frappait au premier coup d'œil jeté sur ce personnage. Ajoutons encore qu'il était blond et qu'il pouvait compter quarante-cinq ans, et nous aurons une description exacte du chevalier Ludewit Bertuci. En franchissant le seuil et avant de s'approcher du baron, qui s'était levé pour le recevoir, le chevalier siffla d'une certaine manière. A ce sifflement, le chien le regarda dans les yeux. D'un signe de la main le chevalier lui montra le seuil. Le chien se dirigea vers la porte, s'assit sur ses pattes de derrière et se redressa comme une sentinelle. Alors le chevalier s'approcha du baron, et après lui avoir fait un salut cérémonieux, se tourna à demi vers le conseiller d'Etat et fixa sur lui un regard inquisiteur.

— Je croyais que nous serions sans témoins... — dit-il, en se tournant du côté du baron.

— Le délégué de Son Altesse impériale l'archiduc d'Autriche, le conseiller d'Etat Giuseppe Rabata... — répondit le baron.

— Si monsieur le conseiller veut assister à notre conférence, comme témoin obligé, parce que j'ai amené avec moi un témoin dans la personne de Hassan-pacha, je n'ai rien à dire.

A ces mots, Rabata, comparé à un chien, sentit le sang lui monter d'un flot à la tête. Il se leva brusquement, fronça les sourcils

et porta involontairement la main droite à
la poignée de son épée. Mais il fut contenu
par un regard du baron, qui répondit au
chevalier tranquillement et avec un sourire.

— La présence de monsieur le conseiller
est nécessaire pour ce motif que, dans la
question sur laquelle vous avez bien voulu
venir conférer avec moi, l'intérêt de l'archiduché est à l'intérêt de l'empire ce que
l'épée est au fourreau.

— Ah !...— repartit Bertuci,— ceci change
l'affaire. Je salue l'épée... Qui combat avec
l'épée est tué par elle... Si toutefois cette
perspective ne répugne pas à l'archiduché,
je ne l'en détournerai pas. N'ai-je pas raison, monsieur le baron?..

A cette question posée directement, le
baron fit un signe de tête avec cet accent qui
indique à la fois une affirmation et une né-
gation.

—Mais venons-en à l'affaire...,—continua
le chevalier.— Je propose une alliance offensive et défensive conclue de façon à pro-
curer une somme immense d'avantages à
l'Empire. Y consentez-vous au nom de
l'Empire, monsieur le baron?

— En principe... — répondit le baron avec un léger sourire sarcastique.

— C'est justement ce que je demande. Le principe est un point de départ qui nous amènera au but sans difficulté. Donc, voici : L'Empire germanique déclarera la guerre à l'Empire ottoman, en donnant des secours à l'armée bosniaco-serbo-dalmato-croato-slave.

— Où est cette armée?... — demanda le baron.

— L'Empire, — répliqua Bertuci sans se laisser déconcerter —, me comptera d'avance cent mille sequins à titre d'emprunt, hypothéqué sur la couronne bosniaco-serbo-dalmato-croato-slave.

— Où est cette couronne?... — fit de nouveau le baron.

— La couronne est à l'armée, comme l'effet à la cause. Y a-t-il des sequins; il y aura une armée, il y aura une couronne. Puisque nous sommes d'accord sur le principe, nous devons être d'accord sur les conséquences. Et sinon, je romps la conférence.

Ces mots furent accompagnés d'un geste qui fit sourire Rabata et gronder le chien.

C'était un grondement sourd, menaçant. Et comme le chien était noir, énorme, et qu'il avait les orbites rouges, ce qui lui donnait un aspect étrange, son intervention ne fut pas sans effet. Rabata sentit son sourire se glacer sur ses lèvres, le baron jeta un regard oblique à la sentinelle quadrupède, et Bertuci lui dit :

— Ne t'en mêle pas, Hassan-pacha! Je me tirerai bien d'affaire tout seul.

Le chien remua la queue et hocha la tête, comme s'il comprenait ce dont il s'agissait.

— Sinon, je romps la conférence... — répéta le chevalier.

— A vrai dire, il n'y a point encore eu de conférence... — dit le baron d'une voix doucement persuasive. Vous, chevalier, vous avez exposé vos postulata, mais je n'y ai pas encore répondu. Commencez donc par écouter ma réponse et, après seulement, prenez une décision.

— Eh bien, j'écoute... — répliqua Bertuci, et il baissa la tête.

— L'empereur, mon très gracieux maître, considère avec la plus profonde sympathie

les souffrances de vos compatriotes, chevalier.

Le chevalier fit une moue légère, avala
sa salive et poussa un soupir.

— Et il est prêt à tout faire pour eux...

— Qu'il donne cent mille sequins... —
insinua Bertuci.

— Tout ce qui pourrait apporter quelque
soulagement à leur triste position...

— Qu'il déclare la guerre aux Turcs... —
glissa de nouveau Bertuci.

— Tout en étant d'accord — continuait
le baron — avec sa dignité et avec le bonheur et les intérêts de ses propres sujets.

— Hem, hem... — toussa Bertuci.

Les interruptions de Bertuci troublaient
évidemment les idées du baron ; mais le diplomate parvint à ne pas se laisser dérouter.
Il disait donc, sans faire attention à ces paroles :

— L'empereur, mon gracieux maître,
inépuisable dans sa compassion et dans sa
générosité, ne retire pas sa main à ceux qui
ont besoin de son secours.

— Il ne s'agit ici d'aucun secours... —
interrompit Bertuci.

— De quoi s'agit-il donc?... — fit le diplomate, légèrement impatienté.

— D'alliance, de traité...

— Cependant, chevalier, vous sollicitez d'abord les sequins...

— Qui reviendront avec usure...

— Ensuite, vous demandez une déclaration de guerre.

— Comme gage de sincérité.

— Et vous ne donnez vous-même aucun gage. Vous voulez avoir de votre côté tout l'avantage.

— Et je l'ai, car je n'ai rien.

— Eh bien!... — dit aussitôt le baron — causons franchement et ouvertement. L'empereur, mon gracieux maître, a tout — et vous n'avez rien, chevalier, d'après votre propre aveu. Ce sont là les données de l'alliance que vous nous proposez, et j'en prends connaissance. Mais pour qu'elles puissent avoir quelque utilité, il faut équilibrer ces données.

— C'est-à-dire, ajouter mon zéro au tout de l'empereur, et en faire deux parties égales... — insinua Bertuci. Il en résulterait

que j'ai droit à la moitié de ce que possède
Sa Majesté impériale.

— Non, ne le prenons pas sur ce ton-là.
Celui qui a tout est maître de ce qu'il possède, et s'il consentait à en accorder quelque
chose à celui qui n'a rien, ce ne serait pas
pour jeter ce quelque chose par la fenêtre...
Vous demandez cent mille sequins. Sa Majesté impériale peut vous faire donner cette
somme, mais pour quelque but positif, clairement défini et rapporté à une solide base
d'opérations.

Cette façon décisive de poser la question
poussa Bertuci au pied du mur. Cependant
il ne se laissa pas troubler.

— Un but?... — s'écria-t-il en levant le bras,
— la délivrance de la Bosnie, de la Serbie, de
la Dalmatie, de la Croatie et de tous les pays
slaves. Une base?... — et il se frappa la poitrine : — moi !...

Le chien gronda. Le sourire qui se pressait sur les lèvres de Norad et de Rabata
s'éteignit avant de paraître.

Pendant quelques minutes, le cabinet de
l'ambassade fut envahi par un silence que
rompit enfin le baron :

— Cette base nous est connue par ses côtés les plus brillants. Mais il nous importe de la connaître encore par le côté pratique : les circonstances et les moyens, — le côté enfin qui regarde l'alliance. Quelle est la situation?... Qu'a-t-on déjà fait?... Quels plans a-t-on pour l'avenir?... Ce sont là des informations que le parti qui propose l'alliance doit donner à l'appui de sa proposition.

A cet endroit, Rabata sourit en lui-même, car il aperçut l'hameçon adroitement jeté par l'ambassadeur. Il tâtait, il rôdait, et enfin il le jeta. Bertuci ne s'aperçut pas de la ruse. Aussi répondit-il sans hésiter, en commençant par la dernière question :

— Mes plans sont ma propriété exclusive, et si mon chapeau s'en doutait, je le jetterais immédiatement au feu.

Le baron inclina la tête avec un geste d'approbation.

— Quant à la situation, personne n'ignore que le Saint-Père prépare une grande guerre contre la Turquie ; les moineaux le crient sur les toits... Quant à ce qui s'est déjà fait, je ne m'occupe que de mon ouvrage.

— Ceci est louable, en effet — repartit le

baron — et nous sommes au courant des
progrès et des détails de votre œuvre. Mais
afin que nos renseignements puissent se
changer en motifs à l'appui relativement à
la proposition dont vous nous avez honorés,
ils doivent avoir passé par vos lèvres, —
n'est-il pas vrai?...

— C'est vrai... — répondit Bertuci avec
accent. J'ai poussé des émissaires pour pro-
voquer une insurrection en Bosnie.

— A savoir?

— Jean Alberti.

— Où?

Bertuci hésita une seconde et répondit
après une courte réflexion ;

— A Splet, dans le but de reconnaître
Clissa.

Rabata et le baron échangèrent un regard significatif. Ce dernier demanda :

— Eh bien, et Kosmatch?

— Je l'ai envoyé à Zadar, pour pénétrer
dans le fond du pays.

— A Sarayewo?

— Oui, à Sarayewo.

— Nous savons tout cela. Seulement,
nous avons besoin de motifs...—dit le baron

en dissimulant la satisfaction qu'il éprouvait de voir ses conjectures mises ainsi sur la bonne voie.

— J'ai expédié encore Djordji Miloschewitch... — dit Bertuci sans être interrogé.

— Où?... — demanda le baron.

— A Venise.

A ces mots, Rabata se leva violemment de son siège, fronça les sourcils et serra les poings. Ce mouvement brusque attira sur lui l'attention du baron et du chevalier. Le premier fit un geste de mécontentement, et le second ajouta avec négligence :

— Mais je n'ai pas grande confiance en lui. Je n'avais personne autre sous la main.

Rabata laissa passer entre ses dents :

— Djordji Miloschewitch?... A Venise?...

Et il demanda à haute voix :

— Quand est-il parti?

— Il y a trois jours... — répondit le baron qui voulait évidemment effacer l'impression produite par l'emportement étrange de Rabata.

Il continua ensuite, en se tournant vers Bertuci :

— Nous savons cela, et quant à ces renseignements, nous les insérerons dans nos rapports sous le titre de motifs. Il m'est toutefois impossible de décider *ex abrupto* dans une question si grave. Il me faut du temps pour réfléchir et pour m'entendre avec la cour. Soyez néanmoins certain, chevalier, que la cour impériale sympathise de tout cœur avec votre cause, et, pour le prouver, voici, en avance sur les postulatas que vous avez posés, cent sequins pour les nécessités courantes.

Il présenta une bourse au chevalier et, revêtant ses traits d'une expression cordiale, il ajouta :

— C'est une avance. Puisse-t-elle amener des centaines de milliers, et la guerre, la victoire et la gloire sur la tête du chef de toutes les Bosnies, de toutes les Serbies, de toutes les Croaties et de tous les pays slaves. Nous ne nous voyons pas pour la dernière fois, et je considère notre entrevue présente comme le début d'une conférence qui se résoudra, je l'espère, à notre satisfaction réciproque.

## VI. — ASSAILLIS SUR LA GRANDE ROUTE.

Au XVIᵉ siècle, on ne voyageait pas avec
autant de confort ni aussi rapidement
qu'aujourd'hui. Pour parcourir des dis-
tances que l'on traverse de notre temps
dans l'espace de quelques jours, il fallait
alors plusieurs semaines. Les grands seigneurs se mettaient en route entourés d'une
escorte plus ou moins nombreuse. Les
guerriers voyageaient à cheval. Les hommes plus pauvres devaient aller à pied, ne
pouvant se permettre qu'un seul luxe, un
âne pour porter leur bagage.

Evidemment les voyageurs que nous
rejoignons sur la route qui conduisait de
Rome dans le nord de l'Italie, appartenaient à la classe des piétons. Ils ont
traversé le Tibre. La direction qu'ils ont
prise les mène vers les frontières de la Tos-
cane. Ils vont, et le but de leur voyage doit
être éloigné, car ils se sont munis de provisions que porte sur son dos, dans de gros
sacs, l'âne qui les précède. Ce qui indique

encore mieux un but éloigné, c'est le costume de l'un des voyageurs. Car ils sont
deux : un moine et un laïque. Le moine
est vêtu selon la règle de son couvent; sa
tête porte une large tonsure entourée d'une
couronne de cheveux gris; il porte un froc
gris, une corde autour des reins, des san-
dales aux pieds et en main un bâton qui
lui sert d'appui. Il était ainsi vêtu au
couvent, et il se mit ainsi en route. Le
seul changement qu'il se fût permis avait
été de relever par devant les pans de son
habit et de les ramener derrière sa ceinture. En revanche, le costume de son
compagnon trahissait un étranger venu de
contrées lointaines. Il n'avait aucune res-
semblance avec le costume des paysans ou
des citadins des contrées italiennes, depuis
Rome jusqu'à Venise. Une tunique blanche
aux manches tailladées et rejetées en arrière, ouverte sur la poitrine et ajustée à la
taille, mettait en évidence la grâce altière
de ses mouvements. Sa tête était abritée
par une petite toque qui laissait échapper
des cheveux blonds. Ses pieds étaient en-
serrés dans des chaussures de cuir, légères

et élégantes, et dont les courroies se croisaient jusqu'au dessous du genoux. On
voyait sous la tunique un vêtement de dessous, une sorte de pourpoint en étoffe de
soie bleue. La poignée blanche d'un poignard brillait à sa ceinture. En main, un bâton solide et noueux. Un sac recouvert d'un
filet à franges était passé sur son épaule.
Tel était le costume du voyageur qui marchait d'un pas ferme et léger à côté du moine.

Ce voyageur n'était pas un jeune homme.
On ne pouvait cependant deviner au premier
abord combien il comptait d'années. Son
âge était voilé par un charme étrange qui
s'exhalait de toute sa personne. Il était de
ces hommes qui, vieillards à cheveux blancs,
paraissent encore beaux et resplendissent de
jeunesse, de grâce et de vigueur. Dans ses
regards brillait l'expression d'une vive intelligence et d'une intrépidité à toute épreuve;
tous ses traits lui donnaient une physionomie fière et martiale. Quelques rides légères
couraient sur son front élevé; ses sourcils
étaient touffus. Une moustache épaisse om-
brageait ses lèvres ; et avec tout cela, son
œil bleu, classiquement enchâssé, brillait

d'une sérénité juvénile et d'une mélancolie
séduisante, mais de cette mélancolie sous
laquelle perce l'enthousiasme pour tout ce
qui est grand et beau, pour tout ce qui est
noble et périlleux.

Le moine était un homme avancé en âge,
un peu voûté, mais encore vigoureux. Il
marchait d'un pas alerte, en donnant de
temps à autre un léger coup à son âne, qui
devait avoir déjà souvent voyagé avec lui,
car il comprenait le moindre de ses signes.
Frappé au côté gauche, il se dirigeait à
droite; du côté droit, il prenait la gauche;
frappé à la cuisse, il pressait le pas; il s'arrêtait à l'ordre, et ne broutait l'herbe qui
croissait au bord de la route qu'au commandement de son maître.

Nos pèlerins avaient quitté au point du
jour les murailles de la Ville éternelle. Le
moine bénit la route du signe de la croix et,
après une courte prière murmurée à voix
basse, il dit à son compagnon :

— Qui commence avec Dieu ne sera pas
abandonné de lui avant d'arriver à la fin.

Son compagnon répondit par un soupir.

Ils marchaient en avant, ils marchaient

toujours. Pour se reposer, ils s'arrêtaient
non loin de la route, près d'une source,
près d'une fontaine ou sous un arbre aux
branches étendues. Le soir, ils faisaient halte
dans quelque lieu écarté ; ils déchargeaient
l'âne de son fardeau, allumaient du feu,
restauraient leurs forces par un repas fru-
gal et s'étendaient pour la nuit, contemplant avant de s'endormir la voûte céleste,
toute parsemée d'étoiles scintillantes. L'aurore matinale les trouvait sur pied et en
route. Tandis que le soleil se levait à l'horizon, le moine récitait ses prières et poussait
l'âne devant soi.

La première, la seconde et la troisième
journée de leur voyage se passèrent presque
en silence. De temps en temps, ils échangeaient quelques paroles ; ils engageaient
aussi de courtes conversations, mais elles se
rapportaient presque toutes à leur voyage.
Ils parlaient de la route parcourue et de
celle qui leur restait encore à faire. Le
moine paraissait très bien la connaître et il
servait de guide à son compagnon. Chaque
endroit lui était familier... Il allait d'une
halte à l'autre, comme on va dans une con-

trée que l'on a traversée mainte et mainte fois.
Aussi pouvait-il dire de la manière la plus
précise, en se fondant sur les calculs les plus
exacts, combien de temps il leur fallait encore pour arriver à Viterbe, à Florence, à
Bologne et enfin à Venise. Venise était le
but de leur voyage.

—Oh! que la marche est longue...!—disait
le laïque. — Pourquoi l'homme n'a-t-il pas
d'ailes, pour se transporter tout d'un trait
d'un endroit à l'autre !

Dans cette plainte et dans ce souhait, faut-
il voir le pressentiment des rapides moyens
de voyage que devait posséder l'humanité
trois siècles et demi plus tard? Non, car de
tout temps la pensée de l'homme a entrevu
un idéal qu'aucune invention n'approche ni
ne supplée. Pour le moine, il s'efforçait de
réprimer les plaintes de son compagnon.

— Les souhaits exagérés ne font que ten-
ter Dieu, qui, dans sa sagesse, a donné à
chaque animal ce qu'il a jugé nécessaire. Il
a donné des ailes aux oiseaux, mais en revanche il nous a doués de raison. Le Très
Sage — il leva les yeux au ciel — ne s'est
pas trompé dans le partage de ses dons.

Notre part n'est pas la moindre. Laissons-nous seulement guider par la raison et soumettons-lui nos désirs, et nous accomplirons, avec l'aide de Dieu, des miracles qui étonneront les oiseaux eux-mêmes.

Son compagnon n'avait rien à répondre à une conclusion pareille.

Des entretiens de ce genre les distrayaient dans leur marche, fatigante dans les premiers temps par l'uniformité des paysages qui se déroulaient en plaines et en collines. Mais lorsqu'ils arrivèrent au pied des Apennins et que leurs regards furent frappés par ces formes puissantes, dessinant à l'horizon leurs contours gigantesques, le voyageur laïque fronça le sourcil, leva la tête, croisa les bras sur sa poitrine, s'arrêta et se perdit dans la contemplation. Deux larmes s'amassèrent dans ses yeux et se suspendirent comme des diamants sur le bord de ses cils.

Le moine s'arrêta aussi et regarda son compagnon; il voulait dire quelque chose, mais il aperçut les larmes dans ses yeux, et il baissa la tête.

Il y eut entre eux un dialogue muet, compris par eux seuls et par Dieu. Il dura un instant. Le silence fut rompu par le laïque. Il secoua la tête comme pour chasser un essaim de pensées, il soupira du fond de sa poitrine et, jetant un regard sur le moine, il lui demanda :

— Pourquoi as-tu baissé la tête, mon père ?

— Et toi, pourquoi as-tu versé une larme ?

— Je ne puis regarder les montagnes sans que des souvenirs ne viennent en foule me serrer le cœur.

Et, étendant les deux mains vers l'Orient, il s'écria avec passion :

— O mes montagnes lointaines ! ô mes montagnes natales ! quand donc l'étendard de la liberté pourra-t-il flotter sur vos cimes ?

— Allons... — dit le moine avec un accent particulier.

— Ah ! oui... allons, hâtons-nous... — confirma le laïque.

Et ils se remirent en marche. Ils avançaient pensifs et silencieux, en s'élevant toujours au-dessus du niveau de la plaine, vers les sommités de cette crête qui forme pour ainsi dire l'épine vertébrale de la pé-

ninsule italique. Les paysages se déroulaient de plus en plus variés et de plus en
plus majestueux, et leurs pensées devaient
s'accorder avec ces paysages, car à un endroit où un tableau digne du pinceau de
l'artiste le plus illustre se présenta à leurs
regards, le moine s'arrêta, promena ses
yeux autour de soi et, les élevant au ciel, il
s'écria :

— Gloire à Dieu au plus haut des cieux,
et paix sur la terre aux hommes de bonne
volonté !

Le voyageur laïque branla tristement la
tête et répondit :

— Oh ! la paix, la paix !... J'ai toujours
conformé ma volonté aux commandements
de Dieu ; elle devait donc être bonne, — et
je n'ai pas encore pu obtenir la paix.

— Enfant !... — dit le moine en pressant
son âne, — n'as-tu donc pas la paix de la
conscience ?

Le voyageur sourit amèrement.

— De la conscience... — répéta le moine
avec plus de force. — Une conscience pure
donne une paix que les orages de ce monde
ne peuvent altérer.

— Mon père, les élus de Dieu peuvent seuls posséder une paix pareille. Mais nous...

— Et comment peut-on deviner — interrompit le moine — qui est élu de Dieu et qui ne l'est pas?

— Celui-là ne l'est pas sans doute, auquel sa conscience reproche : les outrages non réparés de ses frères, la mort de son père non vengée, la mort de sa bien-aimée non expiée, et... sa fidélité... non gardée.

— Tous ces crimes ont-ils été commis par ta faute?

— Non par ma faute, mais à cause de moi; ce qui revient au même, vis-à-vis de sa propre conscience.

— Sophisme... — murmura le moine en secouant la tête. — C'est un sophisme qui n'est pas à sa place dans ta bouche. Tu as tant étudié!... Tu as approfondi tant de livres!...

— Et tu vois, mon père... — interrompit le voyageur. — J'ai cherché la paix dans les livres, mais en vain. Il y eut cependant un temps où je croyais l'avoir trouvée.

Ces derniers mots furent prononcés à

demi-voix, comme s'ils avaient exprimé une
pensée qui aurait dû rester enfouie au fond
de son âme. Il soupira et retomba dans le
silence.

— Pourquoi ne dis-tu pas le reste?... —
demanda le moine.

— Parce que ton cœur est séparé du mien
par un abîme. Ton cœur est mort pour le
monde.

Il éleva la voix en s'échauffant légèrement.

— Ah! j'ai souhaité aussi faire mourir le
mien. C'est pour cela que je m'étais plongé
dans les livres. Je m'en nourrissais, je m'en
abreuvais; je m'enivrais de cette boisson.
Et je n'ai pas réussi à faire mourir mon
cœur. Il a parlé! Ce cœur, glacé depuis des
années par le cadavre d'une première tendresse, ressuscita pour une autre. J'ai fui
devant cette autre. J'ai cherché un refuge
devant elle dans les murailles de la ville
éternelle; j'ai cherché l'oubli dans le tumulte de la vie publique. Tout a été en
vain! Elle est en moi, auprès de moi, au-
dessus de moi. Je la sens, je la vois; j'entends près de moi le bruit de ses ailes;

chaque fleur me sourit de son sourire, chaque fleur respire son parfum ! Oh ! mon père...

—Et ta patrie est sous le joug ottoman?... — lui dit le moine gravement.

—Sans ma patrie — répondit le voyageur, averti par cette question — je ne me serais pas enfui et je n'aurais pas cherché à oublier. Ma patrie passe avant toutes choses, mais elle n'enlève rien. Mon amour pour *elle* s'est confondu avec mon amour pour la patrie, et ce qui me tourmente, c'est que je ne puis pas séparer ces deux amours.

— Eh ! n'essaye pas de les séparer, car tu te tourmenterais pour rien... — dit le moine. — Si l'amour de ton pays passe avant tout, l'autre est une loyale et honnête tendresse qui peut suivre.

— Tu dis cela, mon père!... — s'écria le voyageur, et son œil rayonna de bonheur.

Le moine répondit :

— Je le dis... — et il poussa l'âne de son bâton.

Le silence s'établit entre les deux voyageurs.

Le chemin fit un détour, descendit brus-

quément dans une vallée peu profonde, et
redevint égal le long d'une pente, ayant en
dessous un ravin, au fond duquel murmurait un ruisseau, et au-dessus le sommet
de la montagne, hérissé de rochers sur
les flancs. Le jour était à son déclin.
Cette circonstance causait à l'âne un plaisir
évident, que l'on devinait à sa démarche
plus alerte; il pressentait une halte prochaine qui le délivrerait des fardeaux dont
il était chargé. Il prévoyait instinctivement
ce moment fortuné; il remuait ses longues
oreilles et aspirait l'air par ses naseaux,
comme s'il flairait une prairie solitaire aux
herbes savoureuses et des champs de chardons.

Quand les voyageurs furent arrivés sur la
route unie, deux cavaliers apparurent derrière eux, au détour du chemin. L'un d'eux
allait en avant, l'autre le suivait à quelques
pas en arrière, ce qui indiquait que le premier
était le maître, l'autre le serviteur. Le serviteur conduisait par la bride un mulet chargé
de bagages. Ces bagages indiquaient qu'ils
venaient de loin, et que, peut-être, le but de
leur voyage était encore éloigné. Malgré cela

— c'est que sans doute ils étaient pressés —
ils n'obéissaient pas à la règle qui prescrit
de modérer le pas des chevaux, lorsqu'ils
ont devant eux une longue route à faire.
Leurs chevaux étaient échauffés, le mulet
soufflait péniblement. Après avoir contourné
la route, ils descendirent au pas dans la
vallée et, une fois là, ils mirent leurs mon-
tures au trot.

Le bruit des chevaux dans la vallée obligea nos voyageurs à se retourner. Ils re-
connurent dans le cavalier qui se trouvait
en avant un guerrier équipé pour un long
voyage. Il était vêtu d'un justaucorps de
peau d'élan, muni d'épaulières et d'une
demi-cuirasse ; sur la tête il avait un casque
bas, dont la visière était levée ; une épée au
côté ; un marteau à la selle ; des pistolets
dans leurs fourreaux ; en main une courte
lance. Tout ce qu'il avait de métal sur lui
brillait comme une glace, en reflétant les
rayons du soleil couchant. Sa lance étincelait comme si elle portait une étoile sur sa
pointe. Le casque reluisait. Le cavalier de
derrière était aussi armé, mais avec moins
d'éclat.

Les deux voyageurs à pied tournèrent la tête à une ou deux reprises du côté des cavaliers, mais sans leur prêter une attention particulière qui n'aurait été, semble-t-il, motivée par rien. La rapidité de leur course aurait pu les étonner; mais que leur importait que quelqu'un fût pressé! Ils se préparèrent d'avance à leur laisser le passage libre ; le moine dirigea son âne de côté, ils se rangèrent plus près de la montagne, et ils continuèrent tranquillement leur chemin.

Un galop rapproché les obligea de nouveau à tourner la tête. Ils se retournèrent.

A ce moment le premier cavalier tira brusquement les rênes de son cheval et poussa un cri :

— Ha !

Mais tout à coup, se penchant légèrement sur la selle, il se couvrit la figure de son bras droit, piqua son cheval des éperons, et passa comme le vent auprès d'eux. On n'entrevoyait sous son bras que des moustaches noires et une barbe espagnole. Le second cavalier le suivit au galop.

Cette manœuvre singulière étonna nos

voyageurs. Ils s'arrêtèrent et échangèrent un regard interrogateur.

— Qu'est-ce que c'est?

- Qu'est-ce que cela veut dire?

Ni le religieux ni son compagnon ne purent trouver d'autre réponse qu'un haussement d'épaules. Ils allaient se remettre en route, quand une nouvelle singularité les retint à leur place. Le cavalier s'était arrêté non loin d'eux, il avait fait tourner son cheval et il approchait dans l'attitude du combat. Sa visière était baissée; sa main droite tenait un pistolet; son épée nue pendait à son poignet. Il s'approcha au pas, s'arrêta, arma le pistolet et tira, en visant le voyageur laïque. La balle siffla, mais passa outre. Il saisit un second pistolet et tira avec le même résultat.

A cette attaque étrange et inattendue, le voyageur sembla prendre racine à l'endroit où elle l'avait surpris. Il ne bougea pas! Il se redressa, fronça les sourcils, son regard étincela; en une seconde, il se passa en lui un changement qui le rendit semblable au dieu de la guerre; seulement, il n'avait aucune arme ni en main ni à sa portée.

Le moine, après le double coup de pistolet, étendit les bras vers le cavalier et tourna
vers lui le regard plein d'horreur; et il lui
cria d'une grande voix :

— Au nom du ciel! seigneur, que faites-
vous?...

Son appel fut répété par les échos de la
montagne, et il retentit de gorge en gorge.
Le cavalier y répondit par un rire sauvage
et dédaigneux; au même instant, il saisit
son épée, tira les rênes de son cheval, le
piqua des éperons et se porta en avant.

— An nom du ciel! — criait le moine —
sans doute vous vous trompez, seigneur!
vous nous prenez pour d'autres! Nous
sommes de pauvres et paisibles pèlerins, et
nous ne devons rien à personne!

— Je me trompe? Ha! ha!... — répliqua le
cavalier en attaquant, l'épée levée, le voyageur laïque. Je vous connais!... Je te connais,
toi, moine, Cyprien Gwido! et toi, misérable vagabond, Djordji Miloschewitch!...
Défends-toi, si tu le peux!...

Le voyageur n'avait pas besoin d'être invité à se défendre. Au premier assaut, il
sauta légèrement de côté et, avec son bâton

de voyage, para le premier coup que lui portait le cavalier.

— C'est infâme, chevalier!... — s'écria encore le moine. — La lutte est inégale! Tu attaques tout armé un homme désarmé!

— Cela m'est tout à fait égal!...—repartit le cavalier, en poussant son cheval à un nouvel assaut. Je ne demande pas le combat! Je veux qu'il ne voie pas le coucher du soleil. Je veux qu'il n'arrive pas à Venise. Je veux qu'Annunziata ne puisse pas le revoir. Tiens!

Et il donna un coup d'épée d'une force prodigieuse. Mais, de même que le précédent, ce nouveau coup fut repoussé par le bâton du voyageur. Au moment où le mot « Annunziata » retentit à ses oreilles, le voyageur passa en une seconde de la défensive à l'offensive. Pareil à un lion irrité, il s'élança contre son adversaire ; et, tout en parant adroitement ses attaques, il le couvrit en un instant d'une grêle de coups appliqués avec adresse et une force extraordinaire. Son bâton noueux sifflait entre ses mains, comme une pierre lancée par une fronde. Il le faisait tournoyer au-dessus de

sa tête et ses coups frappaient son adversaire à bon escient. Il visait surtout les
mains et les flancs du cavalier. Plusieurs
fois il manqua de le jeter à bas de sa selle ;
et, en le frappant sur les mains, il affaiblit
les coups de son épée et lui rendit difficile le maniement du cheval. À la fin il lui
asséna un coup si violent que le cavalier
lâcha son épée et que celle-ci retomba sur
sa courroie. Le voyageur s'élança pour saisir le cheval par la bride ; mais le cavalier avait deviné son projet. Il enfonça les
éperons dans le ventre du coursier, lui fit
faire un violent écart, puis, tournant bride,
il partit comme le vent.

Le voyageur s'appuya sur son bâton en
respirant péniblement, et il fixa un œil interrogateur sur le guerrier qui disparaissait
dans un tourbillon de poussière.

La lutte n'avait pas duré longtemps. Lorsqu'elle s'engagea, le soleil commençait à
disparaître ; il n'était pas encore disparu
lorsqu'elle se termina.

Elle avait eu deux témoins : le moine et
le serviteur du cavalier. L'un était d'un côté
de la route, l'autre de l'autre. Ce dernier

suivit son maître; quand au moine, peu
après le dénouement du combat, il s'approcha rapidement en poussant son âne devant
soi, et, s'arrêtant devant son compagnon de
route, il fixa sur lui un regard plein d'admiration.

— Oh !... —s'écria-t-il après un instant de
silence — je ne te connaissais pas de ce côté-
là. On m'avait bien dit que tu étais vaillant ;
mais qui ne l'est pas chez nous !... Toi, tu
unis la vaillance à un savoir qui change,
entre tes mains, un simple bâton en une
arme invincible... Oh ! Djordji, deviens donc
un exemple aux Bosniaques.

Djordji — car c'était lui — respira péniblement, comme on respire après une
grande fatigue; il cracha et essuya avec sa
manche la sueur de son front.

— Et comme cela s'est vite terminé !... —
continuait le moine. — Je m'étais écarté
avec mon âne, pour que ce cavalier ne nous
foulât pas sous les sabots de son cheval, et
j'avais fait le vœu de réciter sept fois le
*Pater* et sept fois l'*Ave Maria*, afin de détourner le malheur; mais avant que j'eusse
accompli mon vœu, le guerrier avait tourné

bride, de sorte que les deux dernières prières furent des actions de grâces... Mais
qu'est-ce que cela voulait dire? Que signifiait cette atttaque.

— Qu'en sais-je!... — répliqua Djordji.

— Qui était ce cavalier?

— Je n'en sais rien.

— C'est pourtant quelqu'un qui nous connaît tous les deux.

— Il nous a appelés par nos noms. Et
plus encore! Il l'a nommée, elle...

— Qui donc?... — demanda le moine.

— Elle, Annunziata; elle, dont le nom
m'est si cher! Ainsi, non seulement il nous
connaît tous deux par nos noms, mais il
connaît encore le secret que je garde au fond
de mon cœur, comme le trésor le plus précieux.

— Qui est-ce donc?

Djordji haussa les épaules et fit des mains
le geste qui exprime une ignorance absolue.

— Il a rabattu sur son visage la visière
de son casque, et il se l'était d'abord couvert
de son bras. Je n'ai entrevu que des moustaches noires et une barbe à l'espagnole... Eh

bien, est-ce que cela ne te fait rien soupçonner?

— Non....— répondit Djordji brièvement.

—Tous les Italiens ont des moustaches noires,
et tout le monde porte maintenant la barbe
à l'espagnole. Je ne puis le reconnaître à
ces signes. Nous le retrouverons sans doute
à Venise.

—Peut-être même avant Venise...—ajouta
rapidement le moine. — On peut supposer
qu'il va te guetter, pour réparer ce qui ne
lui a pas réussi aujourd'hui.

— Allons donc!... un chevalier?...

— S'est-il conduit en chevalier avec toi?...
On peut tout attendre d'un tel agresseur,
même un coup de feu de derrière un buisson
ou une attaque durant la nuit.

En disant cela, il poussa son âne au flanc
gauche, pour le diriger sur un sentier qui
s'enfonçait à droite dans la montagne.

—Où allons-nous?...—interrogea Djordji.

— A Venise... Je vais te conduire par des
sentiers sur lesquels nous ne rencontrerons
certainement ni ce guerrier ni aucun autre.

— Peut-être allongerons-nous notre
voyage?

— Pas beaucoup, d'un seul jour ; et même si nous devions l'allonger davantage, n'oublions pas que Dieu protège celui qui se tient sur ses gardes.

— Nous ne nous sommes cependant pas mal tirés d'affaire aujourd'hui, avec l'aide de Dieu... — dit Djordji gaiement.

— Aussi ne faut-il pas abuser de cette aide. Et d'ailleurs il ne s'agit pas de nous ; nous devons éviter les dangers, non de peur d'exposer notre sécurité personnelle, mais parce que des intérêts importants reposent sur nos épaules. Tu auras encore le temps et l'occasion d'exposer ta tête. Moi non plus je ne porte pas sur mes épaules ma tête grise et ointe par l'huile sacrée, pour qu'on la dépose tout simplement dans le cercueil avec le reste de mon corps. Si elle doit tomber, qu'elle tombe, mais pas pour la fantaisie du premier cavalier venu rencontré sur la grande route.

En causant ainsi, Djordji et le moine avec son âne s'enfoncèrent à la file dans les montagnes . Ce dernier était de la plus mauvaise humeur du monde ; il le montrait en s'arrêtant à chaque pas et en s'obstinant

à ne pas avancer. Et il avait raison; Car le
soleil s'était déjà couché et le moment de
lui ôter sa charge était passé depuis longtemps. Mais le moine domptait l'entêtement
de l'honnête animal au moyen de son bâton,
et ils avançaient, ils avançaient ayant au-
dessus de leurs têtes l'immensité du firma-
ment parsemé d'étoiles, et autour d'eux une
solitude absolue. Ils arrivèrent enfin à une
source qui jaillissait du rocher.

— Voici notre gîte pour cette nuit... —
dit le moine.

Bientôt s'élevèrent les flammes joyeuses
d'un foyer. Ils prirent leur repas à côté, et
le père Cyprien se mit à réciter ses prières,
tandis que Djordji s'abandonnait à une rêverie silencieuse.

Le lendemain, au point du jour, ils repri-
rent leur marche. Les journées s'écoulaient
l'une après l'autre, et à chaque pas ils se
rapprochaient de leur but, qui était Venise,
la reine superbe des mers.

## VII. — LA JEUNE FILLE DE VENISE.

Au déclin du XVIe siècle, Venise était peut-
être, la plus magnifique des grandes cités
de l'Europe. Elle était appelée à juste titre
la reine des mers. Elle régnait, revêtue
d'une majesté vraiment royale ; elle régnait
environnée de serviteurs innombrables. Tout
la servait : les hommes, la nature et les éléments. Les hommes mettaient toutes les ressources de leur industrie à sa disposition ; la
nature l'enveloppait de la sérénité rayonnante du ciel méridional ; les éléments étaient
pour ainsi dire ses esclaves et remplissaient
ses ordres avec une soumission empressée.

Le seul aspect de Venise était éblouissant :
partout des palais et tous ornés de marbres
et de sculptures. A chaque pas, une nouvelle
merveille arrêtait le regard. Ici une rangée
de colonnes en marbre de Carrare, aux cha-
piteaux superbes, sert d'appui à des corniches merveilleusement ciselées ; là un por-
tique somptueux soutient un fronton monu-
mental ; là-bas encore, de superbes cariatides

plient sous le poids de quelque chef-d'œuvre d'architecture. Et tous ces chefs-d'œuvre sont pénétrés de vie, comme inspirés par le rayon divin dérobé au ciel par Prométhée.

Elle était admirable, cette Venise, toute de marbre, pleine de palais et d'édifices somptueux, de places et de monuments qui témoignaient de la puissance à laquelle peut s'élever le génie humain. Elle était admirable cette Venise toute enveloppée d'une atmosphère claire, limpide, parfumée et harmonieuse. La clarté descendait du ciel, qui déroulait au-dessus d'elle son immensité azurée; le parfum s'élevait des lagunes, toutes couvertes de lis d'eau; l'harmonie venait de la mer, dont les flots d'opale retentissaient au loin.

Elle était admirable et majestueuse, comme une reine, à la vérité comme une reine, à cause de la nature même de son républicanisme doué du principe monarchique.

La cause de la grandeur et par suite de la splendeur de Venise était sa constitution politique. Le rôle rempli dans les autres Etats par une race royale l'était à Venise par le patriciat, par une dynastie pour ainsi dire collective, élevant l'un des siens au pouvoir par élection. Le patriciat tout entier était une sorte de race royale gouvernant un état et résidant dans une capitale.

Aussi l'avait-il embellie et ornée sur le modèle de ces villes enchantées que la fantaisie élève à l'aide de la magie. La place de Saint-Marc, le Piazzetto et le Grand Canal s'offraient au regard, comme s'ils avaient surgi du sein de la terre, ou du fond des eaux, comme s'ils n'avaient pas été édifiés par des mains humaines, mais par la parole de Celui qui a déroulé le ciel bleu et l'a parsemé d'étoiles, qui a paré la terre de toutes les teintes du printemps et qui a suspendu le soleil dans l'infini.

Et cependant, elle avait été construite par des hommes. Plus de mille années avant l'époque où se passe notre histoire, à l'endroit où Venise est bâtie, s'étendaient des marécages sans limite, parsemés d'îlots. Ces îlots servirent de fondations. Des hommes s'y établirent, et grâce à un travail assidu, incessant, vrai travail de fourmi qui dura dix siècles, ils élevèrent à la place de ces terrains détrempés la plus merveilleuse des

villes ce l'univers. On dirait qu'elle a poussé
du fond des eaux comme une fleur, qu'elle
a été ciselée dans l'écume pétrifiée de la
mer. Elle se mire dans les flots et elle s'y
baigne comme une naïade. Ses habitants
écoutent sans cesse le murmure de la vague
qui vient se briser sur le seuil de leurs maisons.

A Venise, les canaux sont des rues, et les
rues y sont réduites à d'étroites et sombres
impasses. Les façades des palais et les escaliers d'honneur sont du côté des canaux,
les jardins et les portes dérobées donnent
sur les ruelles.

Nous n'en finirions pas si nous entrepre-
nions d'énumérer et de décrire tout ce qui
mérite une description à Venise. D'ailleurs
un tableau de ce genre ne rentre pas dans
notre dessein. Nous ne faisons que passer
par Venise, et nous n'avons à nous y arrêter
que quelques instants devant un des palais,
qui nous apparaît comme un château féerique des Mille et une Nuits. Voici pourquoi:
le palais dont nous nous occupons ne diffé-
rait des autres par aucun caractère particulier, et même il cédait le pas à plusieurs pour
le luxe et la beauté. Il n'était pas ordinaire;

mais il n'était pas des premiers. Il était cependant devenu merveilleux cette nuit même
où sa beauté brilla avec tant de splendeur.
Il avait en effet une parure de fête; des
guirlandes de fleurs, des tapis merveilleux,
des bannières éclatantes recevaient l'éclat de
mille bannières de toutes les couleurs.

Le palais Grimani semblait grandir sous
ces flots de lumière. Venise était plongée
dans les ombres de la nuit qui l'avait enveloppée d'un manteau étoilé. Le palais Grimani brillait seul; il était seul visible et res-
plendissant. Il se reflétait à la fois dans
l'eau du canal et sur le fond sombre de la
ville. Des hallebardiers vêtus d'armures
brillantes se tenaient en deux rangs sur le
grand escalier, dont les dernières marches
se perdaient dans le canal. Ils ressemblaient
à des statues vivantes. Quant aux statues
de marbre qui représentaient des divinités
mythologiques, elles semblaient être des
génies descendus de l'Olympe pour présider
aux réjouissances humaines. La perspective
que formait, depuis le canal, l'escalier avec
ces hallebardiers et ces statues était admirable à contempler, d'autant plus qu'elle

était relevée par des bouquets d'arbres et
de plantes rares, disposés dans les intervalles, et par les tapis précieux tendus sur
les marches. Ces rangées d'arbres, de guerriers et de génies entrelacés bordaient les
escaliers couverts de splendides tapis et
formaient pour ainsi dire un chemin moelleux conduisant au bonheur. L'entrée du
palais était gardée par deux statues ai-
lées de l'hyménée tournées l'une vers
l'autre, et tenant des flambeaux dans leurs
mains étendues. Elles avaient pour piédestal
des colonnes de marbre rose, sortant du
fond du canal et semblaient sur le point de
prendre leur essor. Ces statues étaient pla-
cées, comme nous l'avons dit, à l'entrée principale, et resplendissaient sur leur piédestal de marbre rose, sous la lumière de leurs
flambeaux dont la clarté se projetait au loin
sur le canal et jusque sur le bord opposé.

Ces flambeaux avaient un sens symbo-
lique. Ni les colonnes roses, ni les statues
du dieu de l'hyménée n'avaient été à cette
place pendant la journée. Tout cela était
soudainement apparu le soir à la grande
admiration de la foule qui assiégeait en

quelque sorte le palais Grimani du côté du
canal — tant était grande la quantité innombrable de gondoles qui se pressaient
dans l'espace éclairé par les deux statues.

Les gondoles arrivaient l'une après l'autre
aux marches de l'escalier de marbre, et chacune d'elles déposait à bord plusieurs personnes : des dames, des jeunes filles, des
dignitaires, des chevaliers — tous en habit
de fête ; les femmes vêtues de soie, de plumes et de joyaux, les hommes, de velours
et de pierres précieuses. Ils débarquaient,
montaient l'escalier et disparaissaient derrière les rangs des serviteurs. D'autres les
remplaçaient aussitôt. Une gondole succé-
dait à l'autre et les nouveaux arrivés remplissaient de plus en plus les salles spacieu-
ses, parées avec un luxe inouï et éclairées
d'un nombre incalculable de bougies de
cire blanche.

Ces nouveaux venus étaient des hôtes
appartenant tous au plus haut patriciat de
la République et invités par le seigneur
Grimani pour la solennité des fiançailles de
sa fille unique.

C'était une solennité qu'on pourrait ap-

pelerinternationale:—c'est pourquoi le vieux
patricien avait cherché à l'entourer de la
plus grande splendeur, et c'est aussi pourquoi le patriciat de Venise y prenait une
part si active.

La signorita Grimani épousait un prince
étranger. On y attachait une importance
égale à celle que l'on attache au mariage
d'une princesse de famille royale. Chaque
noble Vénitienne était considérée, en effet,
comme l'égale d'une princesse de maison
régnante, et elle ne pouvait épouser qu'un
personnage également haut placé; et si elle
épousait un étranger, cette union était
dictée par quelque raison politique, qui in-
téressait la république de Venise. Dans ce
cas, les flambeaux de l'hymen éclairaient
quelque but visé par le sénat. Le mariage
était précédé de négociations diplomatiques
qui assuraient à l'Etat, en échange de la
main d'une Vénitienne, des avantages con-
formes à ses vues.

Les fiançailles auxquelles le signor Grimani avait invité tout le patriciat de Venise
présentaient justement un cas de ce genre.
Elles étaient le résultat de longues négocia-

tions entre la cour de l'archiduc et le sénat
de la République, négociations qui intéres-
saient l'empire germanique, qui n'étaient
pas indifférentes au Saint-Siège et à la couronne espagnole, et dans lesquelles entraient
en jeu toute sorte de ressorts secrets. Elles
avaient pris un temps très long et elles
avaient exigé beaucoup d'habileté diplomatique, avant que le sénat n'eût consenti à
accorder au prince de Reuss la main de la
fille unique du signor Grimani.

Il va sans dire que ces négociations
avaient été conduites sans la participation
de la signorita et à son insu. Des hommes
d'État pouvaient-ils mettre une jeune fille
au courant de démarches diplomatiques si
compliquées? — Ils n'avaient garde de
commettre une telle inconvenance. Ils prirent leur décision, ils conclurent le traité,
et l'affaire fut terminée. Or, sans parler de
l'avantage politique résultant de l'union
d'une Vénitienne avec un membre d'une
des premières familles de l'Empire, l'honneur
de la République entière et l'honneur particulier du signor Grimani étaient engagés
dans cette affaire. Par conséquent, vis-à-vis

d'intérêts de cette gravité, les sentiments
personnels d'une jeune fille semblaient être
d'un intérêt si secondaire que personne ne
prit garde à ce détail; — personne : ni le
doge, vieillard à cheveux blancs, pour lequel le cœur d'une jeune fille n'existait pas,
ni les membres du conseil des Dix, personnages sérieux, pour lesquels le *salus patriæ*
était la loi suprême, ni les *pregadi*, ni les
*quaranti*, ni les sénateurs parmi lesquels
siégeait plus d'un parent de la signorita
promise au prince allemand, ni son père,
ni son frère, ni sa mère elle-même. Elle
leur était chère à tous, mais comme noble
Vénitienne, comme « princesse du sang »,
comme le sceau qui allait sceller le résultat
de ces laborieuses négociations.

Elle satisfaisait l'intérêt des uns, l'orgueil
des autres. On disposa donc d'elle sans elle,
et elle ne fut informée du résultat des négociations que peu de temps avant les fiançailles. Elle sut alors que l'empereur avait joué
dans ces négociations le rôle principal, que
l'archiduc y avait pris une grande part, et
que le rôle de négociateur, agissant au nom
de l'empereur, de l'archiduc et du futur

époux, avait été rempli par le conseiller
d'Etat Giuseppe Rabata, qui arriva de Rome
peu avant les fiançailles en apportant la bénédiction du Saint-Père pour l'union projetée. Tout cela avait été préparé et accompli
sans que celle qui y avait le principal intérêt en eût eu la moindre connaissance.

La signorita apprit ce qui la concernait de
si près d'une façon originalement patriar-
cale et avec une solennité particulière, ac-
crue par cette circonstance que la fleur de
la jeunesse vénitienne rivalisait à recher-
cher sa main. Tous les héritiers de grands
noms et de grandes fortunes formaient autour d'elle un cercle d'adorateurs, attirés
non seulement par son nom et sa fortune,
mais encore par son incomparable beauté.
Elle était en effet d'une beauté extraordinaire, étrange et enchanteresse; elle était
belle à ce point que les hommes semblaient
se transformer sous le charme de l'admiration qu'elle inspirait; ils devenaient meilleurs, plus nobles, plus chevaleresques, et
des âmes prosaïques en la contemplant
s'exaltaient jusqu'à la poésie. Il serait
impossible d'énumérer les sonnets, les

stances, les odes, les romances composés
en son honneur, ni les sérénades qui furent
données pour elle ; il serait encore plus impossible de compter tous les soupirs qu'elle
arrachait aux jeunes patriciens de Venise.
Tous étaient épris d'elle. L'admiration passionnée qu'elle inspirait était comme une
sorte d'épidémie, qui vraiment faisait grand
tort à toutes les autres jeunes et belles Vénitiennes. Cette circonstance, jointe au fait
des négociations diplomatiques engagées
pour obtenir la main de la signorita Grimani, servit au vieux patricien de prétexte
pour annoncer à sa fille, avec une solennité
originale, le sort qui lui était réservé. Il invita donc les plus hauts dignitaires de Venise et tous les prétendants; il les reçut
dans la salle d'audience du palais, les plaça
selon le rang de leur dignité, et il fit appeler
sa fille.

Ce fut un acte dont le souvenir resta longtemps gravé dans la mémoire des assistants.

La signorita fut introduite par son père
et, n'étant avertie de rien, elle promena autour de soi un regard étonné. Son étonne-

ment était partagé par la plupart des assistants. Le doge prit enfin la parole et fit connaître en quelques mots la décision prise.

Les paroles du vénérable patricien résonnèrent comme des coups de marteau. Il dit simplement que la République avait disposé de la main de la signorita Grimani comme d'une chose qui lui appartenait. Et il s'en tint là.

Ces quelques mots causèrent une grande impression. Ils firent courber les têtes de la jeunesse vénitienne, comme les épis dans un champ se courbent sous le vent. La signorita pâlit.

Quand le doge eut fini, le père éleva la voix :

— L'illustre République, dit-il, veut que je renonce pour elle à mes droits de père, et j'incline la tête devant sa volonté.

Il s'inclina devant le doge et devant les sénateurs rangés en demi-cercle.

— Et en renonçant publiquement et solennellement à mes droits paternels, j'ai le ferme espoir de trouver dans mes concitoyens le secours qui m'est nécessaire... un secours contre les vues et les intérêts privés,

qui pourraient empêcher de satisfaire aux
intérêts publics. Qui de nous ne donnerait
sa vie pour notre illustre République?.. Qui
de nous ne lui sacrifierait volontiers son
bonheur personnel?... Je suis donc con-
vaincu que mes nobles concitoyens considé-
reront dès à présent ma fille comme un
gage de l'honneur et des intérêts de la
patrie.

Le doge et les sénateurs donnèrent leur
approbation par un léger signe de tête. Tous
les yeux des jeunes gens se dirigèrent sur
la signorita, dont les traits avaient perdu leur
pâleur, et qui ressemblait en ce moment au
génie de Venise. Elle paraissait plus grande
que d'ordinaire ; son front pur, classiquement modelé et couronné d'une tresse noire
et épaisse, rayonnait de fierté ; dans ses yeux
noirs, ombragés de si longs cils et surmontés de sourcils si beaux que Vénus elle-
même les lui aurait enviés, éclatait l'assurance de soi-même ; sur ses lèvres, dont l'é-
clat aurait pu rivaliser avec les teintes de
l'aurore, tremblait un léger sourire ironique. Elle était comme une statue sculptée
par la main d'un maître. Aussi gardait-elle

l'attitude d'une statue, — une attitude fière
et calme, nuancée d'une ironie impercep-
tible, une attitude capable d'éveiller dans la
foule l'enthousiasme et l'admiration, —
mais ni l'enthousiasme ni l'admiration de
l'amour.

L'intention du signor était évidente. Il savait que les jeunes patriciens de Venise bri-
guaient à l'envi la main de sa fille. Cette rivalité pouvait être un obstacle à l'union
projetée; et cela d'autant plus facilement,
que le signor avait certaines raisons de
croire que le cœur de sa fille n'était pas resté
tout à fait indifférent, quoique rien ne lui
laissât entrevoir pour qui il s'était prononcé.
D'autres en savaient peut-être plus que lui.
Pour lui, il ne savait absolument rien, et ce fut
cette raison même qui le décida à annoncer
le mariage de sa fille comme un événement
d'ordre public, et à le mettre ainsi sous la
sauvegarde du patriciat tout entier. La
question gagna ainsi en gravité; elle devint plus sérieuse et plus importante.
Par cette manière de l'exposer, l'honneur de
l'Etat fut engagé et confié à la défense de
tous les citoyens de Venise, et plus particu-

lièrement de ceux qui, par leur naissance,
appartenaient aux plus hautes classes de la
société.

Sur ce point, le signor fut vaillamment
aidé par la signorita, par l'attitude qu'elle
avait prise pendant le discours de son père.
Par sa fierté, son calme, et par cette ironie
légère errant sur ses lèvres admirables,
elle avait pour ainsi dire pétrifié l'amour
dans le cœur des assistants, et y avait au
contraire éveillé une ardeur enthousiaste
pour la République. Elle leur apparut
comme l'image de cette République sacrée
et inviolable, comme la figure de Venise
elle-même incarnée sous les traits d'une
vierge qui avait le droit de dire à tout Vénitien :

— Jette-toi dans les flammes pour moi...

Telle elle apparut en cet instant solennel et
inattendu. Aussi, dès que le vieux signor eut
fini de parler, un bruit singulier, à la fois
sourd et métallique, remplit la salle. C'était
le bruit des mains qui saisissaient la garde
des épées. Cela s'était fait involontairement
et sous l'influence de l'ardeur enthousiaste
qui s'était subitement éveillée dans les âmes.

Les yeux des patriciens étincelèrent et prirent une expression belliqueuse, comme s'ils défiaient l'insolent qui aurait osé élever les pensées d'un amour égoïste vers cette jeune fille inaccessible !

La signorita gardait le silence. Elle promena ses regards sur les assistants, s'inclina légèrement et fièrement devant les dignitaires et sortit de la salle. On aurait dit qu'elle avait accueilli cette nouvelle avec froideur et indifférence, comme s'il ne s'agissait pas d'elle-même.

Il faut ajouter que cet acte, que l'on pourrait appeler la déclaration diplomatique du mariage d'une Vénitienne, s'était accompli en présence du délégué extraordinaire de Sa Majesté impériale, l'archiduc d'Autriche, et que ce délégué, personnage déjà connu de nous, était le conseiller Giuseppe Rabata. Il faut encore ajouter que la solennité avec laquelle cet acte s'était accompli, avait été organisée à son instigation.

Aussi une satisfaction profonde, qu'il ne put dissimuler, se peignit-elle sur le visage du conseiller d'État lorsqu'il vit l'impression produite par la déclaration du signor

Grimani : la satisfaction éclatait dans son regard, et entr'ouvrait ses lèvres, tandis que sur les lèvres de la signorita se peignait un léger sourire empreint d'ironie. Ce sourire était la seule dissonance que l'on pût constater dans l'harmonie de l'enthousiasme général.

Que signifiait ce sourire ? Le conseiller d'État savait-il quelque chose ?

Après la déclaration il se rendit à Rome. Il en revint avec la bénédiction du Saint-Père, et il parut aux fiançailles comme représentant, par procuration, le noble fiancé, qui ne devait arriver en personne que pour la cérémonie du mariage.

Tels étaient les motifs pour lesquels les fiançailles avaient lieu avec tant de splendeur. On avait eu recours aux plus ingénieux artifices pour en relever l'éclat. Éclairé *al giorno* et décoré avec toutes les ressources de l'art le plus exquis et tout ce que purent fournir la peinture, la sculpture et l'orfèvrerie, somptueusement paré de tapis précieux et orné de tapisseries splendides, tout rempli de plantes rares, le palais Grimani éblouissait les regards, et, ce soir-là, il faisait pâlir la lune, qui était cependant dans son plein et dont la douce lumière brillait d'un éclat pur et net sur le fond bleu du ciel, au milieu des étoiles qui scintillaient comme des diamants.

Dans toute autre circonstance, cette belle nuit aurait charmé les yeux des Vénitiens, et plus d'une barcarolle aurait chanté la lune et les étoiles, accompagnée du bruit de la rame et du murmure des flots; mais, ce soir-là, personne n'y fit attention. Tout Venise, peut-on dire, était, sinon dans le palais, du moins à son entrée. Une multitude serrée encombrait les deux rives; une foule de gondoles couvrait le canal; et le palais brillait et débordait d'invités. Les spectateurs qui regardaient du dehors apercevaient aux fenêtres, aux galeries, aux balcons et sous les portiques des figures qui se croisaient, isolées ou par groupes, aux sons d'une musique suave qui se répandait dans les airs. On regardait et on écoutait tout cela; on se disait dans la foule :

— Qu'elle est heureuse, elle !

*Elle* — c'était la jeune fiancée.

Etait-elle réellement heureuse ?

Nous pourrions nous arrêter ici, ne fût-ce que quelques instants, à la théorie du bonheur. Une excellente occasion s'offre à nous; cependant nous n'en profiterons pas, ou plutôt nous la montrerons en acte, en suivant avec nos lecteurs la signorita, quand elle se retira de la salle d'audience.

Il nous faut d'abord commencer par interrompre la description des fiançailles, et ensuite nous reporter à deux mois en arrière.

Devant l'assemblée, la signorita avait été, l'avons-nous dit, fière, calme, ironique et silencieuse.

Elle était apparue aux regards des patriciens comme la merveilleuse image de Venise même, et cette vision avait excité l'admiration et l'enthousiasme.

Mais cette noble et fière attitude, il faut bien le dire, était la comédie de la dignité, comédie qu'elle avait dû jouer pour les autres : pour tous les dignitaires de la République qui avaient disposé d'elle sans son consentement, pour ces jeunes nobles qui ne s'étaient pas sentis indignés en présence de cette négociation, fort semblable au trafic des esclaves, pour elle-même enfin qui comprit immédiatement l'inutilité de révéler son propre cœur à ces cœurs de granit qui l'entouraient en cercle dans la salle d'audience du palais. Qu'aurait-elle gagné en s'adressant à leur pitié? Quelqu'un des sénateurs aurait répété, en y mettant plus d'insistance, les paroles prononcées par le doge et par son père, et il l'aurait invitée, elle, fille de la République, à remplir son devoir et à se sacrifier à sa patrie.

L'importance de ce sacrifice se présenta à son esprit avec la rapidité de l'éclair. L'empereur priait, l'archiduc priait, les monarques intercédaient, la majesté royale s'inclinait devant la République, et celle-ci, en retour de tout cet encens, accordait la main d'une jeune fille. Il s'agissait donc avant tout de contenter la fierté publique, de satisfaire l'orgueil de l'Etat.

La signorita l'avait compris, ou plutôt elle l'avait senti. Et elle répondit à la fierté par une fierté qui l'éleva au-dessus de tous. Elle écouta les discours en silence et elle se retira froide et indifférente comme une statue de marbre.

Elle était telle devant les hommes, tandis que son cœur bouillonnait d'indignation, de douleur et de désespoir, et battait à se briser. Aussi dès qu'elle eut franchi le seuil de sa chambre et qu'elle eut fermé la porte derrière soi, dès qu'elle se fut trouvée seule, elle déchira ses vêtements, arracha les lacets; jeta loin d'elle tout ce qui la serrait, arracha de sa tête les diadèmes et les bandeaux, et, les cheveux dénoués dans un désordre qui la rendait plus belle encore, elle se jeta à genoux devant l'image de la Madone.

Elle voulait prier sans doute; mais la prière se fondit en larmes et se brisa en exclamations isolées. Ces exclamations s'adressaient tantôt à Dieu, tantôt à quelqu'un dont le nom se perdait dans les sanglots. Seulement on pouvait comprendre que ce quelqu'un ne s'était pas trouvé dans la salle de l'audience.

Un instant auparavant elle était apparue comme une femme supérieure; elle n'était plus à présent qu'une simple femme. Elle se tordait les bras et levait les yeux au ciel; tantôt elle pressait ses mains sur son cœur,

tantôt elle se serrait la tête avec désespoir,
tantôt dans une douleur muette elle fixait
les yeux sur un seul point, puis elle s'élançait tout à coup et courait autour de la
chambre, comme une lionne blessée.

Mais dans tous ces mouvements, dans
ces gestes et ces exclamations se révélait
une femme d'une énergie rare et d'une volonté inébranlable, qu'aucun obstacle ne
décourage, capable de se maîtriser, capable
de haïr et d'aimer avec frénésie : capable,
hélas ! d'oublier Dieu !

Elle s'arrêta au milieu de la chambre, se
redressa, leva son bras droit et son poing
fermé dans un superbe geste de menaces,
et son visage admirable devint terrible.
Qui menaçait-elle?...

Elle ne resta qu'un instant dans cette attitude. Un changement subit se passa en elle.
La menace fut remplacée par le désespoir ;
elle se tordit les mains, les éleva en l'air, se
pencha en avant de tout son corps et s'écria :

— Toute seule !... ah !... toute seule !...

Tout à coup elle changea encore. Le désespoir fit place à une joie sauvage. Elle
éclata de rire et fit un geste de mépris. Et

de ce rire elle passa à une rêverie qui se
transforma, en un clin d'œil, en une délibération froide et calculatrice. Elle s'assit
donc et, prenant son genou entre ses mains
eutrelacées, elle se mit à réfléchir. En ce
moment, elle ressemblait à un diplomate
qui combinerait dans sa pensée le pour et le
contre d'une question.

## VIII. — ANNUNZIATA.

Quel fut le résultat de ces combinaisons?
Ce fut d'abord la tranquillité. Il se passa
en elle ce qui se passe dans la nature après
une tempête : après le tonnerre et les éclairs
le calme était venu, elle éprouva cette sorte
de tranquillité qu'anime encore une certaine
agitation de la pensée et certains frémisse-
ments, derniers restes de la tempête apaisée.
Son extérieur prit une expression naturelle,
ou du moins qui devait passer pour telle,
car elle était seule et n'avait pas besoin de
feindre. Elle avait les joues enflammées, —
ce qui n'est pas étonnant; l'émotion qu'elle

venait de traverser lui avait plus d'une fois
fait monter le sang à la tête, et la circulation
n'avait pas encore eu le temps de revenir
à son état normal. Elle avait du feu dans
les yeux — ce qui n'est pas étonnant ;
quelques minutes auparavant ils étincelaient
comme les yeux d'une panthère en furie, et
ils n'avaient pas encore eu le temps de se
calmer tout à fait. Cependant cette rougeur
et ce feu étaient des flammes s'éteignant
par degrés, des traces disparaissant peu à
.peu. Bientôt, l'apaisement qui se fit en elle
lui permit de faire attention à l'état de sa
toilette.

Elle jeta un regard sur elle-même et elle
poussa un cri d'effroi.

Elle eut honte d'elle-même et se mit à
réparer à la hâte le désordre un peu trop
grand de sa toilette. Elle tenait évidemment à ce qu'on ne la vît pas dans cet état
(sans doute pour n'avoir pas à s'expliquer),
car elle ne fit point venir sa cameriste, qui
serait accourue au premier appel. Elle s'ha-
billa toute seule, et quand elle n'eut plus à
rougir, elle se regarda dans une grande
glace de cristal, qui la réfléchissait tout

entière. Cette vue lui fit plaisir. Elle arrêta
un instant son regard sur sa personne réflé-
tée par la glace, et elle laissa glisser sur ses
lèvres un sourire — un sourire qui la transforma, pour ainsi dire, en un être léger et
charmant, semblable au papillon qui se
suspend aux fleurs, au rayon qui chatoie
dans les diamants de la rosée, au bouton de
fleur qui s'épanouit joyeusement au soleil.

Ses yeux noirs rayonnaient, ses lèvres
roses souriaient, et entre ses lèvres on entrevoyait deux blanches rangées de perles,
et sur ses joues deux fossettes creusées par
le sourire. Ce sourire, ces dents et ces fossettes l'avaient tout à coup changée en une
admirable jeune fille. Elle était contente
d'elle-même, car elle se tournait et retournait devant la glace et s'y mirait. Arrondis-
sant ses bras nus, elle arrangeait ses cheveux sur son front; elle les tressait, les
épinglait et les lissait; ses petits doigts
d'une transparence rosée, s'enfonçaient dans
leurs épaisses boucles noires et leur donnaient par degrés un arrangement de plus
en plus élégant et correct.

Elle travaillait; en travaillant, elle pensaît. Dans ses pensées, elle se souriait à elle-même, ou plutôt à cette image d'elle-même qui la regardait du fond du cristal transparent et imitait servilement tous ses gestes. Quelquefois même elle souriait avec coquetterie. La tristesse et le désespoir avaient donc passé, et la belle Vénitienne s'était peut-être familiarisée avec l'idée de devenir princesse souveraine; peut-être que la vanité l'avait enfin emporté et avait pris le dessus sur quelque autre sentiment qui, attaqué à l'improviste, avait soulevé un orage et avait passé avec lui.

Le cœur d'une femme, a-t-on dit, ressemble à un abîme sans fond.

Après avoir réparé tant bien que mal sa toilette, la signorita prit un petit marteau d'acier et en frappa une coupe d'argent, suspendue à une chaînette. Elle frappa une fois; un bruit clair, métallique, résonna et s'éteignit en écho. Elle frappa une seconde et une troisième fois, et elle se tourna vers la porte, dans l'attente de quelqu'un.

Son attente ne fut pas vaine. L'écho du dernier coup résonnait encore, que la porte s'ouvrit et qu'une jeune fille, du même âge

que la signorita, mais d'une condition différente, entra promptement dans la chambre.
Un costume modeste, un petit bonnet et
une mine espiègle mais soumise annonçaient
une servante admise dans l'intimité de sa
maîtresse. Elle entra, et jetant un coup
d'œil rapide à l'intérieur, elle s'écria en
frappant des mains :

— Ah !... Que vois-je ?

Bien que la signorita eût fait son possible
pour écarter les traces de son désespoir solitaire, elle ne put les faire disparaître tout
à fait. On voyait çà et là sur le tapis des
morceaux de rubans et de dentelles, des
boucles, des agrafes, des épingles et autres
accessoires de la toilette féminine. Elle n'a-
vait pas même aperçu tout cela. Mais sa camériste avait sous ce rapport un coup
d'œil plus pénétrant. En entrant, elle poussa
une exclamation et fixa un regard interrogateur sur les yeux souriants de sa maîtresse.

— Ne demande rien... — dit cette dernière.

— Mais, grand Dieu !... que s'est-il donc
passé ici, signorita ?

—J'avais chaud, j'étouffais... —répondit celle-ci rapidement, du ton d'un enfant auquel tout est permis. — Aide-moi à m'habiller et raconte-moi ce que l'on dit là-bas.

— Oh! ce que l'on dit, ce que l'on dit!... Ma signorita le sait mieux que moi. Je n'ai fait que saisir de loin le bruit qui court dans le palais sur ce qui s'est passé dans la salle d'audience. Tous les domestiques ne parlent que d'un grand, riche et puissant prince souverain, et chacun s'incline devant moi, se recommande à ma bonté, et me demande de dire un mot de lui à la signorita.

La signorita fit des lèvres une moue de mécontentement.

En apercevant cette moue, la caмériste interrompit son récit.

Quelques instants se passèrent en silence. La signorita était assise devant son miroir avec une mine assez soucieuse, indifférente à la toilette qui sortait de plus en plus correcte des mains adroites de la caмériste. Elle rompit enfin le silence.

— Est-ce que tu m'aimes, Pepita?

La caмériste recula effrayée, comme si elle avait senti un serpent sous son pied nu.

— Moi?... si je vous aime?... vous?... ma signorita?... moi?...

— Toi?... — répliqua-t-elle d'une voix si tendre que les yeux de Pepita se remplirent de larmes.

— Moi?... votre sœur de lait?

— Ne sois pas étonnée de ma question. Je voudrais demander maintenant si mon père et si ma mère m'aiment.

— Ah?!..— fut l'exclamation poussée par la jeune fille.

— Seulement, je ne voudrais pas demander s'il m'aime encore... lui...

Pepita soupira. Son cœur de femme ressentit ce qui se passait dans le cœur de sa maîtresse.

— Mais je te le demande, car peut-être aimerais-tu mieux que je devinsse princesse souveraine.

— Pourquoi?... — glissa la cameriste.

— Parce que chacun s'inclinerait devant toi.

— Ne dis pas cela, oh! ne le dis pas, signorita!... — interrompit la servante, — ne le dis pas, au nom de Dieu et de Saint-Marc! Cela ne me regarde pas. Je suis ton ombre.

Je pensais seulement... ma signorita... je
pensais... que tu l'as...

Elle ne pouvait parvenir à prononcer le
dernier mot. La signorita lui demanda
enfin :

— Eh bien?

— Oublié!...

La signorita secoua tristement la tête.

— Il est parti depuis si longtemps! Il ne
donne aucune nouvelle de lui !

— Mais il m'aime... — dit la signorita avec
force ; et après un instant elle ajouta tranquillement, mais d'une voix empreinte de
tendresse et d'une étrange mélodie :

— Et moi je l'aime, lui... Son cœur et le
mien, ce sont deux harpes que Dieu fait ré-
sonner sur le même accord. Et les hommes
veulent les séparer?... Qu'ils les séparent!...
Mais sais-tu ce qui va arriver? Mon cœur se
brisera, et s'il ne voulait pas se briser de
lui-même, je lui aiderais. Les poignards de
Venise sont aigus... Les canaux de Venise
sont profonds... Le poignard ou le fond du
canal? Cela m'est indifférent... J'ai juré
devant l'autel de la Madone que personne
ne recevrait ma foi, que lui seul !

Le son de sa voix croissait en violence, se mélangeant çà et là de mépris; il atteignit enfin le point le plus élevé, et se fondit en pleurs, qui roulèrent en grosses larmes sur ses joues et émurent Pepita. Des larmes apparurent aussi dans ses yeux, mais elle les refoula rapidement et, s'agenouillant aux pieds de sa maîtresse, elle fixa sur elle un regard plein de tendre sympathie. La signorita sourit à sa confidente, et celle-ci, serrant entre ses mains la main de sa maîtresse, lui adressa ces mots :

—Peut-on penser à des choses pareilles !... Si jeune !... Ah ! ce serait affreux...

— Affreux... — répéta la signorita. — Tu dis vrai, Pepita, ce serait affreux.

— Le monde est si beau !

— Il est beau, mais avec lui... Sans lui... Ah !...

Elle rejeta sa petite main avec un geste expressif.

— Mais lui, *signorita mia...* lui?... — reprit Pepita après un instant, d'une voix où perçait la crainte. — Où est-il?... Comment a-t-il pu quitter Venise?...

— Par amour, Pepita!...—répliqua sa maî-

tresse d'un ton où se confondaient, d'une
manière originale, la gravité d'un professeur
et la naïveté d'un enfant, l'une et l'autre
pénétrées d'une foi profonde. — Par amour!
Tu ne comprends pas cela. Je vais te l'expliquer. Dès qu'il s'est aperçu qu'il n'était
plus pour moi tout simplement un proscrit,
accueilli par compassion sous le toit de
mon père; quand il s'est rendu compte de
ses propres sentiments : il a aussitôt pris
la résolution, dans la noblesse de son âme,
de s'éloigner, de se mettre à l'écart, afin
que je pusse l'oublier. Il s'efforça de me
rebuter. Il me décrivait son pays dévasté,
sa chaumière misérable, ses frères en esclavage, son avenir sans lendemain. Il me racontait les vicissitudes par lesquelles il a
passé et celles qui l'attendent encore. Et
tout cela, au lieu de me rebuter, m'a attirée! Je me suis attachée à tout ce qu'il voulait me faire craindre. Il l'a vu et il est parti.
Comprends-tu, Pepita? Cela peint toute sa
générosité, toute sa droiture, toute sa délicatesse : il est si noble! il est si héroïque!
il est si beau! Pepita! s'il était riche, peut-
être ne serait-il pas comme cela...

Ici nous interromprons les paroles de la signorita pour ajouter à ses derniers mots une courte réflexion. Ces mots indiquent que la loi du contraste régnait dans son cœur. La noblesse, le courage et la beauté, lui paraissaient infiniment plus précieux, parce qu'ils étaient l'apanage d'un homme pauvre.

— S'il était riche, peut-être ne serait-il pas comme cela... — disait-elle. — Je l'ai aimé tel qu'il est. Je me suis attachée à tout ce qui est à lui. J'aime tout ce qu'il aime. Et — ajouta-t-elle tristement, — ou je serai sa femme, ou ma couche nuptiale sera le fond sablonneux du canal.

— *Signorita mia, povera mia...* — dit Pepita, —ne fais pas de suppositions si désespérées; cela est très mal. Je prierai la Madone pour toi. Je vais jeûner à ton intention. Peut-être que toi, plus belle qu'aucune des saintes peintes sur les tableaux, peut-être que toi, faite pour la vie et le bonheur, peut-être que tu ne quitteras pas ce monde si vite.

— Je voudrais vivre... — dit la signorita

— mais pour lui... oh !... seulement pour lui...

— Peut-être qu'il...

— Reviendra?... — interrompit-elle.

Elle réfléchit, puis ajouta en se parlant à elle-même :

— Deux années sans nouvelles ! Mon Dieu ! Qui sait?... Peut-être pense-t-il que je l'ai oublié... et..? Que te semble-t-il, Pepita ? il pense peut-être que je l'ai oublié?... Ah ! s'il revenait !

Et dans un emportement de joie enfantine frappant les mains l'une contre l'autre, elle s'écria:

— C'est lui qui serait attrapé !... Il pense que je l'ai oublié, et moi je l'aime ! je l'aime, je l'aime, dix fois, cent fois, mille fois plus qu'avant ! Je l'aime, ma Pepita !...

Elle entoura de ses bras la tête de la caмériste et la pressa contre son cœur.

— Ah ! s'il revenait !

Elle laissa retomber ses bras comme dans un excès d'émotion ; pendant un instant, une respiration rapide souleva son sein.

— Il peut revenir. Sais-tu pourquoi? Parce que je le veux... je le veux de toutes mes forces... Je le veux!... Il reviendra.

Le dernier mot fut prononcé avec tant d'assurance, que Pepita tourna sur sa maîtresse des yeux pleins de surprise et d'interrogation.

— Il reviendra... — répéta la signorita. Il faut seulement que je sache l'instant même où il entrera à Venise.

Et, se retournant vers la cameriste, elle ajouta d'un ton de prière et de tendresse :

— Ma Pepita, ma sœur de lait, toi qui dis que tu m'aimes, fais que je sois informée de l'instant où il entrera à Venise. Mais de l'instant même, tu comprends?.. Il ne faut pas perdre une seule minute... Il demeurait chez ta mère et il y viendra de nouveau. Dis-lui donc de tout préparer pour son arrivée, et de ne rien épargner... Ma Pepita, tu dis que tu m'aimes?

— Ma signorita!

— As-tu jamais vu le chevalier que l'on nomme Rabata?

— Je l'ai vu, signorita. Un beau chevalier!

— Mais tu ne l'as pas regardé dans les

yeux. Quel vilain regard! Quelle expression sinistre dans ce regard !

Elle leva la main, la secoua légèrement et donna à ses yeux une expression d'épouvante.

— Tu me le promets donc, ma sœur de lait?

— Oh, signorita !

— Et tu me promets le secret? le secret jusqu'à la tombe?

— Signorita, je le promets.

— N'est-ce pas qu'il est beau! qu'il est bon !... et que tout le monde l'aime?...

— C'est vrai. En se séparant de lui, ma mère pleurait comme sur son propre fils, et elle ne dit pas une prière sans ajouter un *Ave* à son intention.

— Ta mère parle avec lui sa propre langue. Comme elle est heureuse!

Et une longue conversation s'engagea entre la signorita et sa confidente, roulant tout entière sur « lui ».

Il serait superflu de rapporter cette conversation ; une jeune fille, aimant comme nne Italienne peut aimer, énumérait les qualités et les talents de son bien-aimé. Il s'y

glissait peut-être un peu d'exagération.
Mais ce qui n'était pas exagéré, c'était l'a-
mour de cette Italienne; un amour qui avait
subi l'épreuve du temps et qui ne s'était pas
brisé, qui n'avait pas plié sous le fardeau
des séductions dont l'avaient accablé l'orgueil, la richesse et l'ambition. Il grandissait sans être ébranlé, pur; téméraire, plein
de confiance en soi-même et plein de confiance dans la destinée.

Cette dernière confiance lui était inspirée
parce que, libéralement comblée par la
fortune de tout ce qui peut assurer le bonheur d'une femme, la signorita Grimani
n'avait nulle raison de la tenir pour un ty-
ran. Le sentier de sa vie avait été jusque-là
semé de roses sans épines. La déclaration
officielle de ses fiançailles était la première
peine qu'elle eût éprouvée. Pouvait-elle supposer que la fortune n'écarterait pas de son
chemin, cette première peine, comme une
mère vigilante écarte tout motif de larmes
de son enfant bien-aimé?

Cette confiance dans la destinée était
aussi, paraît-il, le motif de sa foi dans la con-
stance et la fidélité de son bien-aimé. Elle

aimait : comment pouvait-elle ne pas être aimée? D'ailleurs, n'y eût-il point d'autre argument, son miroir seul lui aurait assuré que ce n'était pas possible.

Et avec tout cela, c'était une Italienne, c'était une Vénitienne, née pour occuper les plus hauts rangs de la société, et élevée dans un monde tout pénétré de l'esprit de la diplomatie du XVIe siècle, — cette diplomatie immuable quant au but, astucieuse quant aux moyens, et couverte de voiles qui lui donnaient les apparences de la gravité, de la fierté généreuse, du désintéressement chevaleresque et de la bienveillance. La signorita était inconsciemment pénétrée des habitudes d'esprit de ce monde; elle s'était découverte à sa confidente comme à sa propre conscience, mais elle s'était enveloppée aux yeux du monde d'un voile impénétrable — voile qu'elle gardait devant son père, devant sa mère elle-même.

Cette dernière phrase exige une explication.

D'après toutes les lois divines et humaines, le père et la mère sont pour leurs enfants, et surtout pour une fille, les meilleurs amis et les confidents les plus sûrs. Mais lorsque les hommes s'écartent des lois divines, l'affection des parents subit certains changements qui la dénaturent. De là vient que, plus la société humaine se rapproche de la nature, éclairée par la lumière de la Révélation, plus les relations des enfants avec les parents sont étroites et sûres; plus elle en est éloignée, plus aussi ces relations deviennent imparfaites. Des rapports artificiels font naître une amitié artificielle et la font dépendre de considérations étrangères au devoir, d'habitudes établies, de préjugés et de mille autres circonstances qui usurpent abusivement dans la société un rôle absorbant et tyrannique, au détriment de la loi divine : de là des victimes, de là aussi des révoltes.

Le cœur de la signorita devait être une de ces victimes; l'intérêt de la République s'était ligué avec l'amour-propre du signor et de la signora Grimani, et réclamait le sacrifice de cette jeune fille : — cette tyrannie était inexorable.

Voilà pourquoi la signorita avait dû cacher son amour à tous.

Personne n'en savait rien dans le palais, si ce n'est Pepita qui gardait le secret de sa maîtresse comme le sien propre.

On soupçonnait bien quelque chose, mais les soupçons flottaient dans une sphère vague, dans laquelle ne se présentait aucune forme saisissable.

Parmi l'élite de la jeunesse vénitienne, on distinguait, entre tous les autres, le chevalier Andrea Tiepoli ; il était au premier rang de ceux qui se tenaient prêts à tout moment à rompre une lance en l'honneur de la signorita, à se battre en duel, à lui sacrifier sa vie ; on soupçonnait donc que son cœur devait pencher pour lui. Mais ce n'était qu'un soupçon, probable en ce qui le regardait, plus que douteux du côté de la jeune fille, et sans aucune donnée sûre ; c'était d'ailleurs un soupçon fort commode pour la signorita. Il devint pour elle une sorte de paravent qui cachait aux yeux du public le véritable état de son âme et la laissait libre de ses pensées.

Toutefois cette liberté était fort limitée. En quoi consistait-elle, en effet ? Chaque matin et chaque soir, la signorita faisait

à sa confidente une seule et même question :

— Eh bien! il n'est pas encore arrivé?

Et elle en obtenait une seule et même réponse:

— Pas encore...

Deux fois il y eut un changement dans
cette uniformité monotone. Elle se rendait
un jour à la messe à l'église du Saint-Esprit.
Après la messe, au lieu de retourner au palais, elle se rendit toute voilée dans un
quartier éloigné de la ville, et elle entra dans
une maison où on l'attendait sans doute, car
on l'accueillit avec toutes les marques d'une
grande joie et d'un grand respect, dans le
costume que la classe inférieure porte, aux
jours de fête, en se présentant aux yeux de
la classe supérieure. Une femme d'un certain âge lui faisait les honneurs de la maison. Mais elle annonça, en entrant, qu'elle
n'arrivait que pour une minute.

— Je veux seulement voir la chambre.

La femme lui fit monter un escalier étroit
et l'introduisit au premier étage dans une
chambre qui se distinguait des chambres
italiennes par une disposition intérieure

toute différente. Il y avait là quelque chose d'étranger et d'original, et cela se manifestait surtout par l'absence complète du comfort auquel sont habitués les Vénitiens. Tout y était simple et dur comme dans la cellule d'un ermite. Cela surprit la signorita, et elle exprima sa surprise.

— Il aime cela... — répondit la femme. — Il ne se permet pas les moindres aises ; je connais ses habitudes.

La signorita haussa les épaules.

Tout l'ornement de la pièce consistait en quelques vases de fleurs rangés sur l'unique fenêtre. C'était là le seul luxe. La signorita fit la revue de ces fleurs et, en les examinant, elle aperçut sur la boiserie de la fenêtre une inscription gravée avec la pointe de quelque instrument aigu. Cette inscription intrigua sa curiosité. Elle voulut la lire, mais elle rapprochait en vain les lettres les unes des autres en s'efforçant de les lier en syllabes. Il en résultait des sons qui lui étaient incompréhensibles. Elle se retourna donc vers la femme en lui demandant :

— Personne autre que lui n'a habité cette chambre ?

— Personne, conformément à vos ordres, signorita. Nous l'avons conservée intacte, telle qu'il se l'était arrangée.

— Et cette inscription? qui l'a gravée dans le bois?

La femme approcha, regarda et répondit en souriant :

— Lui, sans doute.

— Quelle est cette inscription?... — demanda la signorita d'une voix hésitante, comme confuse de sa propre question.

La femme lut en épelant :

« Pod zwiezdami twog uriesa
Nije bilo, ni tie biti :
Jedno j'sunce wrch niebiesa,
Jedna j'liepost' twa na switi (1). »

— Qu'est-ce que cela veut dire?

La femme l'expliqua. La signorita rougit légèrement. Elle se douta probablement que le sens de cette strophe se rapportait à elle.

(1) « Sous les étoiles il n'y avait pas et il n'y aura pas de charme pareil au tien : il n'y a au haut du ciel qu'un unique soleil, et il n'y a au monde que ton unique beauté. »

— Pepita vient-elle souvent ici ?

— Tous les jours, le matin et le soir...
— répondit la femme.

La signorita s'en alla.

Quelques semaines après, elle se rendit
de nouveau dans la même maison et elle fut
de nouveau introduite dans la même chambre. Cette fois la femme, après avoir répondu à quelques questions, rapporta à la
signorita une nouvelle qui la frappa vivement.

— Il est venu un étranger ici et il m'a in-
terrogée sur...

— Sur lui ?... — interrompit-elle d'un ton
effrayé, avant que la femme n'eût pu prononcer le nom qui lui venait aux lèvres.

— Sur lui... — confirma la femme.

— Qui était-ce donc ?

— Un inconnu que je ne vois pourtant
pas pour la première fois. Je le voyais an-
ciennement, il y a des années... mais je ne
le connaissais pas... Je le voyais rôder auprès de ma maison, et je me rappelle que
je le soupçonnais d'une de ces deux choses:
ou de mauvaises intentions envers ma caisse,
ou de mauvaises intentions envers lui. Je

l'ai ensuite perdu de vue. Mais voici qu'hier
il s'est de nouveau montré ; il est venu et
m'a demandé s'il n'était pas encore arrivé...

— Lui ?

— Lui.

— A-t-il dit encore quelque chose ?

— Il a exprimé sa surprise de ce qu'il n'é-
tait pas encore là ; et quand je lui ai dit que
ce n'est pas étonnant, vu qu'il a quitté Venise depuis quelques années, il a hoché la
tête comme s'il ne me croyait pas, et il a
dit qu'il pouvait arriver à tout moment.

Cette nouvelle produisit une vive impression sur la signorita. Elle s'appuya à l'embrasure de la fenêtre, comme si les forces
allaient tout à coup lui manquer. Son visage
pâlit, ses yeux eurent pendant quelques instants un regard égaré. Mais avant que la
femme eût aperçu ce changement, elle
avait repris son état habituel. Ensuite elle
demanda avec un léger tremblement dans
la voix :

— Qui pouvait-il donc être, celui qui
demandait de ses nouvelles ?... un Italien,
un Dalmate ?

— Ni un Italien, ni un Dalmate... — répli-

que la femme. — Autant que j'en ai pu juger
par sa physionomie et par l'accent de sa
voix, bien qu'il parle couramment, je crois
que c'est un Tedesco (un Allemand). Un
Dalmate m'aurait adressé la parole dans sa
langue, car chacun sait que je suis Morlaque.

— C'est étrange... c'est étrange... — dit la
signorita à demi voix. — Et vous ne le
connaissez pas, mère?

— Non, ma signorita, je ne le connais
pas. Mais je me souviens très bien de lui...
Il y a des années, lorsqu'il demeurait encore
ici, je voyais souvent cet homme. Il s'arrêtait quelquefois au coin de la rue et il tenait
les yeux fixés sur ma maison; ou bien il
se promenait çà et là devant le seuil, comme
s'il attendait quelqu'un. J'avais même re-
marqué que l'homme disparaissait lorsqu'il
sortait, lui. Je me rappelle même lui en
avoir parlé une fois et lui avoir fait observer
que c'est peut-être l'un de ces *bravi*, qui
savent saisir un homme vivant et le descendre mort au fond d'un canal; mais il
sourit de mon avertissement et fit un geste
de dédain.

La signorita écoutait, rêveuse, les paroles

de la Morlaque. A ses derniers mots, elle soupira et, interrompant le récit que la femme avait l'intention de continuer, elle dit :

— Mère, vous l'aimez.

— O signorita ! comme mon propre enfant. Il est si bon ! si tranquille !... et puis, c'est mon compatriote.

Elle prononça ce mot avec fierté.

— Nous l'aimons tous les deux : moi, parce qu'il est tranquille et bon, mon mari, avec qui il allait quelquefois en mer pour pêcher du poisson, parce que personne à Venise ne sait conduire une barque comme lui. Il a su faire plus d'une fois, tout seul, le voyage au golfe de Kierneron !... Oh ! mon mari, un vieux marin, est enchanté de lui !

Evidemment, ce sujet faisait plaisir à la Morlaque, car elle allait entreprendre un long récit ; mais la signorita l'interrompit :

— Ma chère, — dit-elle en joignant les mains comme pour la prière et en donnant à sa voix un ton suppliant, — lorsqu'il viendra, n'en parlez à personne... à personne, seulement à Pepita ; surtout n'en dites rien à cet inconnu qui vous a interro-

gée sur son compte. Un pressentiment me
dit que cet inconnu n'est pas son ami. Donc
si vous l'aimez...

— Oh ! comme un fils, signorita... — interrompit la femme.

— Que personne ne sache rien de son
arrivée...

— Personne n'en saura rien, signorita, autant que cela dépendra de moi. Mais s'il se
montre lui-même en ville?... Il a tant de
connaissances ici !

— Que personne n'en sache rien dans le
premier moment. Je n'ai besoin que du premier moment.

Et elle ajouta à la hâte :

— J'ai à lui parler... Ce qui en résultera
on le verra plus tard. Pourvu que je sois la
première à Venise à lui parler.

Elle dit adieu à la Morlaque, baissa son
voile sur son visage et descendit l'escalier.
La femme la reconduisit jusqu'à la porte de
la maison. Sur le seuil elle la retint par la
robe et lui glissa à l'oreille :

— Voyez, signorita, là-bas, à droite...
L'inconnu et quelqu'un avec lui...

La signorita jeta un coup d'œil de des-

sous son voile. Elle frissonna et fit un mouvement comme pour reculer au fond du
corridor. Elle ne se retira cependant pas,
mais elle murmura en elle-même :

— Rabata...

## IX. — LES FIANÇAILLES.

Le retour du conseiller Giuseppe Rabata,
délégué de l'archiduc, donna le signal des
préparatifs des fiançailles. Il apportait la
nouvelle de l'heureuse conclusion des négociations diplomatiques, qui, en livrant
à un prince allemand la main d'une des filles
de la République, procurait à Venise un
nouveau triomphe. Une grande animation
se manifesta aussitôt dans le palais Grimani ;
on y prépara une de ces solennités destinées
à faire époque dans les annales de Venise,
si célèbre déjà par ses solennités. Le signor
Grimani voulait éclipser, par la splendeur
des fiançailles de sa fille, la splendeur des
carnavals de Venise ; il voulait effacer, par le
luxe de sa réception, le souvenir du luxe avec

lequel on avait reçu dans le palais des doges, nombre d'années auparavant, Henri III, roi éphémère de Pologne, en route alors pour aller prendre possession du trône de France.

On ne faisait pas mystère devant la signorita Annunziata du but de ces préparatifs. Sa mère, la signora Grimani, avait avec sa fille de fréquentes conférences touchant le cérémonial et la toilette.

La signorita se comportait avec calme et indifférence; son indifférence allait même si loin que sa mère, pour l'intéresser sans doute, lui parlait de sa propre jeunesse et ajoutait qu'elle était tout autre lorsque le signor Grimani la recherchait en mariage.

— J'étais fiévreuse, agitée; j'étais toute inquiète à la pensée de ce changement, si grave dans la vie d'une femme. Quant à toi, cela n'a pas l'air de t'intéresser.

— Cela m'intéresse, ma mère.

— Tu as un sort si brillant!...

— Brillant, ma mère...

Cette affirmation contenait quelque chose qui n'était rien moins qu'une affirmation.

— A ta place, je ne quitterais pas le portrait que Son Altesse le prince, ton futur

époux, a daigné envoyer. Tu y as à peine
jeté un coup d'œil.

— Je l'ai suffisamment regardé... — répondait la signorita.

La signora haussait les épaules, attribuant
l'indifférence de sa fille à son tempérament,
et lui prédisant un grand bonheur dans sa
vie de femme mariée. Elle n'en était pas
moins surprise du manque complet de coquetterie qu'elle découvrait en sa fille.
Les étoffes de prix, les bijoux, les plumes et
les fleurs, les beaux atours qu'elle devait re-
vêtir pour paraître devant l'élite de la société vénitienne, n'arrêtaient pas même son
attention. Elle les examinait négligemment, elle en parlait sans intérêt, comme s'il
ne s'agissait pas d'elle-même. Elle s'en remit tout à fait sur ce point aux tailleurs,
aux couturières et aux modes qui régnaient
alors dans les hautes sphères de la société.

Outre cela, on remarquait en elle des airs
distraits qui augmentaient avec l'approche
du terme solennel.

Nous savons déjà d'où lui venait cette
distraction.

Elle avait continuellement devant les

yeux et à la pensée cet inconnu que la Morlaque lui avait montré, et auprès duquel elle avait aperçu Rabata. On ne pouvait douter qu'ils avaient l'œil sur la maison dans laquelle celui qu'elle aimait avait demeuré autrefois.

Selon toute probabilité ils avaient l'œil sur cette maison justement parce qu'il y avait demeuré et qu'ils prévoyaient qu'il s'y établirait de nouveau, à son retour. Cette probabilité résultait des paroles de la Morlaque. Mais, sauf ce point, tout le reste était pour la signorita un mystère insondable qu'elle cherchait en vain à pénétrer. Elle conjecturait seulement que ce mystère devait s'enrouler autour de Rabata. Elle comprenait encore vaguement qu'un danger devait menacer celui qu'elle aimait, danger venant du côté de Rabata. Mais quel danger? C'était une énigme pour elle.

Le délégué de l'archiduc aurait-il eu connaissance des rapports qui existaient entre elle et un proscrit, absent de Venise depuis quelques années, et dont personne ne se souvenait dans la capitale de la République? Serait-il parvenu, pendant cette longue et pénible négociation, à découvrir un secret caché à tout le monde?

— Non; cela n'est pas possible... — Se disait la signorita.

Que signifiait alors cette surveillance incessante de l'inconnu aux environs de la maison du pêcheur? Que voulaient dire ces renseignements pris sur le retour d'un homme qu'elle était seule à attendre, et encore en vertu d'un simple pressentiment?

C'était là surtout ce qui la faisait réfléchir. Elle y voyait une confirmation de son pressentiment, lequel devenait ainsi une certitude et qui s'emparait de toutes ses pensées. De là venaient ses airs préoccupés et distraits.

Chaque matin, la signorita demandait à sa confidente :

— Eh bien, est-il arrivé?

— Pas encore... — répondait Pepita.

Et chaque matin cette réponse était suivie de ces mots :

— Il arrivera ce soir...

La même chose se répétait tous les soirs, à cette différence près que dans la réponse de la signorita les mots « ce soir » étaient remplacés par les mots « demain matin ».

Un matin, Pépita se précipita tout essouf-flée dans la chambre de sa maîtresse et, sans rien dire, elle la regarda. Celle-ci lut la nouvelle dans les yeux de la camériste.

Il s'en suivit une scène indescriptible — un emportement de joie touchant presque à une crise de nerfs — une scène muette, pleine du jeu des sentiments qui se mani-festaient par les gestes et par des change-ments de physionomie. Le visage de la si-gnorita, quand elle reçut la nouvelle, se couvrit d'abord d'une pâleur de marbre; ses lèvres tremblèrent, son corps frémit; ensuite le sang lui monta subitement à la tête. Elle glissa à genoux devant l'image de sa patronne et elle lui rendit grâces à demi-voix. Elle embrassait Pépita. Elle pleurait et elle riait de joie. Et ce ne fut pas de sitôt qu'elle songea à demander :

— Quand?...

— Cette nuit... — fut la réponse.

Cette réponse la ramena à la réalité. Elle faisait de beaux rêves, et elle s'éveilla. Elle se frotta les yeux et dit, en laissant tomber lentement ses paroles :

— Cette nuit... Personne ne l'a vu... C'est bien... Il arrive à temps... Aujourd'hui est le jour fixé pour les fiançailles... C'est bien...

Les mots qui sortaient de ses lèvres résonnaient comme l'écho des pensées qui se pressaient en foule dans sa tête.

— A ce soir est fixée la cérémonie qui, si elle devait avoir lieu, serait le prologue de ma mort. Et le monde est si beau!... Et je suis si jeune!... Et je l'aime tant!... Et je voudrais tant vivre!...

Elle demanda tout à coup :

— L'as-tu vu, Pepita?

— Non. Il est arrivé tard, il est fatigué... il repose...

— Cours donc au plus vite... Dis à ta mère que je viendrai avant midi... Je veux être la première à le voir.... Je veux être la première à lui parler... Dépêche-toi!...

Pepita sortit en courant. La signorita se mit aussitôt à s'habiller.

On pourrait dire plutôt qu'elle se déguisait. Elle choisissait en effet les vêtements qui pouvaient masquer non seulement les traits de son visage, mais encore les contours de sa taille, afin que personne ne pût reconnaître, ni même soupçonner, que ce fût la signorita Annunziata Grimani.

Elle se déguisa et sortit. Elle abaissa son voile dans la rue. D'un pas rapide, sans être reconnue de personne, elle traversa à la hâte les passages et les ponts, tourna les coins des rues, s'enfonça dans les ruelles étroites, et ne s'arrêta que de temps en temps, lorsque le nom de Grimani vint frapper ses oreilles. C'est que ce nom était sur toutes les bouches, ce jour-là. La fête qui se préparait au palais Grimani défrayait toutes les conversations.

Elle aperçut sur une des places l'inconnu que lui avait signalé la Morlaque. Elle s'arrêta. Il se promenait dans la foule en prêtant l'oreille aux conversations, et de temps à autre il adressait quelques mots, tantôt à celui-ci, tantôt à celui-là. La signorita était arrivée au moment où, s'approchant d'un groupe d'étrangers, il leur jetait la question suivante :

— Avez-vous entendu parler de Djordji Miloschewitch?

— Certainement, nous en avons entendu parler.

— Je remercierais sincèrement celui qui
me dirait où il se trouve en ce moment.

— Remercie-nous donc tous... — repartit
celui qui avait donné la première réponse,
— car chacun de nous sait où est Miloschewitch.

— Où?...

— A Rome.

— Il n'est pas à Venise ?

— Depuis deux ans, il n'y a pas trace de
lui à Venise.

— Et s'il y était ?

— Nous le saurions tous.

L'inconnu se dirigea lentement d'un autre
côté. La signorita reprit sa course. Bientôt
après elle frappa à la porte du pêcheur.

L'entrevue qu'elle eut sans témoins avec
Djordji dura si peu de temps que la Morlaque s'arrêta étonnée en voyant Annunziata
sortir de la chambre.

— Déjà ?

Elle allait faire quelque observation,
mais la signorita l'interrompit.

— Mère, que personne ne sache rien de
son arrivée. L'inconnu a-t-il été ici ?

— Il est venu, et il s'est informé... et il a dit que c'est pour la dernière fois.

La signorita baissa son voile et s'éloigna rapidement.

Son absence n'avait étonné personne au palais, et même elle n'avait pas été remarquée? Elle revint gaie et heureuse, et elle s'intéressa pour la première fois aux préparatifs de la fête.

Elle se fit expliquer le programme et le modifia sur quelques points, particulièrement en ce qui concernait la toilette. Elle ajouta quelques détails, elle en ôta quelques autres. Elle fit diminuer l'ampleur de ses robes et enlever quelques volants; elle mit des bas moins fins et des souliers moins ouverts; et comme on lui faisait remarquer qu'elle s'habillait pour une cérémonie, et non pour un voyage, elle répondit en plaisantant :

— Ce n'est pourtant que la cérémonie des fiançailles... Il faut penser d'avance à celle du mariage. Si je paraissais aux fiançailles comme pour le mariage, il me faudrait, pour ce dernier, une robe tissée avec les rayons des étoiles.

La signora Grimani fut très contente de la
bonne humeur de sa fille. Elle considérait
cela comme un bon signe, quoiqu'elle eût
préféré ne pas introduire dans le costume
les modifications indiquées. Il n'y avait
cependant rien à faire contre l'obstination
de sa fille. Et d'ailleurs le temps pressait.
Les préparatifs pour la solennité donnaient
tant d'occupation! A peine le jour avait-il
paru, que le soir était déjà arrivé. Le soleil
baissa majestueusement à l'horizon, cédant
la place à cet autre soleil qui, sous l'aspect
d'un château féerique, s'était soudainement
allumé au bord du canal.

Le palais Grimani brillait, étincelait,
jetait des reflets jusqu'au ciel, bourdonnait
de bruits confus, retentissait de musique, se
répandait en parfums, châtoyait de teintes
variées ; il ouvrait ses portiques aux invités
qui, sortant de leurs gondoles, passaient les
uns après les autres sous l'arc de triomphe
de l'hymen, tout de marbre et de flammes.
Ils y passaient et entraient dans l'intérieur
du palais : les uns en gravissaient les degrés
d'un pas léger, les autres en montant avec
lenteur, soutenus par des personnes qui

leur offraient respectueusement le bras. Les premiers, c'était la jeunesse vénitienne des deux sexes ; les seconds étaient des matrones imposantes et des dignitaires vénérables, tels que le doge, vieillard à cheveux blancs, les membres du conseil des dix, les sénateurs et les plus hauts fonctionnaires de l'Etat. Ils passaient sous l'arc triomphal qui les inondait à l'entrée d'une clarté éblouissante, et ils entraient à l'intérieur et remplissaient en foule les salons spacieux. Les plumes s'agitaient, les fraises resplendissaient de blancheur, les joyaux étincelaient, les tuniques brillaient de couleurs variées, les velours châtoyaient, les épées rayonnaient. Les invités se rengorgeaient, fiers d'eux-mêmes, enchantés de trouver leur place dans une société si choisie.

Mais le plus fier et le plus heureux de tous, dans cette foule d'élite, était certes le délégué de l'archiduc. Et cela n'était pas étonnant. Il assistait, en ce jour, à son triomphe. Aussi toute la personne du conseiller d'Etat exprimait-elle l'orgueil et la joie, avec le léger sourire ironique qui lui était propre ; il jetait des regards hautains

sur la foule des représentants du patriciat
vénitien, tournant les yeux de temps à
autre du côté de la porte où devait paraître,
à une heure indiquée, celle qui avait été le
but de ses démarches si zélées. Rabata était
entouré d'un groupe de jeunes gens, et tantôt
l'un, tantôt l'autre lui adressait un salut ou
une question. Il répondait au salut par un
léger signe de tête, et aux questions par
quelques paroles polies. Par exemple :

— Êtes-vous donc heureux, monsieur le
conseiller d'État, d'enlever à Venise la plus
belle de ses perles ?

— Je suis surtout heureux que cette perle
soit le gage de l'amitié des nobles Vénitiens
pour l'Empire, amitié précieuse à mon très
gracieux maître.

Des conversations de ce genre s'engageaient autour de la personne de Giuseppe
Rabata ; à mesure que l'instant décisif, où il
allait jouer le rôle principal, approchait, ce
dernier jetait les yeux de plus en plus fré-
quemment du côté de l'entrée. Le calme et
la tranquillité brillaient dans son regard ; on
y lisait :

— Un instant encore, et l'on pourra dire : c'est fini.

Pourquoi le calme et l'assurance du délégué de l'archiduc se troublèrent-ils tout à coup? Pourquoi ses joues tremblèrent-elles convulsivement et pourquoi ses yeux clignèrent-ils comme éblouis par une clarté trop vive?

Personne ne passait plus sous l'arc de triomphe de l'hymen. Les invités étaient tous réunis. Il ne manquait personne. Les assistants s'étaient rangés en deux phalanges, dont l'une composée de dames et l'autre de seigneurs; elles avaient toutes deux l'apparence de massifs de fleurs parées des teintes les plus riches. Au fond, le patriarche, entouré des dignitaires, attendait avec les anneaux bénis. Dans le groupe des patriciens, Rabata attendait la fiancée. Il tenait les yeux fixés sur l'entrée et une inquiétude croissante se peignait sur ses traits.

Quelle pouvait être la raison de cette inquiétude?

Les battants de la porte s'étaient ouverts et refermés à plusieurs reprises, mais ce n'était pas pour la jeune fiancée. Les visages

de ceux qui entraient et qui sortaient témoignaient d'un trouble qui n'échappait pas au
regard perspicace de Rabata.

Tout à coup un cri perçant retentit dans
le groupe des matrones qui entouraient la
signora Grimani, un de ces cris que l'on
appelle spasmodiques.

Rabata se couvrit d'une pâleur livide.

— Elle s'est évanouie!... — s'écria-t-on
de toutes parts.

— Qui?

— La signora...

Les dames entourèrent la maîtresse de la
maison, les hommes tournèrent leur attention sur le signor Grimani qui semblait être
frappé par la foudre. Pâle et chancelant, il
approcha du cercle des dignitaires, il s'arrêta devant le doge, et il voulut dire quelque chose, mais il n'était pas en état de pro-
férer une parole. Faisant cependant un effort sur lui-même, il éleva les deux bras en
l'air et s'écria :

— Le déshonneur!... le déshonneur! sur
moi et sur la République!...

Ce cri produisit une impression terrible.

Personne n'interrogea, chacun en comprit la portée et la signification.

Un silence lugubre régna pendant quelques instants. Les citoyens de Venise étaient devenus des juges, et chacun d'eux pesait dans sa conscience un châtiment proportionné au crime qui venait d'attirer le déshonneur sur la République.

Le déshonneur!...

Ce mot était devenu une harpie qui oppressait et accablait toutes les poitrines. Ce mot était une morsure qui rongeait tous les cœurs, une rougeur de honte qui brûlait tous les fronts. Ce mot appelait la vengeance.

Le père, la tête baissée, était debout devant les dignitaires. Des pleurs et des gémissements se faisaient entendre dans le groupe des femmes.

La sentence ne se fit pas longtemps attendre. Chacun la formula dans sa conscience, et si, en ce moment, on avait recueilli les voix et qu'on les eût inscrites sur de petits billets, chaque billet aurait porté la même inscription :

« Pour le déshonneur, la vengeance!...
sur elle et sur son séducteur!... »

Sur elle?... — Oui. Le sentiment de dignité offensée était si puissant, que son propre père n'eût pas hésité de porter lui-
même la coupable au bûcher et de la jeter
dans les flammes. Quel devait être le sentiment des autres?

La jeunesse vénitienne bouillonnait d'indignation. Contre qui?

Contre le séducteur.

Qui était-il?

Cette question n'embarrassait personne.
Venise était célèbre parce que rien ne pouvait s'y cacher. Le secret n'existait pas pour
les membres du gouvernement. Le doge fit
un signe à l'un des hauts fonctionnaires et
lui dit quelques mots à l'oreille. Et quoiqu'il eût parlé à voix basse, tout le monde
avait entendu. On savait de quoi il s'agissait
et chacun voyait déjà sous les voûtes souter-
raines du palais des doges deux personnes
qui devaient payer de leur vie l'outrage fait
à la République; deux personnes : *elle* et
*lui*.

Qui était-il donc, lui?

Peu importe! disait-on; son nom sera connu avant le point du jour. Ce n'est pas à Venise qu'un tel secret peut demeurer caché.

Le doge avait fini de parler au fonctionnaire, et il allait élever la voix pour adresser au père affligé quelques mots de consolation, quand une sourde détonation frappa tout à coup les oreilles de l'assemblée.

Tous les cous se tendirent, toutes les bouches s'entr'ouvrirent; chacun fut comme pétrifié vivant.

— Que signifie cette détonation?... Est-ce le tonnerre?... Est-ce un coup de canon?...

La détonation retentit une seconde et une troisième fois. La partie principale de l'énigme était expliquée. Ce n'était pas le tonnerre, mais c'étaient des coups de canon qui se laissaient reconnaître distinctement. Ils avaient retenti dans le port, à l'entrée duquel s'élèvent deux forteresses qui défendent l'accès de Venise du côté de la mer. Mais la seconde partie de l'énigme restait inexpliquée.

— Que signifient ces coups de canon?

— Ce qu'ils signifient!... Ha, ha, ha!...

Un rire éclatant, empreint de mépris, retentit dans la salle.

— Si l'un des trois boulets envoyés par la
sentinelle qui veille à l'entrée du port n'est
pas arrivé à son but, c'est en vain, seigneurs
et chevaliers, que vous chercheriez à Venise
la signorita Annunziata et son séducteur...
Ils n'y sont plus, hélas!...

Celui qui parlait ainsi était Rabata. Tandis
que le doge parlait à l'oreille du fonctionnaire, il avait échangé quelques mots avec
un étranger qui était entré sans être aperçu
et qui s'était arrêté derrière lui.

Tous les yeux se dirigèrent sur Rabata.
Tous les regards exprimaient la même
chose :

— Continue.

Rabata continuait :

— Ils ne sont plus à Venise... Nobles
dames et illustres seigneurs, je vais raconter
ce qui s'est passé, et mon récit pourra servir à quelque *trovatore* errant de sujet pour
une romance...

... Un seigneur au cœur noble et généreux
avait recueilli, il y a quelques années, un
étranger sans nom, sans famille, sans patrie,
sans passé et sans avenir... C'était un enfant
né d'une manière contraire à la nature, sans

mère, comme Minerve, qui sortit tout armée de la tête de Jupiter... Lui aussi, il avait
une armure... Il était protégé par un bouclier de souffrances qui s'entrelaçaient
comme les serpents sur la tête de Méduse...
Il avait au côté un carquois dans lequel
s'entrechoquaient les flèches de l'illusion...
C'est avec cette armure que l'enfant arriva
à Venise... Les uns se détournaient de lui
avec mépris, d'autres lui jetaient l'aumône
de la pitié, d'autres lui montraient de la
compassion... Ces derniers étaient rares, et
dans leur nombre se trouva ce seigneur au
cœur généreux...

... Et ce seigneur avait une fille unique...

... Nobles dames et illustres seigneurs !
vous devinez le reste... Ni le père ni la
mère ne virent le danger qui devait résulter
de leur compassion...

Le seigneur Grimani, qui, les yeux baissés,
jetait par dessous des regards farouches sur
Rabata, releva subitement la tête et jeta
avec violence les mots :

— Ce n'est pas vrai !...

— Signor — répondit Rabata avec un
sourire qui masquait son irritation — on ne

peut retrancher de mes paroles, de même qu'aux paroles du *Pater*, ni un mot, ni même une virgule.

— Cet étranger a quitté Venise depuis plusieurs années... — interrompit le père. — Annunziata était encore une enfant, et il était déjà dans la force de l'âge... Je voyais sa compassion pour lui... Mais il a quitté Venise...

— Et il s'est rendu à Rome... — continua Rabata. — Il a été à Rome ; je l'ai vu revenir à Venise et j'ai tâché de l'arrêter en route... Hélas ! je n'y ai pas réussi...

Il prononça ces mots en hésitant.

—Je n'ai pu l'empêcher... Il est revenu...

— Quand?... — demanda l'un des dignitaires qui entouraient le doge.

— Ce matin, il n'y était pas encore... Il n'y était pas encore à midi... Il est donc revenu il n'y a qu'un instant.

Cette supposition parut invraisemblable aux assistants. Comment un homme, absent depuis plusieurs années, aurait-il pu, dans une telle foule, et à la clarté de mille lumières, arriver jusqu'à la signorita, s'entendre avec elle et l'enlever sans être aperçu de personne ? C'était une impossibilité matérielle.

Rabata vit que ces mots avaient fait naître le doute. Il reprit donc :

— Ce que je raconte n'est pas pour les hommes d'Etat, ni pour les chevaliers, mais pour les troubadours errants... Moi aussi je voudrais ne pas y croire, mais je dois croire à ce que je n'ai pas perdu de vue du commencement à la fin. La signorita se mirait dans le bouclier de l'étranger, comme dans un miroir ; elle prenait les flèches de son carquois et elle se les enfonçait elle-même dans le cœur... Elle l'aimait malgré le temps, malgré la distance... Un tel amour est beau, héroïque, sublime, pareil à l'amour d'Eléonore pour le Tasse, mais fort peu commode dans les affaires d'Etat ; aussi avais-je l'œil sur lui. On peut donc m'en croire lorsque j'affirme que l'objet de cet amour n'était pas à Venise aujourd'hui, à midi. Et quand le palais Grimani s'illumina de mille lumières, que des milliers de nobles invités en montaient les degrés, une femme voilée sortit par une porte de derrière... Elle sortit et s'ap-

procha d'un homme qui l'attendait... Il
portait un costume étranger. Une conversation courte et animée s'engagea entre cette
femme et cet homme. La première semblait insister, l'autre s'opposait à quelque
chose. Un ton de querelle régnait dans
cette conversation... Mais cela dura peu de
temps... La femme passa son bras au bras
de l'étranger, et ils partirent... Peu après on
vit sur le canal un bateau, qui contenait la
femme voilée, un moine couvert de son capuchon et l'étranger, dans lequel on reconnut
l'exilé recueilli autrefois par le signor Gri-
maldi... L'étranger ramait... Il glissa avec
une adresse digne d'admiration entre des
centaines de gondoles, sous le palais illu-
miné *al giorno*, et... nous avons entendu
les coups de canon... Si aucun des trois
boulets n'a atteint le bateau, les fugitifs
sont déjà en pleine mer.

Ces mots produisirent l'effet d'une pierre
jetée dans un nid de guêpes. Ils soulevèrent un bourdonnement confus. Le bruit des
conversations s'éleva tout à coup, marqué
au sceau d'une indignation universelle;
mais, comme un motif musical dans l'en-

semble d'un orchestre, un seul cri dominait
tout ce tumulte :

— En mer !... en mer !...

Ce cri retentit pendant quelques instants,
et aussitôt toute la jeunesse vénitienne se
précipita en masse sur l'escalier du palais.
Ils couraient, ils se hâtaient, ils se devan-
çaient les uns les autres, et ils se réunirent
en foule au bas de l'escalier, sous l'arc de
triomphe de l'hymen. Des appels impérieux
s'élevèrent de tous côtés :

— La gondole Orseolo !... La gondole
Morosini !... La gondole Pisani !... La gondole Tiepolo !..., etc.

Ils sautaient l'un après l'autre dans leurs
bateaux. Les gondoles s'éloignaient rapidement de la rive et disparaissaient dans les
ténèbres.....

## X. — EN MER.

Chaque chose a deux aspects : celui de la
forme et celui du fond, l'extérieur et l'in-
time. Il existe quelquefois entre ces deux

aspects des choses une discordance que l'on
n'aperçoit pas au premier abord; parfois
aussi, il y a entre eux une harmonie que
l'on ne perçoit pas immédiatement; il peut
encore arriver que les hommes par une illusion fréquente voient ce qui n'est pas, ou ne
voient pas ce qui est. Cela dépend précisément du rapport qui existe entre la forme
et le fond des choses, ainsi que de la manière dont ce rapport est perçu. Cette remarque a surtout de l'importance pour les
questions dans lesquelles les personnes mêmes sont directement intéressées. Ainsi en
était-il, par exemple, de la question où Rabata jouait le rôle d'un des principaux ac-
teurs.

Rabata présenta la question par son côté
extérieur, par celui de la forme. Il pouvait
donc se tromper. S'était-il trompé en effet?

Les hommes d'Etat, les hauts dignitaires
se posèrent cette question ; ils se la posèrent
et ils en remirent la réponse au lendemain.
La gravité de leurs fonctions les y obligeait.
Ils ne se hâtaient pas.

Mais, en revanche, la jeunesse se hâtait,
et cela parce qu'elle sentait dans les paroles

de Rabata l'accent de la vérité. Son récit
ne touchait qu'à la forme il est vrai ; mais il
avait en soi quelque chose qui en garantis-
sait l'exactitude.

En effet, tout s'était passé exactement
comme Rabata l'avait raconté, et comme le
lui avait glissé à l'oreille quelqu'un qui surveillait le palais.

Tandis que les invités arrivaient en foule,
et que tous les gens du palais s'occupaient
d'eux exclusivement, une femme voilée s'é-
tait glissée dehors par une petite porte de
derrière. C'était la signorita Annunziata
Grimani. Elle se glissa dehors, fit rapidement quelques pas et s'arrêta tout à coup
devant l'homme qui, semblable à une caria-
tide, se tenait serré contre le mur.

— Vous partez?... — fut la question qu'elle
leur adressa.

— A l'instant. Le bateau est prêt... — fut
la réponse.

— A combien ?

— A deux.

— A trois... — reprit la signorita.

— C'est que... non... — dit l'étranger en
hésitant.

— A trois... — interrompit la signorita
d'une voix suppliante.

— Cela ne se peut pas!.. — fit l'étranger
en élevant la voix. — Je suis prêt à donner
ma vie pour toi ; mais... prendre ta vie sous
ma responsabilité et la livrer aux caprices
du hasard, à la volonté des vents!... non !...

— Alors, tu aimes mieux la jeter sur la
pointe d'un poignard!...—répliqua la signorita avec force. Puis elle ajouta:—Cela vaut
peut-être mieux pour moi, mon bien-aimé,
et peut-être aussi pour toi, si tu m'aimes...

Et sa voix devint douce, mélodieuse,
pénétrante.

— Il vaut mieux nous livrer aux caprices
du hasard, qu'à la certitude à laquelle je
n'échapperai pas, car, je le jure par ce que
j'ai de plus sacré, si tu pars sans moi, je ne
rentrerai que morte dans ce palais.

L'étranger soupira et baissa la tête...

— Il n'y a pas de temps pour réfléchir...
Dans un instant, on s'apercevra de mon
absence... Il fait si clair, là-bas !...

Du doigt, elle montra le palais.

— Mon bien-aimé !.. mon Djordji !..
rends-moi... la vie.

Ils partirent.

Elle glissa sa main sous le bras de Djordji et ils continuèrent leur chemin. Ils traversèrent quelques ruelles étroites, quelques impasses obscures, ils passèrent un pont et s'arrêtèrent au bord d'un bassin couvert de bateaux attachés au rivage; la lueur d'une lanterne brillait à l'un d'eux; un moine se tenait auprès. Il se dirigea vers la lanterne et, s'en étant approché, il appela:

— Veilles-tu?

— Je veille...— répondit une voix du fond de la barque.

En même temps un homme se leva et sauta sur le bord.

— Tout est prêt?

— Tout... vos paquets, mon père, et l'armure de Djordji, et le mât, la voile, et des provisions pour trois jours.

Il parlait ainsi, et Annunziata, suspendue au bras de Djordji, lui murmurait à l'oreille:

— Je suis à toi... pour toujours... pour la vie et pour la mort... mon fiancé. Je t'ai attiré pour me joindre à toi. Tu ne t'y attendais pas lorsque je t'ai dit: viens; lorsque je t'ai conjuré de ne pas partir sans me voir. Tu ne t'attendais pas à avoir une compagne de voyage. Mais cela ne fait rien. Je suis légère, je ne pèserai pas au bateau; nous partirons; nous voguerons... mon adoré!

L'homme qui avait répondu au moine, jetant un coup d'œil sur Djordji et sur Annunziata, s'écria tout à coup :

— Que vois-je?... Un troisième?...

— Silence!...

— Ce troisième part-il avec vous?

— Oui, il part.

Le moine fit entendre une sorte de gémissement.

— Mon père, je l'aime... — dit enfin l'étranger en se tournant vers le moine, qui se tenait près du bassin, en attendant Djordji.

Le moine allait répondre. Mais la signorita ne le laissa pas commencer.

— Le temps presse... Je veux vivre... pour toi... mon amour... Le temps presse... nous partons à trois. Allons.

— Mais, au nom du ciel! pourquoi ne pas m'avoir averti d'avance?...— dit le batelier.

— Et qu'est-ce que cela peut te faire?

— Les provisions de deux personnes pour

trois jours ne servent que deux jours à trois
personnes. Et si le vent n'est pas bon, vous
aurez de l'embarras.

— Espérons en Dieu... — répondit le
moine.

— Et dans la sainte Vierge... — ajouta
l'homme. — Qu'elle vous prenne donc sous
sa protection.

Djordji et Annunziata étaient déjà dans le
bateau. Le moine y entra après eux et s'assit avec précaution. La barque, violemment
repoussée du rivage, courut jusqu'au milieu du bassin; mais, arrivée là, elle tourna
sur elle-même et glissa sur les flots, silencieuse, rapide, légère, comme entraînée par
des dauphins. Elle passa du bassin à un canal ombragé par les maisons qui s'élevaient
sur ses bords. Elle avança quelque temps
dans l'obscurité, et soudain elle arriva à la
lumière, au bruit, à la mélodie des harpes,
à la splendeur du monde ; elle se baigna
dans les rayons; elle fut un instant dorée
par les feux de joie, comme la barque de
Sorrente; elle glissa comme un serpent
parmi les gondoles surmontées de balda-
quins bigarrés ; elle s'enfonça une seconde

fois dans les ténèbres, et reparut de nouveau
à la lumière, mais à la pâle lumière de la
lune qui se mirait dans les eaux du Porto di
Lido, et dessinait sur l'azur du ciel les murailles dentelées des forteresses de Saint-
André et de Saint-Nicolas.

Le moine était à l'avant et, le capuchon rabattu sur les yeux, il récitait à voix basse
ses prières. Annunziata était assise au milieu ;
elle avait rejeté son voile et fixait des yeux
pleins d'admiration sur Djordji, qui ramait.
Et il pouvait exciter l'admiration ! Il était
légèrement incliné ; à tout moment, il étendait les bras, et les retirait en arrière ; à tout
moment, les rames apparaissaient au-dessus
de l'eau, puis elles s'y replongeaient sans
bruit ; et chaque fois qu'elles y plongeaient,
le bateau, semblait-il, allait s'élancer en
l'air, telle était la puissance de chaque coup
de rames, bien que le moindre effort ne fût
pas visible dans la personne du rameur. Il
était assis sur la banquette avec aisance, il
avait appuyé ses pieds contre la barre trans-
versale, et il ramait, dépassant les vaisseaux
à l'ancre.

Il ramait en gardant le silence. Il n'avait

pas encore dit un mot depuis le départ. Tout à coup, il prononça à voix basse :

— Mon père, baisse-toi !... — Annunziata, baisse-toi !... Cachez-vous au fond du bateau !

C'était à l'endroit où apparurent tout à coup, à droite et à gauche, les murailles des deux forteresses qui gardaient l'entrée du port. Le moine et Annunziata se glissèrent au fond, et au même instant des voix impérieuses s'élevèrent sur le rivage :

— Arrête !... arrête !... aborde !...

Ces appels retentirent pendant quelques instants et ils furent suivis de bruits singuliers, — quelque chose sonna comme un cliquetis ; un choc se produisit plusieurs fois répété ; — quelque chose grinça sous le bateau ; immédiatement après, il y eut un éclair suivi d'une détonation qui ébranla la barque.

Le moine s'écria :

— Jésus, sauvez-nous !

Annunziata s'écria :

— *Santa Madonna!...*

Ces cris résonnaient encore, qu'un nouvel éclair brilla et qu'une nouvelle détonation retentit.

C'étaient les canons établis dans les batteries des forts. Chaque détonation était accompagnée d'un sifflement aigu. Cela se répéta trois fois. Chaque fois, l'ébranlement de l'air fit tressaillir le bateau, et l'ébranlement était d'autant plus violent que les batteries étaient très rapprochées; le bateau se trouva enveloppé dans les tourbillons de fumée qui s'échappaient de la gueule des canons.

Mais il ne s'arrêta pas un seul instant dans sa course. Il avançait de plus en plus vite, comme poussé par une force invincible. Il glissait comme un cygne, sans bruit et sans vacillement. A tout moment les rames venaient reluire des deux côtés du bateau, et à tout moment elles donnaient à sa course un nouvel élan qui semblait le rendre ailé. Il avançait. Chaque instant l'éloignait des murailles blanches, et chaque nouvel élan découvrait devant lui une étendue de mer de plus en plus vaste, étincelant d'un éclat métallique, et réflétant dans son sein la lune, et au delà, à une profondeur insondable, le ciel et les étoiles. Les murailles diminuaient à la vue; elles disparurent enfin tout à fait, elles se perdirent dans les ténèbres lointaines, et la barque se trouva comme suspendue entre le ciel, la terre et les étoiles qui étaient au-dessus d'elle, et ce ciel, cette lune et ces étoiles qui étaient au-dessous.

— Allons... — dit le moine en rejetant son capuchon. — Loué soit le Dieu d'Israël qui nous a guidés sains et saufs à travers tous ces périls. Grâces te soient rendues, Seigneur!

— Amen... — répondit le rameur, en ramant toujours.

— S'ils envoient quelqu'un à notre poursuite, on ne pourra plus nous atteindre.

— A moins qu'il n'y ait, parmi les poursuivants, la barque du signor Tiepolo; on la dit construite en planches ensorcelées.

— Cela n'est pas à craindre. Pour quelle raison les patriciens de Venise enverraient-ils à notre poursuite leurs plus agiles bateaux?

Le rameur ne répondit rien, mais il se pencha vers le milieu du bateau et fixa les yeux sur la place occupée par la signorita.

Annunziata était étendue sans mouvement.

Elle avait les yeux fermés ; son visage pâle brillait de la blancheur de la mort, sous les rayons argentés de la lune.

Djordji laissa échapper les rames qui, attachées à leurs crochets, plongèrent dans l'eau des deux côtés de la barque. Il s'élança, se baissa, et se redressa aussitôt avec la signorita dans les bras.

— Mon adorée !... — s'écria-t-il, — Annunziata !

La jeune fille ne répondit pas. Son corps inanimé reposait dans les bras de son fiancé, ses membres retombaient inertes, sa tête était affaissée, ses cheveux noirs descendaient jusqu'à terre.

— Annunziata !

Il tourna son visage vers la lune ; il la regarda pendant un instant, et il se mit à genoux près d'elle au fond du bateau.

— Mon père, qu'est-il arrivé ?

— Elle s'est évanouie... — répondit le Père Cyprien, qui, à la première frayeur montrée par Djordji, s'était activement porté au secours de la signorita. — Le pouls bat... le sang circule ; il faut lui dégager la respiration, lui jeter de l'eau à la figure.

Il lui mouilla le visage, tandis que Djordji la pressait contre sa poitrine, la réchauffait, l'entourait de soins comme une tendre mère et lui adressait les plus douces paroles :

— Ma chérie... mon adorée... mon ange... ouvre les yeux... regarde... c'est moi... tu es avec moi... nous voguons ensemble...

Après un long intervalle, elle soupira profondément, ouvrit les yeux et tressaillit effrayée. Elle glissa hors des bras de Djordji. Sont attitude était celle d'une personne réveillée en sursaut.

— Qu'est-ce que c'est?... où suis-je ?... — furent les premiers mots qu'elle prononça.

— Tu es avec moi... Nous sommes en mer.

— Ah!... ah!... en mer?... avec toi?...

Un sourire charmant illumina ses lèvres.

— Et il me semblait...

Et elle regardait autour d'elle.

— Que te semblait-il?... — demandait Djordji.

— Est-ce que je sais !... Un calme étrange s'était emparé de moi... un profond oubli, précédé du fracas que ferait le monde en

s'écroulant... Je me rappelle... Je regardais
ton visage, je le regardais, et tout à coup...il
est arrivé quelque chose... Qu'est-il arrivé?

Djordji lui tenait les mains, la regardait
dans les yeux et souriait.

— Qu'est-il arrivé ?... — répéta-t-elle.

— Tu t'es évanouie, signorita... — répondit le moine. — La forteresse de Saint-Nicolas a jugé nécessaire de nous envoyer
trois boulets. Elle l'a fait avec beaucoup de
bruit et de fracas, et il t'a semblé que le
monde s'écroulait. Ce n'est pas étonnant,
car j'ai presque cru la même chose, surtout
au moment où le bateau a tressailli et où la
fumée nous a enveloppés. Il m'a semblé
que nous coulions et que l'abîme humide
s'ouvrait sous nos pieds.

Tandis qu'on ranimait la signorita, les
rames abandonnées pendaient des deux côtés et le bateau se balançait sur les vagues
qui, poussées par un vent léger, se soule-
vaient et s'abaissaient insensiblement. Et
cela avait pris beaucoup de temps — une
heure, peut-être plus — un temps très précieux pour nos fugitifs, à la poursuite desquels s'était élancée toute la fleur de la

jeunesse vénitienne, toute l'élite des marins de Venise.

La fleur de la jeunesse et l'élite des marins : c'étaient, à cette époque, des synonymes à Venise.

Chaque moment perdu était donc terrible pour nos fugitifs. Il s'était écoulé tant de temps à ranimer la jeune fille évanouie!... Et quand on l'eut ranimée, la signorita parlait, Djordji écoutait — ses paroles étaient pour lui le chant de la syrène, il écoutait, il s'oubliait, — et la barque, qui aurait dû déployer sa voile et profiter du souffle du vent, la barque se balançait sur les flots.

Et elle se serait balancée ainsi, sinon jusqu'à la fin du monde, du moins jusqu'à l'aube, n'était le père Cyprien, auquel l'entretien de nos amoureux était indifférent, et qui s'impatientait même :

—Pst!... silence!... écoutez!... — s'écriat-il.

La conversation entre Djordji, et la signorita s'interrompit tout à coup. Dans le silence qui suivit, on put entendre, à peu de distance, des bruits pareils au clapotement des rames, unis à des appels humains, qui se fondirent tout à coup en un cri poussé en chœur :

— Un bateau à la mer !...Ce sont eux !...

En laissant courir l'œil sur la surface de l'eau, on pouvait apercevoir un grand nombre de barques de toutes formes et de toutes grandeurs, qui avançaient à la clarté de la lune et embrassaient le bateau dans un large demi-cercle.

— Jésus , sauve-nous !... — s'écria le moine avec terreur.

Annunziata se glissa machinalement au fond.

Djordji tourna la tête, fronça les sourcils, s'élança, et tandis que les cris s'élevaient de plus en plus forts et de plus en plus rapprochés, il déposa les rames, fixa le mât, déploya la voile, mit le gouvernail, découvrit la lanterne auprès de laquelle était suspendue une grossière boussole, s'assit à son ancienne place, et aussitôt le bateau se roidit, se redressa et prit son vol. Il s'inclina un peu sur le côté. La proue, recourbée en cou de cygne, fendait les vagues qui clapotoient en venant rejaillir sur les côtés ; un sillon phosphorescent marquait le chemin où il avait passé. Le vent enflait la voile. Le bateau volait.

Le mât et la voile le firent apparaître aux yeux de tous les poursuivants. Un cri de triomphe s'éleva sur toute la ligne.

— Les voilà !... les voilà !... nous les te-nons !...

Mais ce triomphe était prématuré. Les fugitifs, ayant pour eux le vent et sous eux un bateau construit de façon à fendre les vagues comme un couteau, avaient sur ceux qui les poursuivaient l'avantage de la vitesse; et cet avantage, décuplé par l'habileté de Djordji, leur rendait possible d'échapper au terrible péril qui les avait menacés d'une manière soudaine et inattendue. Toutefois leur salut dépendait d'une condition : il fallait que, parmi les bateaux lancés à leur poursuite, il n'y en eût point de plus rapide que le leur.

Cette condition fut d'abord une énigme; mais l'énigme fut bientôt résolue. Djordi, assis au gouvernail, regardait à tout moment en arrière; la ligne des poursuivants, qui ressemblait d'abord à une rangée de cygnes nageant l'un à côté de l'autre, s'éclaircissait sensiblement, se brisait et présentait de plus en plus des points qui disparaissaient dans les ténèbres. Ces points augmentaient en nombre, et à tout moment quelques barques se détachaient de la ligne, Les cris se perdaient dans le lointain. Il arriva un moment où Djordji put compter les bateaux visibles encore aux rayons de la lune. Il en compta d'abord six.

— Six... — se dit-il à soi-même.

Annunziata, encouragée par ce mot, demanda à demi-voix, d'un ton où perçait la crainte :

— Eh bien, mon Djordji ?...

— Nous voguons, ma bien-aimée...

— Nous voguons... oh !... mais, j'ai peur...

— Ne crains rien... Sois tranquille... Il y a un instant, nous en avions une centaine derrière nous, et maintenant nous n'en avons plus que...

Il se retourna et compta.

— Plus que... quatre...

Le moine priait à voix basse.

— Nous voguons... — répéta la signorita

tranquillisée. — C'est si doux de voguer
avec toi !

— Annunziata !... — dit Djordji avec un
accent où l'on sentait que ce seul mot le
pénétrait de bonheur.

— Voguons... voguons...

Le vent enflait la voile. Le bateau volait.
Les vagues écumaient et jaillissaient.

Djordji se retourna, puis il arrêta son regard sur la jeune fille, qui, tout à fait tranquillisée, s'était appuyée sur le bord de la
barque et regardait les étoiles. Elle regardait les étoiles ; Djordji la contemplait, et ne
pouvait en détacher ses yeux. Elle était
admirable. Négligemment étendue et dra-
pée dans les plis légers de ses vêtements de
fête, elle apparaissait comme le génie de
la mer. Il semblait qu'elle donnait des ailes
au bateau. Il semblait que le bateau ne fît
que poser sur les vagues, et que d'un moment
à l'autre le même vent qui enflait sa voile
allait l'enlever légèrement, l'emporter au-
dessus de la surface de l'eau, puis le faire
monter de plus en plus haut, et le déposer
enfin sur les vagues du brouillard de la nuit,
au-dessus du monde endormi, comme une

apparition fantastique argentée par la lumière de la lune et les rayons des étoiles.

C'était une illusion, mais une illusion voisine de la vérité. Djordji, penché en avant, et absorbé dans la contemplation de sa fiancée, avait le sentiment d'être emporté dans les airs avec une rapidité qui lui coupait la respiration. C'est que jamais il n'avait vu Annunziata si belle et si éblouissante.

Jamais Djordji ne l'avait vue si belle. Il ne pouvait assez l'admirer, et il ne put réprimer son admiration.

— Annunziata... — dit-il, — tu as fait de moi le plus heureux des hommes.

Ce simple aveu réveilla Annunziata de sa rêverie. Elle attacha ses yeux sur ses yeux, et lui sourit d'un sourire ineffable.

— Tu as fait de moi le plus heureux des hommes... — répéta Djordji en accentuant ses mots.

— Et tu ne voulais pas me prendre avec toi... — répondit Annunziata d'un ton de reproche.

— Je ne voulais pas... Je ne pensais pas à mon bonheur, mais au tien... Je ne vou-

lais pas t'arracher, enfant, à ton berceau
doré, à tes sentiers tapissés de velours, et
t'emmener sur le chemin rude et épineux de
ma vie.

— Un berceau doré?... des sentiers tapissés de velours? — interrompit Annunziata
en imitant ses paroles. — Est-ce à toi de
chercher le bonheur dans l'or et dans le velours?

— Je ne l'y ai jamais cherché pour moi,
répliqua Djordji vivement.

— Pourquoi le cherches-tu donc pour
moi?... Est-ce que l'amour ne nous a pas
confondus en un?... Oh! je le sais... tu ne
croyais pas à mon amour. Te souviens-tu?
lorsque tu t'en allais à Rome, lorsque je
m'attachais à tes mains, ce que tu m'as répondu? Te souviens-tu?..: Tu m'as appelée une enfant, tu as dit que j'oublierais,
que j'aurais honte de mes sentiments, que
tu n'étais pas fait pour moi..: Eh bien!...
ai-je oublié? suis-je honteuse? n'es-tu pas à
moi? Oh! mon bien-aimé, tu me jugeais
mal, tu me regardais comme une poupée
dorée, sans savoir que tout l'or amassé pour
moi dans le trésor de mon père, que tout le

velours tendu dans le palais des Grimani,
que je donnerais tout cela pour être auprès
de toi comme en ce moment, et pour plon-
ger mes regards dans tes yeux. Tu n'es pas
seul à être le plus heureux des hommes. Oh!
moi aussi, je suis heureuse!

Djordji ne disait rien. Il ne pouvait trouver de mots pour répondre à Annunziata,
pour lui peindre l'état de son âme. Lui,
arrivé à l'âge d'homme, lui, un proscrit
éprouvé à l'école des plus rudes épreuves,
il voulait pleurer comme un enfant, il
voulait tomber à genoux et remercier Dieu,
et crier à la face du monde entier :

— Je n'ai plus besoin de rien !... il ne me
faut plus rien !...

Il se tut pourtant. Il ne croyait pas possible de confier à des mots le sentiment
dont son cœur était plein. Il lui semblait
que ce serait un sacrilège.

Il se taisait donc et contemplait la signorita.

Le moine priait à voix basse. Le vent
enflait la voile, les vagues rejaillissaient, le
bateau volait.

Djordji ne se retournait plus. Il ne voyait

pas que de toutes les barques lancées sur
ses traces, il n'en restait plus qu'une seule,
mais que celle-ci, au lieu de s'effacer dans
le lointain, dessinait ses contours de plus en
plus distinctement sur le fond sombre de la
nuit.

## XI. — Une bénédiction nuptiale.

Le temps et le monde n'existent pas pour
les amoureux.

Djordji ne voyait qu'Annunziata en ce
moment, elle était tout pour lui. Il avançait
parce que la barque le portait, parce qu'il
tenait machinalement le gouvernail, parce
qu'un ciel favorable ne changeait pas la direction du vent ; mais certainement il n'aurait su répondre, si quelqu'un lui avait demandé inopinément où il allait et depuis
combien de temps il était en route ; c'est-
à-dire, si on lui avait adressé une question
à laquelle tout navigateur doit savoir répondre, puisque le succès du voyage dépend
de cette question.

Mais que lui importait le succès du voyage!
Tout son succès, tout son bonheur était dans
la contemplation qui l'absorbait. C'est pourquoi il ne regardait la boussole que distrai-
tement, et ne se retournait plus du tout. Il
en résulta dans la direction que devait suivre le bateau une certaine inexactitude qui
réagit sur sa vitesse, et dont profita celui qui
les poursuivait. La distance entre les deux
barques diminuait visiblement ; les contours gracieux de la seconde se dessinaient
de plus en plus ; on entrevoyait même du
bateau de Djordji, les couleurs dont elle
était peinte, notamment les dorures de la
proue et des flancs ; sa voile était fortement
enflée. Un pavillon flottait au haut du mât.
Elle glissait sur les flots, silencieuse comme
un fantôme ; elle approchait à toute vitesse.

Le père Cyprien sommeillait, le capuchon
rabattu sur les yeux. Djordji et Annunziata
se regardaient. Aucun d'eux ne voyait le
bateau qui arrivait droit sur le leur et qui
pouvait le faire chavirer. C'était même, à ce
qu'il paraît, l'intention des marins qui le dirigeaient, et qui étaient au nombre de deux.

L'un était assis au gouvernail, l'autre se tenait debout au milieu.

Le premier paraissait être, à son extérieur,
un matelot, ou plutôt un gondolier au service d'un grand seigneur.

Le second, celui qui était au milieu, avait
l'apparence et le costume d'un grand seigneur.

Celui-ci avait l'aspect d'un guerrier au
bras vigoureux. Son attitude respirait l'audace unie à une fierté chevaleresque. Une
demi-cuirasse lui couvrait la poitrine, un
casque brillant et empanaché lui protégeait
la tête. Il tenait dans sa main droite une
épée en forme de glaive, longue, pesante,
tranchante des deux côtés, et dans sa main
gauche une hache, l'arme du marin. Il s'é-
tait appuyé sur son épée comme sur un
bâton. Dans cette attitude, il avait l'apparence du dieu des combats, se rendant à
quelque expédition guerrière. La voile le
couvrait à demi, les rayons de la lune se brisaient sur le casque et sur la cuirasse, le
panache jetait son ombre sur le visage et
donnait à ce guerrier, balancé sur les flots

par le mouvement de la barque, une expres
sion de menace et de défi.

Nos fugitifs ne virent rien de tout cela,
jusqu'au moment où il ne fut plus possible
de ne pas le voir.

Le bateau du chevalier manœuvrait de
manière à prendre de flanc le bateau de
Djordji et à le couler. Mais il n'atteignit
pas son but, pour des motifs que nous ne
saurions expliquer. Peut-être le vent lui fit-
il défaut, peut-être la manœuvre était-elle
mal calculée. En pareille occurrence, une
déviation presque insensible change l'affaire
du tout au tout. Quelque chose de pareil
avait dû avoir lieu, car le bateau du Vénitien frappa obliquement celui de Djordji et,
au lieu de le renverser, il ne fit que l'ébran-
ler avec violence et le pousser en avant.

Annunziata poussa un cri; le moine rejeta
son capuchon ; Djordji se retourna.

La secousse eut pour résultat de repousser
les deux bateaux à une si grande distance l'un
de l'autre, qu'il était impossible de la franchir d'un bond. C'était là un hasard, mais
un de ces hasards qui arrivent souvent.
Grâce à des hasards de ce genre des milliers

de soldats sortent sains et saufs des combats les plus sanglants. Les boulets les dépassent, le fer les épargne,... pourquoi? — Ceux qui les visaient ont dévié de l'épaisseur d'une ligne, et cela a suffi! C'est sans doute aussi d'une ligne qu'avait dévié le pilote, et le choc qui devait enfoncer le bateau de Djordji avait eu pour effet de le pousser violemment au loin.

La secousse fut rude. Djordji se retourna, et les mots suivants frappèrent son oreille :

— Tu ne m'échapperas pas, Uscoque! Je ne te lâcherai pas, brigand! Tu ne te sauveras plus!...

Djordji poussa le gouvernail, rejeta légèrement son bateau de côté et dit tranquillement au moine :

— Assieds-toi à ma place, mon père, prends le gouvernail et dirige-le comme je te le dirai.

Un moment après, le père Cyprien était assis à la place de Djordji, et Djordji s'arma. Il revêtit la cotte-de-mailles, mit sur sa tête, un casque à visière et prit en main une épée semblable à celle du chevalier; ensuite, jetant l'œil sur la boussole, il donna au moine 'quelques indications sur la manière de diriger le gouvernail ; il rajusta encore le mât. Le bateau glissa sur les vagues avec une plus grande rapidité.

— Tu ne m'échapperas pas ! criait le guerrier, devinant l'intention de Djordji. Tu ne te soustrairas pas à ma main !

Et il menaça de l'épée.

— Tu as outragé la République, misérable reptile, mais tu le payeras de ta vie ! et toi, signorita, tu expieras derrière les murs d'un cloître ta coupable légèreté.

Djordji avait placé Annunziata à l'écart, à l'avant du bateau, derrière le mât. Aucun coup ne pouvait l'atteindre dans cet endroit, aucun coup d'épée, s'entend, car on ne pouvait la garantir sur l'espace restreint du bateau contre les paroles acérées qui déjà s'échangeaient. Les mots du guerrier la touchèrent. Elle se leva, mit la main gauche sur le mât et, étendant la main droite, elle répondit :

— Oh non !.. signor Andrea... tes menaces sont vaines.

— Ha, ha, ha ! *signorita!* Andrea Tiepolo ne jette pas ses paroles aux vents. On

me connaît sous ce rapport... Tu iras au
couvent, signorita... le voile de religieuse
couvrira ta honte... et tu rendras grâces à
Dieu de prendre ce voile comme signorita
Grimani, et non comme veuve d'un vagabond.

Les deux derniers mots furent prononcés
avec mépris.

— Signor Andrea ! s'écria Annunziata,
retourne à Venise...

Tiepolo fit un geste de mépris.

— Tu ne m'auras pas vivante... L'abîme
est sous nos pieds... J'y chercherai refuge
devant toi !

— Je connais l'abîme... Mon Pietro —
il montra des yeux le pilote — sait le son-
der jusqu'au fond ; tu t'y réfugierais donc en
vain. Demande plutôt à ton chevalier qui vit
d'aumônes. Qu'il s'en retourne, pour livrer
son cou à la potence et pour te rendre à
des parents déshonorés ! Demande-le-lui,
signorita Grimani... Demande-le, ordonne-
le ! Tu as encore le droit de donner des
ordres, avant que le serment nuptial n'ait
fait de toi l'esclave d'un mendiant.

Ces injures trouvaient Djorji insensible.

Elles semblaient ne pas le toucher; il les écoutait; il se tenait sur la défensive, le visage tourné du côté du guerrier vénitien, et de temps à autre il jetait au moine quelques mots:

— A droite... à gauche...

Djordji jetait des regards attentifs sur la boussole et sur le mât. Il manœuvrait de façon à retirer autant que possible l'avantage du vent et de l'éloignement au bateau qui le poursuivait. Et il gardait un tel sang-froid, qu'on l'aurait dit sourd et aveugle. Les mots « brigand, mendiant, vagabond, » glissaient sur lui comme le vent sur son armure.

Mais Annunziata n'était pas aussi indifférente. Chacun de ces mots la blessaient comme un coup de poignard. Elle comprit que le signor Tiepolo tenait avant tout à la ramener « signorita Grimani » à Venise. Elle comprit que c'était là son but, qu'il mettait son orgueil à atteindre ce but, et aussitôt elle sentit s'éveiller dans son âme le désir de l'en empêcher. Ce désir s'exprimait à peu près ainsi :

— Ha ! Tiepolo ne jette pas ses paroles au

vent. Ah! Tiepolo dit qu'il me ramènera à Venise *signorita* Grimani!

Elle aurait donné sa vie pour empêcher le chevalier de pouvoir tenir sa parole. Elle était femme.

Elle aurait donné sa vie pour autre chose encore, pour sauver son fiancé. Mais, à moins d'un miracle, cela lui semblait impossible. Tiepolo Andrea avait la réputation d'un *spadassin* accompli. Personne ne lui résistait dans les rencontres à main armée. Vainqueur dans les tournois, héros dans les batailles, on ne comptait plus les adversaires tués ou blessés de sa main. Du moment qu'elle le vit, elle considéra Djordji comme perdu, et elle prit aussitôt la ferme résolution de s'unir à lui par la mort. Mais lorsqu'elle comprit qu'elle pouvait en être empêchée, lorsqu'elle vit le but que Tiepolo mettait son honneur à atteindre, elle sentit naître dans son âme, avec la rapidité de l'éclair, le désir de ne pas laisser triompher, sur ce point au moins, celui qui venait détruire le bonheur dont elle était si sûre un instant auparavant.

Elle sentit croître ce désir. Pendant un

instant, elle fixa un regard égaré sur Tiepolo, qui brillait d'un éclat métallique
comme une statue de bronze ; elle semblait
chercher en lui une inspiration, et tout à
coup elle s'élança au milieu du bateau, à
côté de Djordji. Elle était souriante, presque
joyeuse.

— Mon père... — dit-elle en se tournant
vers le moine — tu as avec toi tes vêtements
sacerdotaux ?

— Djordji, dit-elle, tu n'as pas de répugnance à me prendre tout de suite pour
épouse ?

— Aucune loi canonique ne le défend. Le
mariage sera valide s'il a deux témoins... et
nous aurons deux témoins dans la personne...

Elle prononça les mots suivants avec une
joie ironique :

— Dans la personne du signor Andrea
Tiepolo et dans celle de son pilote !

En disant cela, elle défaisait elle-même
avec une hâte fiévreuse les paquets du
moine, déposés au fond du bateau, et elle
retira de l'un d'eux une étole qu'elle passa
au cou du père Cyprien.

Les bateaux avançaient parallèlement,

l'un à côté de l'autre, à une distance de dix pas tout au plus.

— Signor Andrea, et toi, Pietro, soyez témoins !

Tiepolo se pencha en avant. Il mesurait des yeux la distance, — il voulait s'élancer, mais il y avait impossibilité évidente. Son regard flamboyait d'une fureur impuissante. On entendait grincer ses dents.

— Mon Père, bénissez-nous... pour la vie qui sans doute sera courte, pour la mort qui nous unira pour l'éternité... Unissez ce qui ne sera pas désuni dans le ciel... Qu'il ne soit pas dit que la volonté d'Annunziata Grimani a été courbée par qui que ce soit, fût-ce par Andrea Tiepolo lui-même. On peut la briser, mais non la faire plier ! Bénissez-nous, mon Père... Unissez-nous les mains...

A ces mots, elle s'était agenouillée. Djordji se mit à genoux à côté d'elle. Ils se tenaient les mains ; le père Cyprien les recouvrit de l'étole, et, tenant le gouvernail de la main gauche, il éleva la droite au-dessus de leurs têtes inclinées.

Dans le silence solennel de la nuit, à la

lumière de la lune baissant à l'horizon, à la lueur des étoiles éparpillées sur la voûte céleste, sur un bateau balancé par les vagues, en présence d'un témoin armé de la vengeance de l'Etat, eut lieu la cérémonie du mariage, entre un Uscoque et la fille d'une des plus hautes familles patriciennes de Venise.

— Djordji, est-ce librement et sans contrainte que tu prends Annunziata pour épouse?

— Librement et sans contrainte ! — fut la réponse de Djordji.

— Annunziata, est-ce librement et sans contrainte que tu prends Djordji pour époux?

— Librement et sans contrainte ! — fut la réponse qu'Annunziata prononça à voix lente et distincte.

Le prêtre dicta ensuite la formule du serment sacramentel.

Le serment fut prononcé d'une manière si solennelle que le pilote de Tiepolo inclina involontairement la tête, et que Tiepolo lui-même l'aurait fait sans doute, s'il n'avait vu dans cette cérémonie un défi que lui jetait à la figure une femme coupable envers la République; s'il n'y avait vu une offense personnelle qui exposait sa fierté à une humiliation; enfin parce que la fureur l'aveuglait.

— *Benedico vos...* — dit le moine en levant la main.

Il prononça la bénédiction nuptiale et fit le signe de la croix sur la tête des nouveaux mariés.

— Et maintenant, tu es mon époux!... — s'écria Annunziata, d'une voix empreinte d'amour.

Elle se serra contre lui et l'embrassa.

— Tu es à moi!...

— Tu es à moi!...

— Pour toujours...

— Pour toujours...

Entourant d'un bras le cou de son mari, elle se retourna à demi vers Tiepolo :

— Vois-tu, chevalier Andrea? Vois-tu mon bonheur?... Si, au lieu d'un orgueil sans bornes, tu avais dans l'âme une goutte de générosité, ou du moins, de pitié, tu n'arracherais pas le bonheur à la femme d'un Uscoque...

Et elle ajouta d'une voix suppliante :

— Retourne à Venise et laisse-nous tran-
quilles.

Et elle répéta encore :

— Retourne... Je ne vous servirai plus à
rien... Tu as été témoin... J'ai jeté sous mes
pieds le nom de Grimani... je l'ai foulé...
La femme suit son mari... Je ne suis plus
Vénitienne ! Si tu ne me laisses pas chercher refuge dans l'abîme de la mer, tu ra-
mèneras à Venise, non plus une Vénitienne,
non plus la signorita Grimani, mais l'épouse
d'un Uscoque, d'un brigand, d'un vagabond,
d'un mendiant ! Noble seigneur ! chevalier!
irais-tu tirer dans ma cause ton épée illus-
trée par tant de faits glorieux? Retourne!..

A ce mot, elle poussa un cri d'épouvante.
Le bateau de Tiepolo s'était heurté contre
celui de Djordji.

Djordji se releva rapidement. En un clin
d'œil, il coupa avec son épée la corde qui
retenait la voile, et la voile tomba. Il saisit
Annunziata d'un bras vigoureux et la jeta à
son ancienne place, derrière le mât. Il cria
au moine vêtu de l'étole :

— A gauche !..

Et le bateau de l'Uscoque courut sur le

bateau du chevalier, sur lequel les mêmes manœuvres s'exécutaient en même temps.

Ces manœuvres avaient pour but de nettoyer le champ de combat. Sur les deux bateaux le milieu fut libre. Ralentissant leur course, ils approchèrent l'un de l'autre et se touchèrent.

Les adversaires étaient l'un en face de l'autre, le pied droit tendu en avant, l'épée à la main droite, la hache à la main gauche.

Ils se mesurèrent des yeux, levèrent le bras, leurs épées se choquèrent.

Le moine se mit à réciter à haute voix les litanies de la sainte Vierge ; le pilote de Tiepolo lui répondait. Annunziata tomba à genoux, s'appuya au pied du mât, joignit les mains, leva les yeux au ciel et resta immobile comme la statue de la Prière. Elle priait avec un sentiment profond qui se révélait dans son regard, et sa prière s'élevait vers Dieu qu'elle implorait pour le succès de celui qui était déjà son époux.

Nous avons déjà vu Djordji dans une rencontre à main armée. Mais le cas actuel était tout différent. Sur la route de Rome à Venise, il avait affaire à quelqu'un qui, en fait d'armes, n'était pas digne de dénouer les cordons des souliers du seigneur Andrea Tiepolo. Notre héros le reconnut au premier croisement de leurs épées. Aussi, après le premier choc, il repoussa du pied le bateu du chevalier, et les deux barques se séparèrent.

— Ha, ha!... — s'écria Tiepolo. — Tu reconnais que tu n'as pas affaire à un marchand du golfe de Kierneron! Rien ne peut te sauver! Tu n'échapperas pas à l'honneur de mourir de ma main, honneur que tu lui devras, à elle, à ton épouse. Ha, ha, ha!... Madame a joué une comédie romanesque aux rayons de la lune! Madame comptait sur l'effet... Madame, pour tout succès, obtiendra que celui qui devait finir ses jours par la corde, comme un chien, reçoive la mort de la main d'un chevalier...

Pour toute réponse à ce flot d'injures, Djordji dit au moine :

— Mon père, légèrement à droite.

Le moine pressa le gouvernail et les deux barques se touchèrent une seconde fois. Djordji et Tiepolo en vinrent aux prises de nouveau. De nouveau leurs lourdes et

longues épées se croisèrent et firent entendre un cliquetis sinistre ; après quelques
croisements d'épées, Tiepolo repoussa du
pied le bateau de Djordji.

— Oh, oh !... — fut l'exclamation de surprise qui s'échappa de ses lèvres.

Cet «oh, oh !» exprimait ce que l'on pourrait appeler un hommage rendu à son adversaire. Le chevalier venait de trouver son égal.

Tiepolo fit un mouvement comme pour se
raffermir sur ses pieds.

— Don Juan m'a armé chevalier, et toi,
Uscoque, qui t'a armé ? As-tu lutté dans
les tournois ?

— Personne ne m'a armé, je n'ai pas
paru aux tournois... — fut la réponse de
Djordji, la première qu'il donna à son adversaire.

— Tu n'as pourtant pas appris le métier
des armes auprès des Juifs espagnols, qui
viennent vendre leurs marchandises sur les
rivages morlaques !

— Peu importe, signor, où je l'ai appris...
Il suffit que je sache me défendre contre ceux
qui m'attaquent...

— Mais tu préférerais éviter mon attaque

sans te défendre? — dit Tiepolo avec sar-
casme.

Djordji réfléchit un moment et répondit :
— Je le préférerais...

— Signor Andrea ! — se fit entendre une
voix suppliante, — retourne à Venise !

Annunziata étendit, à genoux, les deux
mains vers Tiepolo et donna à son visage
une expression capable de toucher un cœur
de pierre.

Tiepolo lui jeta de côté un regard plein de
mépris et répondit à Djordji :

— Tu le préférerais? Ha, ha! Tiepolo
n'a jamais manqué l'occasion de faire
jaillir une étincelle de son épée. Cela m'en-
tretient en santé et en bonne humeur...

Il y eut un instant de trêve, pendant lequel les deux adversaires se mesuraient de
loin du regard, et cherchaient dans leur
esprit les moyens de continuer le combat. Le
vacillement du terrain qu'ils avaient sous
les pieds étaient pour eux un grave incon-
vénient. Cela importait plus à l'assaillant
qu'à celui qui ne faisait que se défendre. Le
bateau de Djordji restait en place, tandis
que celui de Tiepolo manœuvrait, s'éloignait,

se rapprochait; enfin, il tourna sur lui-
même. La signorita crut sans doute que le
chevalier abandonnait la lutte, et qu'il allait
s'en retourner à Venise. Un rayon de bonheur illumina son front. Sa bouche s'entr'ouvrit pour pousser un cri. Mais le rayon
s'éteignit, le cri mourut sur ses lèvres, lorsque l'ordre suivant arriva à ses oreilles :

— Approche et retiens fortement le bateau
de l'Uscoque.

— Mon père, — dit Djordji, — retenez le
bateau du chevalier.

Les bateaux se rejoignirent. L'avant de
l'un se trouva à l'arrière de l'autre. Le pilote
et le père Cyprien les retinrent fortement
par des crochets de fer, et il se forma ainsi
une sorte de pont sur lequel la rencontre fut
possible. Les adversaires se rangèrent l'un
en face de l'autre, se mirent en position,
échangèrent le salut chevaleresque et commencèrent un combat singulier.

Les épées se croisèrent; les corps se
pliaient ; les bras des combattants se ten-
daient ou se contractaient aussitôt.

La lune se couchait et un reflet rose,
avant-coureur de l'aurore, apparaissait du

côté opposé de l'horizon. Un vent matinal,
léger et frais, ridait la surface de la mer qui
réflétait encore les étoiles pâlissantes. La
lune et les étoiles faisaient une sorte de demi-
jour. A cette lumière, la mer se présentait
comme une surface sombre, immense, relui-
sante d'un éclat métallique, et qui donnait
la saisissante impression d'un abîme insondable, muet, énigmatique.

C'est sur cet abîme que se balançaient
deux barques unies par un pont; c'est sur
ce pont que luttaient deux hommes dans un
duel à mort; cette lutte étrange était mortelle,
ne fût-ce qu'à cause de l'étroite enceinte
dans laquelle elle avait lieu. Il n'y avait pas
de place pour battre en retraite. Chacun des
combattants avait l'abîme derrière lui, l'un
d'eux devait mourir. Mais lequel? était-ce
celui dont l'épée défendait l'honneur de la
République, ou celui dont le bras était
guidé par l'amour?

On ne pouvait prévoir qui serait vainqueur. Les adversaires semblaient d'égale
force et d'égale adresse. Dix fois la pointe
de l'épée de Tiepolo fut près de s'enfoncer
dans la poitrine de Djordji; dix fois la pointe

de l'épée de Djordji fut près de transpercer la poitrine de Tiepolo. L'un et l'autre sauvaient leur vie par des parades adroites, tout en serrant de près celle de leur adversaire. Seulement un spectateur attentif aurait pu remarquer qu'à mesure que la lutte se prolongeait, l'ardeur des combattants croissait, ce qui était visible aux plis profonds qui creusaient leurs fronts, aux veines de leurs tempes qui se gonflaient, à leurs yeux qui lançaient des éclairs, à leurs poitrines qui étaient soulevées par une respiration pénible et violente.

Le moine et le pilote, immobiles à leurs banquettes, avaient fixé sur les combattants des regards stupéfaits. Annunziata était toujours agenouillée au pied du mât, mais ses mains n'étaient plus jointes comme naguère, et il n'y avait plus trace de prière dans l'expression de son visage; au lieu de cela, ses yeux avaient pris une expression sauvage, presque égarée. Le cliquetis des glaives était pour elle une musique qui faisait vibrer son système nerveux. Toutes les fibres de son corps frémissaient, comme frémissent les cordes de la harpe à chaque son qu'on en tire. Elle s'était identifiée avec le son produit par le choc des épées, et dans son œil largement ouvert se peignaient deux sentiments totalement opposés l'un à l'autre : l'intensité de l'amour et l'intensité de la haine. De l'un, elle soutenait son mari ; de l'autre, elle offusquait son adversaire.

Et c'est pour cela sans doute qu'au moment où la lutte arriva à son apogée, où les corps des deux adversaires se penchèrent presque à se toucher, où leurs épées,comme deux serpents, s'entrelacèrent avec une rapidité insaisissable à l'œil et où leurs poitrines haletantes se soulevèrent dans un dernier effort, en ce moment suprême où devait se trancher le sort du combat, on vit les deux lutteurs chanceler au même instant et tomber sur les genoux.

Annunziata bondit, terrible comme une furie, et s'élança du côté de Tiepolo.

Quelle était son intention? elle n'en savait rien elle-même. Quelque chose l'avait soulevée, elle bondit et s'arrêta. Elle éclata d'un rire spasmodique.

L'ennemi était étendu à ses pieds.

Djordji se relevait à côté d'elle, harassé et

hors d'haleine. Le moine lui soutenait le bras et demandait :

— Es-tu blessé ?

Il haletait péniblement.

— Non... oh ! dit-il sourdement... Et... Annunziata ?... qu'a-t-elle ?...

Elle riait, et les roulades de son rire sauvage furent répercutées par les échos de la mer.

— Qu'a-t-elle ?...

D'un mouvement brusque, il se releva et la saisit par la taille. Annunziata lui jeta les bras autour du cou. Ils s'enlacèrent dans une étreinte passionnée. Annunziata était devenue le lierre qui embrasse le chêne de ses rameaux.

Tiepolo râlait, il n'avait plus que quelques instants à vivre. Le moine s'approcha de lui et lui parla tout bas...

## XII. — Un bonheur inespéré.

La lune se coucha, les étoiles pâlirent, l'aurore parut à l'horizon ; deux barques se balançaient sur les flots de la mer bleue,

sur l'une d'elles il y avait un cadavre, —
tandis que sur l'autre, le sentiment de la
délivrance faisait épanouir le bonheur.

Mais il n'y a pas de bonheur sans mélange :
le souvenir des périls courus et du tragi-
que dénouement de la formidable lutte qui
venait d'avoir lieu pesait sur l'âme d'Annunziata et de Djordji.

Suivant les usages du temps, Pietro, le
pilote de Tiepolo, passait de droit au vainqueur, ainsi que le bateau, le corps du
vaincu et tout ce qui se trouvait dans la
barque. Pietro connaissait son sort ; aussi
quand le P. Cyprien eut fait observer à
Djordji que le jour se levait et qu'il lui eut
rappelé qu'il était temps de tendre la voile
et de reprendre sa route, il se mit à préparer
la barque dorée pour continuer le voyage.
Quel ne fut pas son étonnement quand
Djordji lui dit qu'il pouvait retourner à
Venise.

— A Venise !... s'écria-t-il avec un joyeux
étonnement.

Mais aussitôt sa figure se rembrunit.

— Qu'irai-je faire à Venise, malheureux
que je suis !... J'y serai reçu comme un

chien! O mon Dieu!... si du moins je ramenais le corps du signor Andrea!...

Il ne supposait même pas que le vainqueur voulût se défaire de ses trophées, c'est-à-dire de la magnifique armure et de la tête de son adversaire. On attachait encore au XVIᵉ siècle une grande importance à ces signes de victoire. Aussi sa surprise se transforma-t-elle en stupéfaction quand Djorji, qui arrangeait les agrès de sa barque, eut prononcé les mots suivants :

— Emmène le corps aussi...

Il n'en croyait pas ses oreilles.

— Le corps aussi?...

Le moine fit de la main un signe d'affirmation.

Des larmes d'attendrissement parurent dans les yeux de Pietro.

— Noble seigneur! généreux Uscoque! aucun chevalier ne peut se comparer à toi. Tu as ôté la vie à un patricien de Venise, mais tu n'ôtes pas à Venise le spectacle de ses funérailles... O noble Uscoque!... Pietro, dans ses prières, te recommandera à son patron, et le patron de Pietro garde les

clefs du ciel. Que Dieu t'accompagne... que
les vents te favorisent !...

Il parlait, et il déployait la voile, et il se
hâtait. Il s'assit au gouvernail et lui fit
faire un mouvement. La barque dorée
tourna sur elle-même. Le vent l'inclina un
peu sur le côté. Au même instant, le bateau
de Djordji tressaillit comme s'il était vivant.
La voile s'enfla, le bateau s'éleva sur la
vague, fila en avant, et, léger comme s'il
eût des ailes, il se mit à passer d'une vague
à l'autre.

D'une vague à l'autre !...

Un vent favorable enflait la voile. Il perdit bientôt de vue la barque qui ramenait à
Venise le corps du chevalier et, prenant la
direction du Sud-Est, il s'éloigna de plus en
plus des rivages ennemis.

La mer brilla d'un reflet rouge, comme
si le sang de Tiepolo l'eût colorée. Etait-ce
du sang? Non. C'était l'aurore qui se reflétait dans ses profondeurs comme dans un
miroir et qui annonçait le lever du soleil.
Une brise matinale soufflait sur la mer et
en ridait la surface. Les mouettes blanches
volaient au-dessus de la tête des voyageurs.

Çà et là, à l'horizon, on apercevait les sommets des mâts et les pavillons qui flottaient au vent.

Le bateau filait toujours; sur l'immensité de la mer, il faisait l'effet d'une tache blanche, d'une aile de papillon entraînée par le vent.

Il filait. Les vagues clapotaient, l'écume jaillissait sous la rame et, se séparant de chaque côté de la barque, laissait derrière elle un blanc sillage. Le roulement des ondes remplissait les airs de la grande mélodie de la mer, de l'hymne des eaux en l'honneur du soleil levant.

Le soleil parut et la barque se baigna dans ses rayons. Elle était bien pauvrement construite, en simple planches enduites de goudron sur les fentes, mais elle paraissait riche sous la lumière du soleil. Elle brillait, et elle voguait; elle voguait à tire d'aile, comme si elle comprenait la tâche qui lui était confiée, comme si elle savait qu'elle portait de jeunes époux pressés d'arriver au terme d'un voyage commencé au milieu de tant de périls.

Pendant ce temps la pensée de Djordji

passait en revue sa destinée, et le contraste
du passé avec le présent s'offrait à son esprit en traits saisissants.

Djordji avait aimé, comme un proscrit
sans toit ni foyer peut aimer une femme
inaccessible, comblée de tous les dons de la
fortune. Il ne possédait rien, elle possédait
tout. Il aimait donc sans espoir, ou plutôt
avec le seul espoir qu'un jour, un hasard
quelconque, un concours fortuit de circonstances rappellerait son souvenir à *sa* pensée
et que peut-être alors elle laisserait échapper un soupir. Ce soupir supposé c'était tout
le rêve, tout l'idéal de son amour. Il n'espérait rien autre, il ne rêvait rien au delà.
Tout ce qui s'était passé, depuis la rencontre
d'Annunziata sous les murs du palais Grimani jusqu'au départ du bateau qui ramenait à Venise le cadavre de Tiepolo, avait
donc été imprévu, extraordinaire, avait dé-
passé même ses rêves. Ce bonheur inespéré,
soudainement tombé du ciel, l'avait plongé
comme dans une sorte d'extase; la terre et
tout ce qui s'y passait avaient disparu à ses
yeux.

Pour se faire une idée de l'état de son

âme, il faut se placer dans la position de Djordji.

Qu'était-il, lui? Une sorte de remords vivant pour tous ceux qu'il rencontrait sur sa route; aussi bien pour les Turcs ses ennemis que pour les chrétiens de Rome, de Venise ou d'Allemagne, ses amis. Il rappelait aux uns un crime commis, aux autres un crime impuni!

Pouvait-il espérer, pouvait-il rêver le bonheur qu'il avait rencontré ?

Plusieurs années auparavant, la signorita Annunziata Grimani lui avait dit en grand secret :

— Je t'aime...

Et il avait pris ce « je t'aime » comme une de ces fantaisies bizarres qui passent parfois par la tête des jeunes filles, et il avait enseveli ce souvenir en soi-même, au plus profond de son cœur, à côté d'un autre amour qui dominait celui-ci, qui était même une sorte d'antidote, parce qu'il étouffait toute idée d'un bonheur terrestre et qu'il exigeait le sacrifice absolu, l'holocauste !

Ces paroles de jeune fille, se disait-il, sont tombées par hasard dans mon cœur comme

une flamme et s'y consumeront aussi, n'y
laissant, comme dans urne antique, que la
cendre d'un cher souvenir !

Il ne cherchait donc pas le bonheur sur
la terre, il n'y pensait pas, il ne se préparait
pas à le recevoir, quand il vint à lui tout à
coup et sous la figure d'Annunziata s'assit à
côté de lui dans sa barque fragile, en disant :

— Me voici... prends-moi... garde-moi...
défends-moi... je suis à toi, à toi pour toujours et sans partage ; à toi, qui tout à
l'heure n'avais rien, si ce n'est... un souvenir lointain presque effacé, flottant
indistinct dans la mémoire, un souvenir
sanglant !...

Djordji passa la main sur ses yeux et promena son regard sur tout ce qui se trouvait
dans le bateau. Au fond, il y avait les caisses
et les paquets ; à l'avant, le moine se dé-
dommageait des fatigues de la nuit ; au milieu Annunziata, étendue sur une couche im-
provisée avec des manteaux de voyage, laissait errer, toute rêveuse, ses regards sur les
flots et tournait de temps en temps des yeux
pleins de tendresse sur son mari, assis au
gouvernail. Ces regards avaient sur Djordji

une influence magnétique. Ils l'attiraient
vers Annunziata, vers ce bonheur inespéré
dont elle était l'image, et ils lui faisaient
oublier toute autre chose au monde. Oui, notre héros, qui, comme on le sait, n'était nullement venu de Rome à Venise pour enlever
une Vénitienne, et qui avait, au moment de
son départ, un but précis, un projet à accomplir, un problème à résoudre, avait tout
oublié, but, projet, problème! Il ne se
souciait plus de rien, il ne pensait plus à
rien, qu'à ce bonheur qui lui semblait encore
un rêve invraisemblable, une illusion prête
à s'envoler, un fantôme prêt à s'évanouir
aux clartés de la réalité!

Aussi notre héros était-il impatient d'arriver et de toucher terre; il était plus impatient
que le moine endormi, plus impatient même
qu'Annunziata, plongée dans ses rêves, et
que la mer balançait dans la barque comme
un enfant dans son berceau.

Une brise favorable enflait la voile et portait le bateau d'une vague à l'autre, légèrement comme une plume, mais pas aussi
rapidement que Djordji, le pilote, l'aurait
désiré.

Cependant le sort lui prêtait aide et se cours, comme si l'Uscoque était subitement devenu son favori. On avait fait du chemin, pendant toute la journée et pendant toute la nuit. Annunziata passa la nuit sur une couche que Djordji lui avait préparée de ses mains avec des manteaux et des couvertures, et elle y dormit mieux que dans le palais sur des édredons. Elle était fatiguée. Le matin du jour suivant se leva pour nos voyageurs à la hauteur de la pointe méridionale de la presqu'île d'Istrie ; le bateau changea la direction du sud-est pour celle de l'est. A tout moment s'élevaient devant eux, comme s'élançant des profondeurs maritimes, des îles et des îlots, les uns nus et sauvages, les autres couverts de verdure. Annunziata considérait ces mondes inconnus avec une curiosité d'enfant, et elle demandait les noms et s'informait des détails. Djordji lui expliquait la géographie du golfe de Kierneron. Ce nom arracha aux lèvres de l'Italienne un cri de surprise et d'effroi.

— Le golfe de Kierneron ?

Djordji ne savait que répondre.

— Les corsaires !.. ajouta Annunziata.

— Qu'ils ne te causent aucune frayeur,
répondit-il en souriant.

— J'ai entendu sur leur compte tant de
récits épouvantables !

— Ne crains rien. Ils ne sont terribles que
pour les Turcs et pour ceux qui les attaquent.

Et comme pour prouver ces paroles, dans
le détroit qui sépare l'île de Galiola d'un îlot
plus petit, un bateau rempli d'hommes armés apparut derrière une sinuosité du rivage escarpé et approcha rapidement de
nos voyageurs.

— Salut ! crièrent plusieurs voix.

Le père Cyprien répondit par un geste de
la main.

— D'où est-ce que Dieu vous amène ?

— De Mlet, répondit le moine.

— Avec du butin, à ce que je vois, dit
celui qui avait l'air d'être le chef : avec
une belle signora italienne.

— Et vous, d'où venez-vous ? demanda
le père Cyprien.

— De Sègne.

— Qu'y entend-on de nouveau ?

— Les nôtres se préparent à une grande

expédition, et cela fait un tel vacarme dans
la ville qu'on n'y entend plus rien. On en
devient sourd... Et quelles nouvelles appor-
tez-vous de Mlet ? Ne savez-vous rien de
Djordji Miloschewitch?

Djordji, qui était au gouvernail et ne se
mêlait pas à cette conversation, criée d'une
barque à l'autre, lança au moine, à ces derniers mots, un regard si expressif, que celui-ci passa la réponse sous silence.

Les Uscoques, — car c'étaient eux qui
montaient le bateau, — n'y firent pas attention. Celui qui avait adressé la question
continua à parler :

— Car on l'attend là-bas... André Kosmatch, qui est tombé comme une grenouille
en temps de pluie, jure ses grands dieux
qu'il arrivera bientôt, et supplie tout le
monde de ne pas s'inscrire chez Bertuci, qui
a envoyé un papier avec l'ordre de n'écouter
personne que lui.

A ces mots, Djordji fronça les sourcils et
le moine soupira. Ce dernier voulait sans
doute prendre encore quelques informations,
mais le bateau s'était trop éloigné de la
tchaïka des Uscoques, et la voix ne pouvait

plus y atteindre. Il soupira donc encore une
fois et branla tristement la tête ; après un
instant de silence, il prononça les paroles
suivantes :

— Fatale discorde ! ne cesseras-tu pas de
nous tourmenter ?.. Tu es semblable à un
canevas sur lequel chacun brode ce qu'il
veut. Tu fais de la sainte cause de notre
pauvre nation un tissu de Pénélope, que
l'on défait et que l'on recommence sans
cesse !

Annunziata ne savait pas de quoi il s'agissait. La conversation avec les Uscoques
avait eu lieu dans une langue qu'elle ne
comprenait pas, et le moine avait prononcé
dans la même langue son invocation. Elle
considérait Djordji avec un regard interrogateur, et elle voyait dans ses yeux une
expression de colère, qui se changea peu à
peu en mélancolie. Cette dernière la tran-
quillisa. Elle oublia bientôt la rencontre
avec les Uscoques et la conversation incom-
préhensible, et elle tourna toute son attention sur les îles qui se montraient et disparaissaient à tout moment. Un rivage long et
escarpé frappa ses regards.

— Qu'est-ce que cela? demanda-t-elle.

— C'est Crès.

Elle examinait avec curiosité les précipices et les crevasses, les rochers couverts de mousse et les lierres retombant en guirlandes fantastiques. Pour une Vénitienne élevée sur les lagunes, ces tableaux étaient pleins d'attrait.

Le bateau prit la direction du sud, glissa par le détroit qui sépare Crès de Lossina et, arrivé à l'extrémité méridionale de l'île de Crès (Cherso), il tourna à l'est, puis au nord. Le vent qui soufflait de l'occident était toujours favorable à nos navigateurs. Il fallait seulement changer souvent la voile, afin de le recevoir tantôt du côté droit, tantôt du côté gauche. C'est pourquoi le bateau penchait souvent, soit sur le flanc gauche, soit sur le flanc droit, mais il avançait toujours avec la même vitesse, fendant les vagues et laissant derrière lui une trace écumeuse.

Quand ils eurent contourné par le sud l'île de Crès et qu'ils l'eurent laissée à leur gauche, nos voyayeurs se trouvèrent au centre même du golfe de Kierneron, sur leur

propre territoire... Hélas! il n'était pas à
eux. C'était en apparence leur contrée, c'é-
tait leur patrimoine, mais au pouvoir des
étrangers. Les Vénitiens étaient maîtres des
îles. Çà et là sur les côtes on apercevait des
castels surmontés d'étendards vénitiens.
Dans les ports on voyait à l'ancre des galères
appartenant à la marine commerciale ou
militaire de la République.

Nos voyageurs continuaient leur route.
Ils laissèrent à leur droite Rab, île toute découpée en caps et en golfes; ils dépassèrent
un groupe de petites îles, parmi lesquelles
Parwicio est la plus grande; ils tournèrent
cette dernière par le nord et ils aperçurent
devant eux l'extrémité méridionale de l'île
de Kerk, l'une des plus grandes de cet archipel; en apercevant ses côtes rocheuses,
le moine dit avec un sourire:

— Eh bien, nous voici presque chez nous.
Le soleil baissait à l'horizon.

A droite se dessinait un rivage continu.
C'était le continent, la côte de Morlaquie, et
les eaux qui la baignaient étaient les eaux
du canal de Morlaquie.

— Nous n'arriverons pas avant le coucher
du soleil...

Le soleil se coucha, s'enfonça derrière les
montagnes qui hérissaient les rives de Kerk,
et ils naviguaient encore, mais avec plus de
lenteur. Le bateau en avançant éprouvait une
certaine résistance. Les montagnes formèrent
abri contre le vent qui avait soufflé jusqu'a-
lors de l'ouést à l'est. Il s'établit dans le canal un calme plat, qui força enfin Djordji à
plier la voile, à baisser le mât, à ôter le gouvernail et à se mettre aux rames. Le bateau
reprit vivement sa course ; il filait dans le
crépuscule qui s'épaississait rapidement à
cause de l'ombre produite des deux côtés
par les montagnes. Ici s'élevaient les montagnes de l'île de Kerk, surnommée Veglia par
les Italiens; là, celles du rivage morlaque.
Elles s'élevaient énormes, muettes, mystérieuses, dessinant leurs sommets sur l'azur
du ciel qui s'était parsemé d'étoiles brillantes. Sur l'un de ces sommets on distinguait
de petites lumières, qui apparaissaient de
loin comme des étoiles d'un éclat plus faible, détachées de la voûte céleste et ram-
pant sur un sombre rocher. Le moine et

Djordji levaient souvent les yeux vers ces lumières. Djordji, conduisant son bateau dans les ténèbres, semblait se diriger d'après elles. Elles attirèrent aussi l'attention d'Annunziata.

— Qu'est-ce que c'est ? demanda-t-elle.

— C'est Segne, répondit Djordji.

— Le but de notre voyage, ajouta le moine.

Ils avancèrent ainsi encore quelque temps, et ils approchèrent enfin du rivage ; le bateau se frotta de côté à une paroi de rocher et entra dans un canal si étroit que les rames se heurtaient contre les bords escarpés ; il traversa ce passage et se trouva dans une baie qui ressemblait à un vaste bassin, ou à un étang entouré de montagnes. Le bateau y entra et toucha à bord, en se glissant parmi les bateaux plus ou moins grands qui étaient à l'ancre.

Le moine fit un grand signe de croix :

— Seigneur, toi qui as délivré Daniel de la dent des lions affamés et qui nous as amenés sains et saufs dans le port, grâces te soient rendues !

— Grâces te soient rendues... répondit du

rivage une voix, une voix de femme, au son
de laquelle Djordji bondit de sa place et
s'élança en s'écriant :

— Ma mère!...

Un autre cri lui répondit :

— Mon fils!...

Puis tout se tut. La mère et le fils s'enlacèrent, s'unirent dans un embrassement;
ils se parlaient par murmures, par mots
entrecoupés, du milieu desquels s'échappaient des sanglots étouffés ; et le silence se
rétablit de nouveau ; enfin un dialogue commença :

— Vous ici?... à cette heure?...

— Depuis trois jours, c'est-à-dire depuis
le moment où André Kosmatch a annoncé
ton arrivée, je ne quitte pas la mer. Pendant
le jour je guettais d'en haut chaque barque
qui se montrait derrière le cap de Kerk; le
soir je descendais au bord du golfe et j'attendais.

— Mais, ma mère!... je serais allé moi-
même près de vous.

— Je voulais te recevoir la première. Je
voulais presser au plus vite ta tête contre
mon cœur. J'aurais été jalouse de celui qui

t'aurait vu avant moi, qui t'aurait adressé
avant moi une parole.

— Mère !...

— Mon fils !... Tant d'années sans toi !...
Mon Dieu !... Chaque minute passée avec toi
m'est précieuse, car chaque minute est comp-
tée, car tu arrives pour si peu de temps...

— Pour peu de temps ? demanda
Djordji d'une voix étrange.

— On n'attend plus que toi ici, continua-t-
elle. Peu de monde se soucie de Bertuci,
bien qu'il soit le premier woïvode. A tout
moment, ce cri arrive à mes vieilles oreilles : Jivio Djordji Miloschewitch !... O mon
faucon (1), on t'emmènera !...

— Pas si vite, ma mère, repartit Djordji,
moi aussi je suis un homme. Et chaque
homme a droit à un moment de bonheur...
il a le droit de prendre pour lui seul un
moment de sa vie. N'est-ce pas, ma
mère?

— Mon fils ! fut sa réponse, réponse
empreinte d'amour maternel.

_____

(1) Epithète donnée aux hommes vaillants par
tous les Slaves en général.

— Et le voici, mon bonheur, — dit-il en
se retournant et en prenant par la main
Annunziata, debout derrière lui, — ma
femme, votre fille, mère. C'est, ma mère,
Annunziata...

Les deux femmes se rapprochèrent l'une
de l'autre et se regardèrent autant que l'obscurité le permettait. Ce rapprochement ne fit
que montrer à la mère que sa belle-fille était
une grande dame, et à la belle-fille, que sa
belle-mère était une simple paysanne. Elles
se penchèrent l'une vers l'autre. La mère
baisa avec respect la main de sa belle-fille,
la belle-fille effleura son front d'un baiser.

— Mère, disait Djordji avec une hâte
fiévreuse, allons, conduis-nous, je suis
fatigué... j'ai besoin de repos et de solitude... J'ai besoin de me cacher au monde
avec mon trésor. Allons dans les montagnes. Nous trouverons quelque grotte re-
tirée. Je construirai un abri de bran-
chages...

— Non, non... interrompit la vieille
femme, viens à Segne.

— Je ne veux pas!... Je ne suis bon à rien
à présent...

Cet aveu fut fait d'un ton dans lequel résonna une sorte d'arrêt irrévocable, du ton d'une plainte pénétrée de désespoir. La vieille femme comprit par son cœur maternel l'irrévocabilité de cet arrêt, et elle répondit à son fils d'une voix pleine de compassion :

— Tu es malheureux..., mon enfant...

— Je suis heureux... répliqua Djordji avec accent.

— Allons...

— Où?..

— A Segne...

— Je ne veux pas!... Il y a là-bas la foule... le tumulte... la discorde...

Ce dernier mot avait le sens d'une excuse par laquelle se justifie devant sa propre conscience celui qui est sur le point de commettre le mal.

La vieille femme comprit aussi cela. Les mères ont le don de deviner les impulsions les plus mystérieuses, cachées au plus profond de l'âme de leurs enfants. « La brebis muette connaît la voix de son agneau. »

— Viens, dit-elle, tu n'as besoin ni de grotte ni d'abri dans les montagnes. Je te cacherai à Segne devant tout le monde.

Elle prit les devants. Djordji et Annunziata la suivirent. Le moine, qui pendant leur conversation, était occupé à transporter les paquets sur le rivage, ne vit pas qu'ils partaient et qu'ils disparaissaient dans l'obscurité. Lorsqu'ils eurent disparu, il appela :

— Djordji !

Il répéta son appel d'une voix élevée. Les échos lui répondirent, répercutant sa voix dans les gorges de la montagne.

Le moine appela encore une fois, d'une voix encore plus élevée.

Ses appels répétés attirèrent sur le rivage quelques hommes, qui apparurent de plusieurs côtés à la fois. Les uns sortaient du fond des barques, les autres descendaient de la montagne.

— Qui appelle ?... hé ? — demandaient-ils.

— C'est moi qui appelle... — répondit le moine. — Il vient d'être là, et il a disparu quelque part.

— Qui ?..

— Djordji Miloschewitch.

— Djordji Miloschewitch !.. s'écrièrent les nouveaux venus. Eh !.. est-il arrivé ?..

— Il y a un instant... il a débarqué et il a disparu, en me laissant seul avec les bagages, répliqua le moine d'un ton chagrin.

—Hé, garçons! aidez donc le père Cyprien, dit l'un des nouveaux arrivés. — *Dobro doshli*, mon père...

— *Kako si* (1), Wuk... répondit le moine.

— Djordji Miloschewitch n'est pas une épingle, il ne se perdra pas. Et les camarades vous porteront votre bagage en haut. Soyez tranquille...

Les nouveaux arrivés distribuèrent entre eux les paquets et les caisses, et se mirent à monter le sentier sinueux. Wuk et le père Cyprien les suivaient.

— Que se passe-t-il ici?... — demanda ce dernier.

— Nous attendions Djordji; son arrivée nous a été annoncée par Kosmatch, qui a parcouru toute la Bosnie, à ce qu'il paraît, et qui vient directement de Serayewo. Kosmatch est à Segne depuis trois jours. Le lendemain de son arrivée il est venu ici un

---

(1) *Dobro doshli, kako si*, Soyez les bienvenus, comment êtes-vous? — salutations slaves.

envoyé de Bertuci avec un écrit pour nous tous... et avec un autre écrit pour le kapétan qui commande les *askierlar* (soldats) du château... Kosmatch attire le monde à Djordji, et l'envoyé à Bertuci... Voilà ce qui se passe.

— Et qu'en disent les Uscoques?

— Les Uscoques?... ah!... ils aimeraient mieux Djordji, mais il y en a aussi qui sont pour Bertuci, parce que le kapétan est pour lui. On dit que Bertuci a conclu une alliance avec l'empereur d'Allemagne...

— Hum! dit le moine.

— On n'y croit pas beaucoup, bien que le kapétan ne le nie pas, et que Bertuci se nomme, dans son écrit, le premier woïvode de tous les pays slaves et qu'il ordonne de n'obéir qu'à lui seul. Mais tout le monde attend Djordji... Dieu merci qu'il soit arrivé...

— Où a-t-il pu disparaître?

— Il doit être déjà dans la ville... Sa vieille mère l'attend là-bas... Nous le trouverons sans doute dans l'hôtellerie où les nôtres délibèrent du matin au soir.

Cette réponse parut tranquilliser le moine.

Il continua à monter le sentier sur les pas
des jeunes Uscoques chargés de son bagage.

Nous savons que le sommet de la montagne était occupé par une forteresse entourée
de murailles, et que dans la forteresse s'é-
levait un château qui avait une garnison
allemande ayant pour mission de mettre un
frein à la turbulence des habitants. L'enceinte extérieure n'était pas gardée; les
portes de la ville étaient ouvertes. Le moine
et les Uscoques entrèrent dans la forteresse
et, traversant un fouillis de ruelles étroites
et enchevêtrées, où la lueur incertaine d'un
lampion ou d'une chandelle, s'échappant çà
et là de quelque fenêtre, formait le seul
éclairage, ils arrivèrent sur la place de l'é-
glise. Cette place en revanche était éclairée
par des lumières qui brillaient aux fenêtres
de toutes les maisons; parmi celles-ci on en
remarquait une, plus vivement éclairée que
les autres; les portes et les fenêtres en étaient
ouvertes, et l'on voyait un grand nombre
d'hommes qui entraient à l'intérieur, ou qui
en sortaient, ou qui causaient en groupes;
la plupart restaient assis à de longues tables.

Cette maison était la principale hôtellerie de la ville, et ces hommes, c'étaient des Uscoques. Une vaste salle carrée, qui était loin de se distinguer par la propreté, leur servait, le soir surtout, de lieu de réunion. Un grand feu était allumé dans une énorme cheminée et une odeur peu agréable s'échappait des nombreuses casseroles et marmites disposées autour du feu. Les convives étaient attablés devant de grandes pintes pleines de vin rouge.

A l'une de ces tables, une conversation bruyante et animée était justement en train. Elle était soutenue par un homme d'une quarantaine d'années, remarquable par ce fait que ses moustaches, au lieu de lui couvrir la lèvre supérieure, croissaient en deux longues mèches aux coins de la bouche, ce qui lui donnait un air bizarre. L'expression de son visage laissait deviner un homme d'humeur enjouée. C'était André Kosmatch. Son nom est déjà revenu plusieurs fois dans notre récit.

Kosmatch était le centre d'une conversation qui roulait sur les Turcs. Il racontait la tournée qu'il venait de faire dans les contrées

soumises à leur pouvoir, et il excitait de
fréquents éclats de rire parmi ses auditeurs,
car il entremêlait son récit d'anecdotes où
les oppresseurs jouaient un rôle ridicule.
Lorsqu'il peignait, par exemple, un musulman mangeant du porc au lieu de mouton et
qui s'en léchait les doigts, les Uscoques se
tordaient de rire.

Cette conversation-là, et toutes les autres
en général, furent interrompues par l'arrivée
du père Cyprien.

Des paroles de bienvenue s'élevèrent de
tous les côtés à la fois :

— *Kako si... Dobro doshol...*

Le moine répondit à droite et à gauche :

— *Fala Bogu* (Dieu merci)...

Ici et là on se retirait pour lui faire place ;
mais le père Cyprien traversa la foule et
alla s'asseoir à côté de Kosmatch.

Les jeunes Uscoques qui avaient amené
le moine répandirent la nouvelle de l'arrivée
de Djordji Miloschewitch.

Le silence s'établit tout-à-coup dans la
salle. Tous les yeux se tournèrent vers la
porte. On s'attendait à y voir apparaître
Djordji. Mais comme il ne se montrait pas,

l'attention générale se porta sur le père Cyprien, qui avait abordé Kosmatch avec les
marques d'une cordiale amitié.

— Eh bien, mon père, nous avez-vous
amené Djordji?

— Il est arrivé... répondit le moine;
puis il demanda : — Que se passe-t-il là-bas
en Bosnie ?

— Le vizir est irrité contre le woïvode
Bertuci, et il a donné l'ordre d'empaler tout
Bosniaque qui oserait prononcer son nom.

— Il le déteste tant que cela ?

— Il est furieux contre lui à cause du
chien que Bertuci a appelé de son nom.

Le moine branla la tête avec un sourire
de pitié.

— Cela a fait à Bertuci une immense renommée dans tout le pays.

— Mon Dieu! murmura le moine, de
quelles circonstances futiles peut dépendre
la renommée d'un homme !...

— Eh?... fit quelqu'un d'un ton de doute,
— la renommée de Bertuci dépendrait-elle
uniquement de son chien?

— *Boga-mi* (parbleu!), répliqua Kosmatch,

de rien autre que de son chien. Qu'a-t-il
fait de remarquable?

— Il a trouvé le moyen de battre les
Turcs.

— Quel moyen?

— Justement, personne ne le sait... répondit un des adhérents de Bertuci, tout
est là. Si tout le monde connaissait ce
moyen, il ne pourrait plus servir.

C'était là un argument auquel il n'y avait
rien à répondre. Toutefois, il était d'une
valeur fort douteuse. Aussi Kosmatch, au
lieu de répondre, fit-il négligemment un
geste de la main; il but quelques gorgées et
demanda au moine :

— Où donc est Djordji?

Le père Cyprien haussa les épaules.

— J'aurais à lui parler... J'ai été à Serayewo, j'ai vu Franceska... Clissa...

Il prononça ce mot à l'oreille du moine,
de sorte que personne autre ne l'entendit.

Le moine fit de la tête un signe d'intelligence.

— Je voudrais donc voir Djordji au plus
vite... Où est-il?

— Je ne sais pas... avoua le moine.

— Mais vous êtes venus ensemble.

— Ensemble, de Rome à Mlet, de Mlet à Segne... Mais...

Il s'interrompit. Il allait dire que Djordji était marié, mais il s'arrêta, de peur que ce mariage, conclu dans un temps si troublé, ne jetât sur Djördji quelque ombre défavorable.

— Ils l'apprendront assez sans moi... pensa-t-il. Lorsque Djordji prendra le commandement, et surtout lorsqu'il se mettra en campagne, sa femme n'ira pas l'empêcher d'accomplir son devoir.

Cette réflexion fit que le père Cyprien demeura court après un « mais », et, au lieu de dire ce qui lui venait sur les lèvres, il ajouta :

— Il se montrera demain sans doute... Probablement il a consacré cette soirée à sa mère.

— Ah! interrompit Kosmatch, la pauvre vieille fondit en larmes en apprenant de moi que Djordji allait venir.

Et la conversation passa à divers autres sujets. Kosmatch raconta de nouvelles anecdotes où les Turcs étaient tournés en déri-

sion et bafoués tant et si bien que les Uscoques riaient aux larmes.

En attendant la soirée s'écoulait, les lumières s'éteignaient une à une, faute d'huile,
les Uscoques se retiraient l'un après l'autre,
et il ne restait dans la chambre que ceux qui
n'avaient point de gîte où se retirer. Il s'en
trouva un nombre considérable et, entre
autres, Kosmatch et le père Cyprien. Ceux
qui restaient s'étendirent pour la nuit sur
les bancs; Kosmatch suivit leur exemple. Le
moine le fit aussi et il se coucha sur une
table, après avoir récité son bréviaire. Les
lumières s'éteignirent. L'obscurité envahit
la salle, et le tumulte de la soirée fit place
aux ronflements sonores des Uscoques en-
dormis.

Au dehors, le silence de la nuit était interrompu à intervalles réguliers par les cris
des sentinelles, dont les hallebardes brillaient
au-dessus des murailles du château.

Qu'étaient devenus Djordji et sa jeune
épouse?

— Ne les cherchons pas de nuit; et d'ailleurs que nous importe?

C'était ce que pensait le père Cyprien, en

fermant les yeux et en s'endormant sur la table avec le mot « demain ».

La nuit passa vite. Le lendemain, dès que l'aube parut, la place de l'église commença à se remplir de monde, et lorsque le soleil se leva, il y avait une telle foule, que la place avait pris l'apparence d'une fourmilière. Les Uscoques étaient venus en armes, mêlés aux habitants de la ville de Segne, aux citoyens de l'endroit, aux femmes et aux enfants. Tout le monde attendait quelque chose. La cloche du matin avait beau les convoquer à l'église où le père Cyprien célébrait la messe matinale ; on était sourd aux appels de la cloche ; on se réunissait en groupes plus ou moins nombreux, et l'unique sujet de toutes les conversations était l'arrivée de Djordji Miloschewitch.

L'opinion générale se prononçait nettement en sa faveur. Pour s'en assurer, il n'y avait qu'à prêter l'oreille aux conversations. Ici, on vantait son courage et sa présence d'esprit, et l'on racontait différentes circonstances dans lesquelles il avait fait preuve de ses aptitudes militaires. Là, on célébrait son désintéressement et sa modestie, et l'on en citait des exemples ; ailleurs enfin, on prenait en considération la science profonde qu'il avait puisée dans les livres, et son habileté à écrire la fine écriture. A peu d'exceptions près, tout le monde tombait d'accord que, s'il fallait un woïvode, le choix devait tomber sur lui. Le groupe qui entourait l'envoyé de Bertuci était fort peu considérable. Personne n'y prenait garde. Personne n'y pensait. Bertuci lui-même n'était pas présent, et l'on sait que les messagers n'avancent pas les affaires. On attendait l'apparition de Djordji, dans la ferme conviction qu'il se montrerait sur la place d'une minute à l'autre.

D'une minute à l'autre?

Cette conviction était si forte que le père Cyprien lui-même, après avoir dit sa messe et prononcé l'*Ite missa est* dans l'église déserte, se hâta de se rendre sur la place, mais inutilement. Le soleil montait de plus en plus haut, — et Djordji ne paraissait pas.

— Mon père, où est-il?... demanda Kosmatch.

— Qu'en puis-je savoir!... répondit le père Cyprien.

— Dort-il encore ?... N'a-t-il pas dormi cette nuit ?

— Peut-être n'a-t-il pas dormi... répliqua le moine d'un ton de mauvaise humeur, maugréant dans son âme contre l'Italienne.

Midi allait approcher lorsque Kosmatch dit au moine :

— Allons donc voir chez sa mère.

— Allons.

Ils partirent. Dans l'une des rues les plus éloignées de la place, ils s'arrêtèrent devant une maison de chétive apparence, mais plus propre et mieux entretenue que les autres. Ils n'eurent pas besoin de frapper à la porte; la vieille femme était assise sur le seuil. Une quenouille était fixée à sa ceinture. Elle filait.

— *Dobro yutro, maïka* (Bonjour mère)...

— *Dobro yutro...*

— *Kako ste ?* (Comment allez-vous?)...

— *Fala Bogu* (Dieu merci)...

— Comment va Djordji?

— Djordji?... répondit la vieille par une interrogation.

— Vous ne l'avez pas vu, mère?... demanda Kosmatch.

Le moine entrelaça les doigts, les serra à les faire craquer et écarquilla les yeux d'étonnement.

La vieille femme haussa les épaules.

— Il n'est pas ici?... demanda Kosmatch de nouveau.

— Allez, s'il vous plaît, entrez dans la maison... répondit la vieille femme en se retirant du seuil et en montrant le vestibule, entrez et cherchez...

Cette réponse frappa de stupeur Kosmatch et son compagnon. Ils s'entre-regardèrent, ne sachant que dire ni que penser.

Après quelques minutes, Kosmatch essaya encore.

— Et vous ne savez pas où il est?

— Il a été à Mlet, il a été à Rome... fut la réponse indirecte, accompagnée d'un second mouvement d'épaules.

— *Maïka*!... s'écria l'Uscoque d'un air menaçant, ne vous moquez pas de nous!...

La vieille sourit d'un sourire de pitié, et répondit en branlant la tête :

— J'en ai vu d'autres que toi, mon fils,

et j'ai entendu d'autres menaces. Je suis vieille, vois-tu, bien vieille, au bord du tombeau, et les menaces ne me font plus rien.

Kosmatch et le moine se regardèrent de nouveau et, baissant la tête, ils partirent.

La foule rassemblée sur la place attendait tranquillement ; mais, depuis midi, elle commença à s'impatienter. Les groupes se brisaient et se reformaient. On y parlait toujours de Djordji Miloschewitch, mais en termes moins flatteurs que le matin. On lui reprochait son orgueil.

— Que pense-t-il donc !... s'écriait-on çà et là. Pour qui se prend-il !... pour un prince, ou pour un roi ?...

Il y en avait même qui mettaient en doute son arrivée à Segne. Ceux-là mettaient le père Cyprien presque au désespoir.

— S'il est arrivé ?... Mais nous étions ensemble !... Nous avons débarqué hier au soir... Le bateau est dans le port... Wuk peut en témoigner.

Wuk avait bien entendu que le père Cyprien appelait Djordji ; mais il n'avait pas vu Djordji en personne. Quant au moine, sa position l'irritait plus que l'on ne peut dire. Il se parlait à voix basse, il se fâchait et tournait la tête de tous côtés.

Djordji ne se montrait pas.

Dès midi, le groupe qui entourait le messager de Bertuci commença à grossir. L'un ou l'autre venait à tout moment et s'arrêtait à distance; peu à peu il se rapprochait et entrait enfin dans le cercle. Vers le soir on commença à y faire attention et à parler de plus en plus de Bertuci comme du woïvode. Ses relations avec l'empereur et ses inventions militaires commençaient à être approuvées.

— *Maïka niegova...* (1) disait-on. Quel qu'il soit, il doit avoir quelque valeur, puisque chaque enfant sait quelque chose de lui en Bosnie et au delà...

On tâchait bien d'expliquer que Bertuci s'était créé lui-même cette réputation en appelant son chien Hassan-pacha; que Hassan-pacha, le vizir de la Bosnie, l'avait appris et s'était mis en fureur et qu'il avait rendu populaire le nom du chevalier en en

(1) Imprécation slave.

faisant un sujet de persécution. Cette explication était admise, mais plus le soir approchait, moins on voulait l'écouter.

Le soir, les Uscoques rassemblés sur la place se dispersèrent, et la plupart entrèrent dans l'hôtellerie. La vaste salle en fut tellement remplie, qu'on pouvait à peine s'y retourner. Un grand vacarme s'éleva dans cette foule ; du vacarme, on passa aux gros mots, et des gros mots on en vint à des querelles où le couteau et le yatagan jouèrent leur rôle. Deux ou trois cadavres, quelques blessés, quelques autres légèrement meurtris, furent le résultat de cette journée, passée tout entière à attendre Djordji Miloschewith.

Le père Cyprien, André Kosmath, Wuk et quelques autres des principaux tinrent conseil.

Mais sur quoi fallait-il délibérer?

Le moine raconta dans tous leurs détails le débarquement et la disparition. Djordj s'était élancé sur le rivage, et on ne l'avait plus revu.

— Le pied lui aurait-il glissé? se serait-il noyé?... demanda l'un des Uscoques.

— Non... non... je l'aurais entendu tomber dans l'eau..., fut la réponse du père Cyprien désespéré au plus haut point.

Il savait qu'Annunziata se serait noyée avec Djordji, mais il n'alléguait pas cette raison, bien que, dans son for intérieur, il rejetât toute la faute sur la Vénitienne. Il espérait cependant encore que Djordji se soustrairait à l'empire de son amour. Peut-être cela aurait-il lieu demain.

La délibération continuait.

Une pensée subite vint au cerveau de Kosmatch.

— Les Allemands ne l'auraient-ils pas enlevé ?... Le Kapétan ne l'auraient-ils pas caché dans le château ?...

— C'est vrai!... s'écria-t-on en chœur dans le cercle.

— Le Kapétan est du parti de Bertuci... Le messager de Bertuci lui a remis une lettre de l'ambassadeur impérial à Rome.

— Du baron Norad ?... demanda le moine.

— Du diable, comment il s'appelle. Le fait est que cette lettre venait de Rome, de l'ambassadeur impérial, et qu'après l'avoir

lue, le Kapetaň a dit que le chevalier Lu-
déwit Bertuci avait pour soi l'empereur
l'Allemagne.

— C'est que les Allemands savent qu'ils
ne pourraient nous choisir de plus mauvais
woïvode... remarqua Kosmatch.

— C'est cela, oui, *Boga-mi*... confir-
maient les autres.

— Et ils ont enlevé Djordji... Peut-être
l'ont-ils tué...

Cette supposition parut vraisemblable au
père Cyprien, d'autant plus que les circonstances du moment la rendaient seule possible, et qu'elle était en harmonie avec le
caractère de cette époque.

Après quelques instants de réflexion, il ne
douta plus que tandis qu'il s'occupait des
bagages, des trabans embusqués avaient
saisi Djordji et Annunziata, les avaient bâil-
lonnés et emportés au château. La présence
d'Annunziata rendait cette hypothèse encore
plus vraisemblable.

— S'il en est ainsi, il n'y a rien à faire !..
conclut-il. S'ils ne l'ont pas assassiné, ils
ne le livreront pas ; et s'ils l'ont assassiné, ils le livreront encore moins.

Il soupira profondément.

La délibération n'eut aucun résultat.

Le lendemain, vers midi, les Uscoques réunis à Segne élurent pour woïvode le chevalier Ludewit Bertuci.

# TABLE DU PREMIER VOLUME

Paris. — Imprimerie F. Levé, rue Cassette, 17.

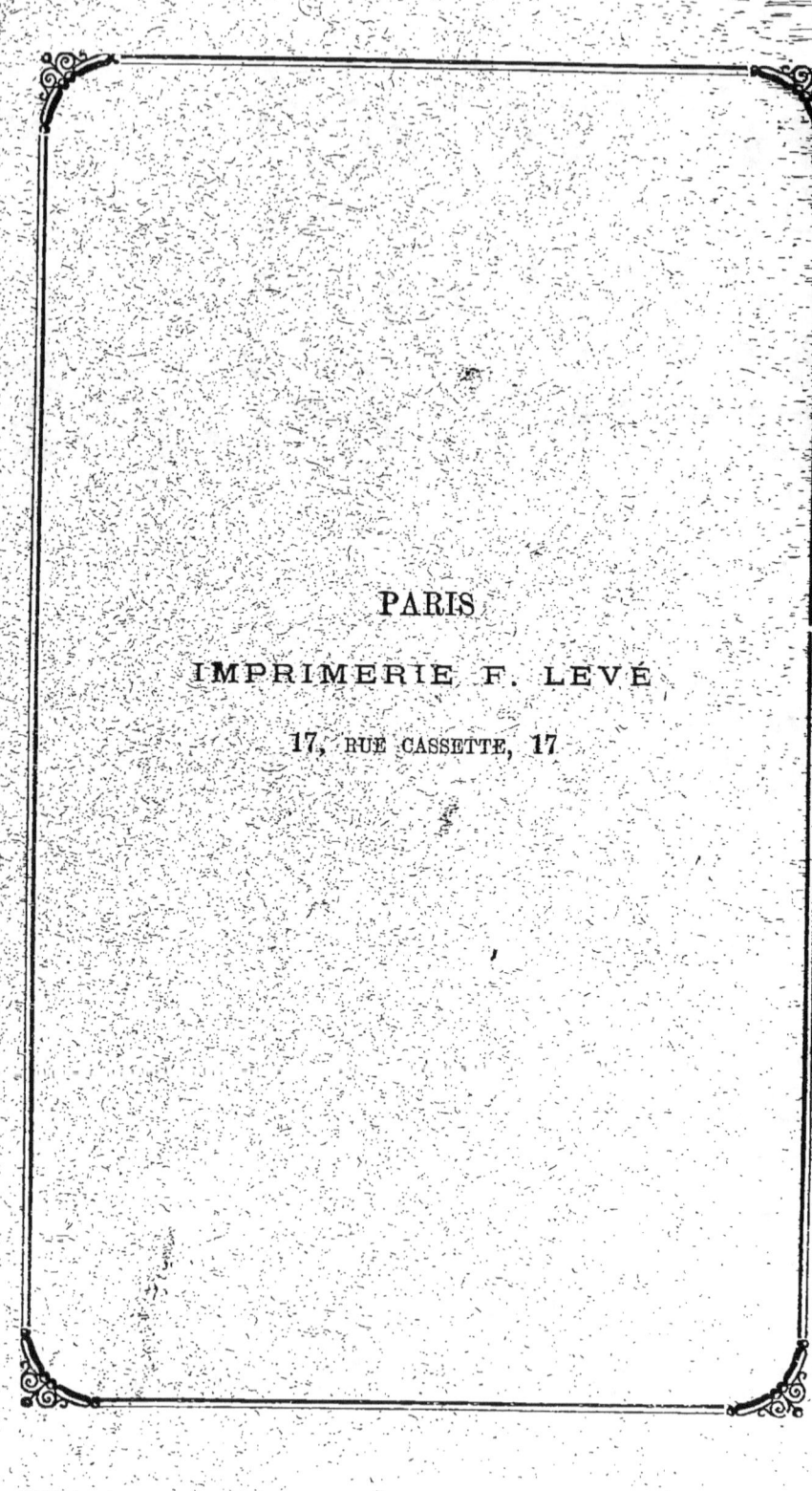

PARIS

IMPRIMERIE F. LEVÉ

17, RUE CASSETTE, 17

www.ingramcontent.com/pod-product-compliance
Lightning Source LLC
Chambersburg PA
CBHW070748030726
47504CB00003B/478